CB057275

ITALO
CALVINO
100
1923-2023

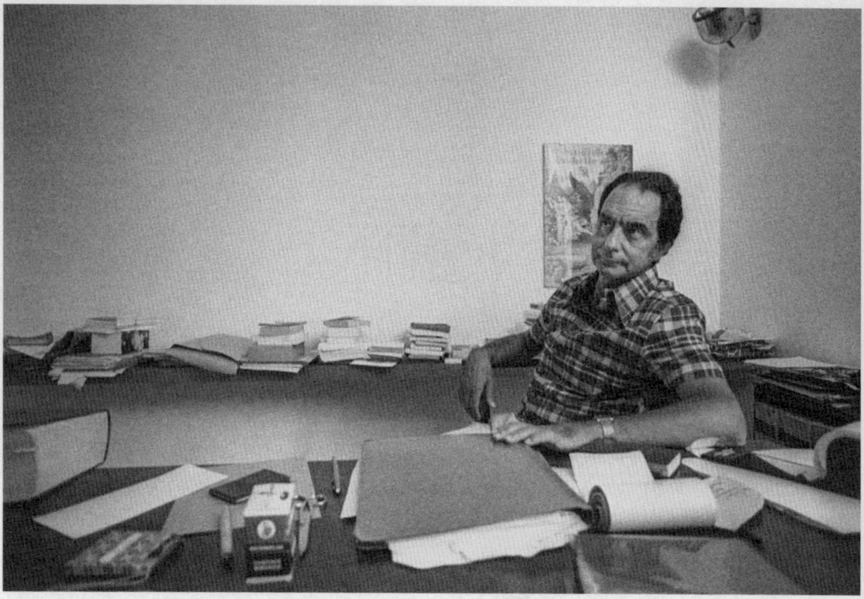

SE
UM VIAJANTE
NUMA NOITE
DE INVERNO

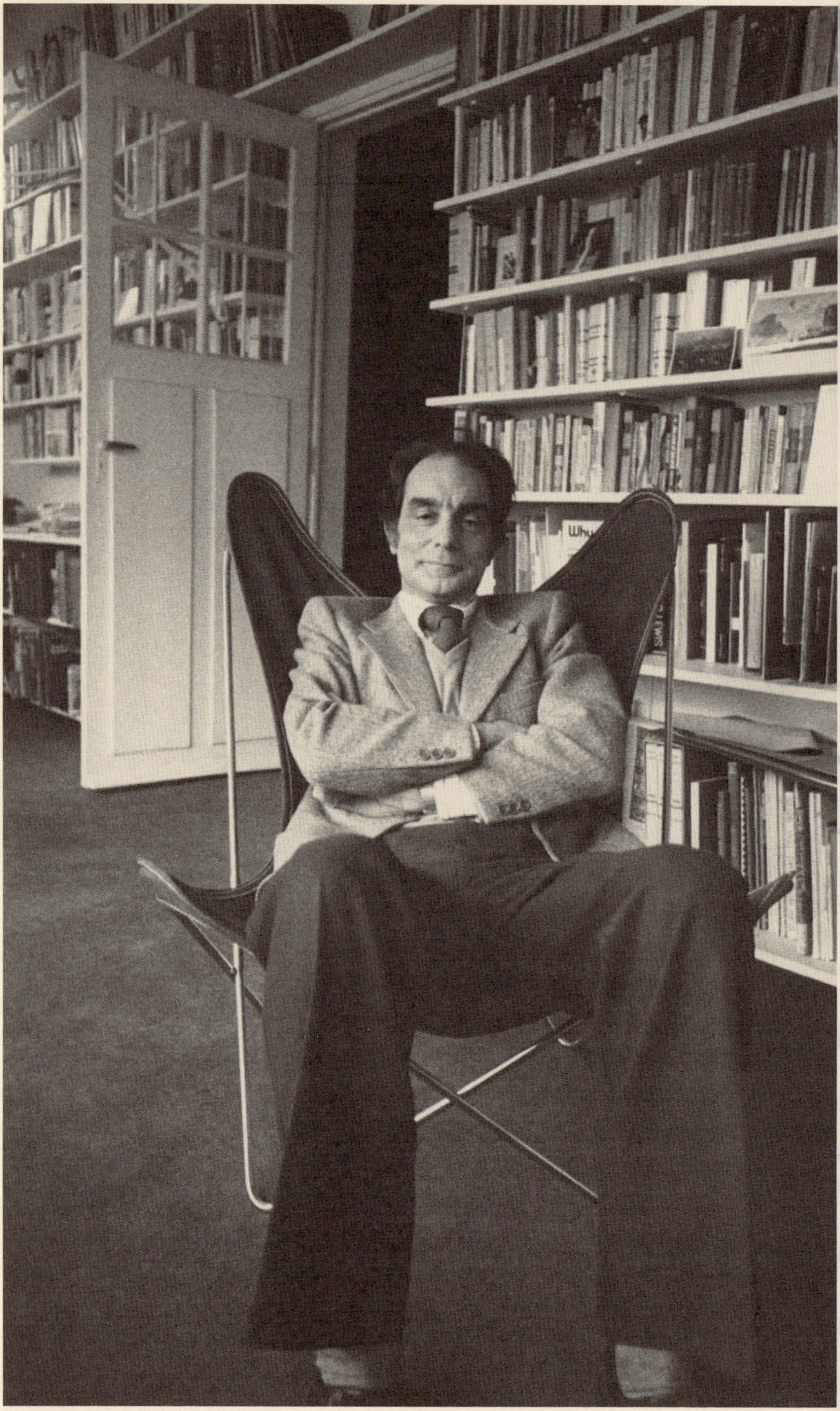

SE
UM VIAJANTE
NUMA NOITE
DE INVERNO
[SE UNA NOTTE D'INVERNO UN VIAGGIATORE, 1979]

ITALO
CALVINO

TRADUÇÃO
NILSON MOULIN
POSFÁCIO
MAURÍCIO SANTANA DIAS

COMPANHIA DAS LETRAS

Copyright © 2002 by Espólio de Italo Calvino
Todos os direitos reservados.

Grafia atualizada segundo o Acordo Ortográfico da Língua Portuguesa de 1990, que entrou em vigor no Brasil em 2009.

A tradução contou com o apoio do Ministério de Relações Exteriores da Itália e do Istituto Italiano di Cultura de São Paulo

Título original
Se una notte d'inverno un viaggiatore

Capa e projeto gráfico
Raul Loureiro

Imagem de capa
Gli occhiali e il metro, Mani di bimbo, Mano con specchio, Il braccio (Cartella Alinari B), de Michelangelo Pistoletto (1962-1983), quatro telas em fototipia, 50 x 40 cm cada.
Foto: Arquivo Michelangelo Pistoletto

Fotos do autor
p. 2 ©Marcello Mencarini/Bridgeman Images
p. 4 ©Sophie Bassouls/Bridgeman Images/ Easypix Brasil

Preparação
Maria Suzete Caselatto
Norma Marinheiro

Revisão
Luciane H. Gomide
Erika Nogueira Vieira

Dados Internacionais de Catalogação na Publicação (CIP)
(Câmara Brasileira do Livro, SP, Brasil)

Calvino, Italo, 1923-1985
Se um viajante numa noite de inverno / Italo Calvino ; tradução Nilson Moulin ; posfácio Maurício Santana Dias. — 1ª ed. — São Paulo : Companhia das Letras, 2023.

Título original: Se una notte d'inverno un viaggiatore.
ISBN 978-85-359-3471-7

1. Ficção italiana I. Título.

23-160144 CDD-853

Índice para catálogo sistemático:
1. Ficção : Literatura italiana 853

Cibele Maria Dias – Bibliotecária – CRB-8/9427

Todos os direitos desta edição reservados à
EDITORA SCHWARCZ S.A.
Rua Bandeira Paulista, 702, cj. 32
04532-002 — São Paulo — SP
Telefone: (11) 3707-3500
www.companhiadasletras.com.br
www.blogdacompanhia.com.br
facebook.com/companhiadasletras
instagram.com/companhiadasletras
twitter.com/cialetras

a Daniele Ponchiroli

SUMÁRIO

Capítulo 1	13
Se um viajante numa noite de inverno	20
Capítulo 2	34
Fora do povoado de Malbork	43
Capítulo 3	51
Debruçando-se na borda da costa escarpada	63
Capítulo 4	77
Sem temer o vento e a vertigem	86
Capítulo 5	100
Olha para baixo onde a sombra se adensa	112
Capítulo 6	125
Numa rede de linhas que se entrelaçam	143
Capítulo 7	151
Numa rede de linhas que se entrecruzam	173
Capítulo 8	181
No tapete de folhas iluminadas pela lua	212
Capítulo 9	223
Ao redor de uma cova vazia	235
Capítulo 10	248
Que história espera seu fim lá embaixo?	258
Capítulo 11	266
Capítulo 12	273
Apêndice	275
Calvino e o museu do romance que sempre começa — Maurício Santana Dias	287
Sobre o autor	297

SE
UM VIAJANTE
NUMA NOITE
DE INVERNO

CAPÍTULO 1

Você vai começar a ler o novo romance de Italo Calvino, *Se um viajante numa noite de inverno*. Relaxe. Concentre-se. Afaste todos os outros pensamentos. Deixe que o mundo a sua volta se dissolva no indefinido. É melhor fechar a porta; do outro lado há sempre um televisor ligado. Diga logo aos outros: "Não, não quero ver televisão!". Se não ouvirem, levante a voz: "Estou lendo! Não quero ser perturbado!". Com todo aquele barulho, talvez ainda não o tenham ouvido; fale mais alto, grite: "Estou começando a ler o novo romance de Italo Calvino!". Se preferir, não diga nada; tomara que o deixem em paz.

Escolha a posição mais cômoda: sentado, estendido, encolhido, deitado. Deitado de costas, de lado, de bruços. Numa poltrona, num sofá, numa cadeira de balanço, numa espreguiçadeira, num pufe. Numa rede, se tiver uma. Na cama, naturalmente, ou até debaixo das cobertas. Pode também ficar de cabeça para baixo, em posição de ioga. Com o livro virado, é claro.

Com certeza, não é fácil encontrar a posição ideal para ler. Outrora, lia-se em pé, diante de um atril. Era hábito permanecer em pé, parado. Descansava-se assim, quando se estava exausto de andar a cavalo. Ninguém jamais pensou em ler a cavalo; agora, contudo, a ideia de ler na sela, com o livro apoiado na crina do animal, talvez preso às orelhas dele por um arreio especial, parece atraente a você. Com os pés nos estribos, deve-se ficar bastante confortável para ler; manter os pés levantados é condição fundamental para desfrutar a leitura.

Pois bem, o que está esperando? Estique as pernas, acomode os pés numa almofada, ou talvez em duas, nos braços do sofá, no encosto da poltrona, na mesinha de chá, na escrivaninha, no piano, num globo terrestre. Antes, porém, tire os sapatos se quiser manter os pés erguidos; do contrário, calce-os novamente. Mas não fique em suspenso, com os sapatos numa das mãos e o livro na outra.

Regule a luz para que ela não lhe canse a vista. Faça isso agora, porque, logo que mergulhar na leitura, não haverá meio de mover-se. Tome cuidado para que a página não fique na sombra — um amontoado de letras pretas sobre um fundo cinzento, uniformes como um bando de ratos —; mas esteja atento para não receber uma luz demasiado forte que, ao refletir-se no branco impiedoso do papel, corroa a negrura dos caracteres como a luz do meio-dia mediterrâneo. Procure providenciar tudo aquilo que possa vir a interromper a leitura. Se você fuma, deixe os cigarros e o cinzeiro ao alcance da mão. O que falta ainda? Precisa fazer xixi? Bom, isso é com você.

Não que você espere algo de especial deste livro em particular. Você é daquelas pessoas que, por princípio, já não esperam nada de nada. Há tanta gente, mais jovem ou mais velha que você, que vive à espera de experiências extraordinárias — dos livros, das pessoas, das viagens, dos acontecimentos, de tudo que o amanhã guarda em si. Você não. Você já aprendeu que o melhor que se pode esperar é evitar o pior. É essa a conclusão a que chegou, tanto na vida privada como nas questões gerais e nos problemas do mundo. E quanto aos livros? Aí está: justamente por ter renunciado a tantas coisas, você acredita que seja certo conceder a si mesmo o prazer juvenil da expectativa num âmbito bastante circunscrito, como este dos livros, em que as coisas podem ir bem ou mal, mas em que o risco da desilusão não é grave.

Pois então você leu num jornal que foi lançado *Se um viajante numa noite de inverno*, o novo livro de Italo Calvino, que não publicava nada havia vários anos. Passou por uma livraria e comprou o volume. Fez bem.

Já logo na vitrine da livraria, identificou a capa com o título que procurava. Seguindo essa pista visual, você abriu caminho na loja, através da densa barreira dos Livros Que Você Não Leu que, das mesas e prateleiras, olham-no de esguelha tentando intimidá-lo. Mas você sabe que não deve deixar-se impressionar, pois estão distribuídos por hectares e mais hectares os Livros Cuja Leitura É Dispensável, os Livros Para Outros Usos Que Não a Leitura, os Livros Já Lidos Sem Que Seja Necessário Abri-los, pertencentes que são à categoria dos Livros Já Lidos Antes Mesmo De Terem Sido Escritos. Assim, após você ter superado a primeira linha de defesas, eis que cai sobre sua pessoa a infantaria dos Livros Que, Se Você Tivesse Mais Vidas Para Viver, Certamente Leria De Boa Vontade, Mas Infelizmente Os Dias Que Lhe Restam Para Viver Não São Tantos Assim. Com movimentos rápidos, você os deixa para trás e atravessa as falanges dos Livros Que Tem A Intenção De Ler Mas Antes Deve Ler Outros, dos Livros Demasiado Caros Que Podem Esperar Para Ser Comprados Quando Forem Revendidos Pela Metade do Preço, dos Livros Idem Quando Forem Reeditados Em Coleções De Bolso, dos Livros Que Poderia Pedir Emprestados A Alguém, dos Livros Que Todo Mundo Leu E É Como Se Você Também Os Tivesse Lido. Esquivando-se de tais assaltos, você alcança as torres do fortim, onde ainda resistem

os Livros Que Há Tempos Você Pretende Ler,

os Livros Que Procurou Durante Vários Anos Sem Ter Encontrado,

os Livros Que Dizem Respeito A Algo Que O Ocupa Neste Momento,

os Livros Que Deseja Adquirir Para Ter Por Perto Em Qualquer Circunstância,

os Livros Que Gostaria De Separar Para Ler Neste Verão,
os Livros Que Lhe Faltam Para Colocar Ao Lado De Outros Em Sua Estante,
os Livros Que De Repente Lhe Inspiram Uma Curiosidade Frenética E Não Claramente Justificada.

Bom, foi enfim possível reduzir o número ilimitado de forças em campo a um conjunto certamente muito grande, conquanto calculável num número finito, embora esse alívio relativo seja solapado pelas emboscadas dos Livros Que Você Leu Há Muito Tempo E Que Já Seria Hora De Reler e dos Livros Que Sempre Fingiu Ter Lido E Que Já Seria Hora De Decidir-se A Lê-los Realmente.

Você se livra com rápidos zigue-zagues e, de um salto, penetra na cidadela das Novidades Em Que O Autor Ou O Tema São Atraentes. Uma vez no interior dessa fortaleza, pode abrir brechas entre as fileiras de defensores e dividi-los em Novidades De Autores Ou Temas Já Conhecidos (por você ou por todos) e Novidades De Autores Ou Temas Completamente Desconhecidos (ao menos por você) e definir a atração que eles exercem sobre você segundo suas necessidades e desejos de novidade e não novidade (da novidade que você busca no não novo e do não novo que você busca na novidade).

Tudo isso para dizer que, após ter percorrido rapidamente com o olhar os títulos dos volumes expostos na livraria, você se dirigiu a uma pilha de exemplares recém-impressos de *Se um viajante numa noite de inverno*, pegou um e o levou ao caixa para ver reconhecido o seu direito de possuí-lo.

Você ainda lançou sobre os livros em redor um olhar desgarrado (ou melhor: os livros é que o olharam com um olhar perdido como o dos cães nos cercados do canil municipal quando veem um ex-companheiro ser levado na coleira pelo dono que veio resgatá-lo) e, enfim, saiu.

Um livro recém-publicado lhe dá um prazer especial, não é apenas o livro que você está carregando, é também a novidade contida nele, que poderia ser apenas a do objeto saído há pouco da fábrica, é a beleza diabólica com a qual os livros se adornam, que dura até que a capa amarelece, até que um véu de poeira se deposita nas bordas das folhas e os cantos da lombada se rasgam, no breve outono das bibliotecas. Você espera encontrar sempre a novidade verdadeira, que tendo sido novidade uma vez continue a sê-lo para sempre. Ao ler um livro recém-saído, você se apropria dessa novidade do primeiro instante, sem precisar depois persegui-la, encurralá-la. Será desta vez que isso acontecerá? Nunca se sabe. Vejamos como o livro começa.

Talvez você o tenha folheado ainda na livraria. Ou talvez não, porque ele estava envolto em celofane. Agora você está num ônibus, em pé, no meio de muita gente, pendurado à barra de apoio por um dos braços, e com a mão que está livre você começa a desfazer o embrulho; seus gestos são simiescos, como os de um macaco que deseja ao mesmo tempo descascar uma banana e manter-se agarrado ao galho. Cuidado, você está acotovelando os vizinhos; ao menos peça desculpas.

Talvez o vendedor da livraria não tenha embrulhado o livro, apenas o tenha colocado numa sacola. Isso simplifica as coisas. Você está ao volante do carro, parado num semáforo, tira o livro da sacola, arranca o invólucro transparente, começa a ler as primeiras linhas. Você é atingido por uma tempestade de buzinas; abriu o sinal, e você está obstruindo o trânsito.

Você está sentado a sua mesa de trabalho, e o livro por acaso está ali entre os papéis do escritório; em dado momento você afasta um dossiê, e o livro surge bem debaixo de seus olhos; você o abre com ar distraído, apoia os cotovelos na mesa, encosta os punhos nas têmporas e parece estar concentrado no exame de um caso, mas na verdade explora as primeiras páginas do romance. Depois, pouco a pouco, encaixa a coluna vertebral no espaldar, ergue o livro até a altura do nariz, inclina a cadeira para trás equilibrando-a nas pernas posteriores, abre uma gaveta lateral da escrivaninha para apoiar os pés — a posição dos pés durante a leitura é da maior importância — ou, ainda, estica as pernas e as apoia na mesa, sobre os processos não resolvidos.

Mas isso não lhe parece uma falta de respeito? De respeito, entenda bem, não para com o trabalho (ninguém pretende julgar seu rendimento profissional; vamos pressupor que suas tarefas sejam regularmente inseridas no sistema das atividades improdutivas que ocupam boa parte da economia nacional e mundial), mas para com o próprio livro. Pior ainda se você pertence — por amor ou obrigação — àquele grupo de pessoas para as quais é coisa séria trabalhar, realizar — intencionalmente ou não — uma atividade necessária — ou pelo menos útil — tanto para os outros como para si mesmo; nesse caso o livro que você levou para o local de trabalho como uma espécie de amuleto ou talismã o expõe a tentações intermitentes que a cada vez subtraem alguns segundos do objeto primeiro de sua atenção, seja este uma perfuradora de cartões, seja os queimadores de um fogão, seja as alavancas de comando de um buldôzer, seja um paciente deitado com as vísceras expostas numa mesa de cirurgia.

Em suma, é preferível que você ponha um freio a essa impaciência e aguarde para abrir o livro quando estiver em casa. Aí sim. No quarto, tranquilo, você abre o livro na primeira página — não, na última, antes você quer saber a extensão dele. Não, por sorte não é muito longo. Hoje em dia, escrever romances longos é um contrassenso: a dimensão do tempo foi estilhaçada, não conseguimos viver nem pensar senão em fragmentos de tempo que se afastam, seguindo cada qual sua própria trajetória, e logo desaparecem. A continuidade do tempo só pode ser reencontrada nos romances da época em que o tempo, conquanto não parecesse imóvel, ainda não se estilhaçava. Um período de cerca de cem anos.

Revire o livro entre as mãos, percorra o texto da contracapa, das orelhas, são frases genéricas que não dizem muito. Melhor isso que um discurso que pretenda sobrepor-se de forma indiscreta àquele que o livro deve comunicar diretamente, àquilo que, pouco ou muito, você mesmo extrairá dele. É certo que esse passeio ao redor do livro — ler o que está fora antes de ler o que está dentro — também faz parte do prazer da novidade, mas, como todo prazer preliminar, este também deve durar um tempo conveniente e pretender apenas conduzir ao prazer mais consistente, à consumação do ato, isto é, à leitura do livro propriamente dito.

Agora, sim, você está pronto para devorar as primeiras linhas da primeira página. Está preparado para reconhecer o inconfundível estilo do autor. Não, você não o está reconhecendo. Mas, pensando bem, quem afirmou que este autor tem estilo inconfundível? Pelo contrário: sabe-se que é um autor que muda muito de um livro para outro. E é justamente nessas mudanças que se pode reconhecê-lo. No entanto, parece que este livro nada tem a ver com os outros que ele escreveu, pelo menos com aqueles dos quais você se lembra. Está desapontado? Vejamos. De início você talvez experimente certo desnorteamento, como o que sobrevém quando somos apresentados a uma pessoa que pelo nome parecia identificar-se com determinada fisionomia, mas que, ao tentarmos fazer coincidir os traços do rosto que vemos com os daquele de que nos lembramos, percebemos não combinar. Mas depois você prossegue na leitura e percebe que de algum modo o livro se deixa ler, independentemente daquilo que você esperava do autor. O livro é o que desperta sua curiosidade; pensando bem, você até prefere que seja assim, deparar com algo que ainda não sabe bem o que é.

SE
UM VIAJANTE
NUMA NOITE
DE INVERNO

O romance começa numa estação ferroviária; uma locomotiva apita, um silvo de pistão envolve a abertura do capítulo, uma nuvem de fumaça esconde parte do primeiro parágrafo. Ao cheiro da estação se mistura uma brisa que recende a comida. Alguém olha pelas janelas toldadas do bar, abre a porta de vidro, e no interior o ar é nevoento, como se visto através de olhos míopes ou irritados por algum cisco. São as páginas do livro que estão embaçadas como os vidros das janelas de um velho trem; sobre as frases paira uma nuvem de fumaça. A noite é chuvosa. O homem entra no bar, desabotoa o capote úmido, uma nuvem de vapor o envolve. Um apito se distancia ao longo dos trilhos resplandecentes de chuva a perder de vista.

Um silvo semelhante ao das locomotivas e um jato de vapor sobem da cafeteira que o velho empregado do bar põe para funcionar com pressão, como se estivesse emitindo um sinal; pelo menos é o que parece, dada a sucessão de frases do segundo parágrafo, no qual os jogadores, sentados à mesa, fecham contra o peito o leque de cartas e se voltam para o recém-chegado com uma tripla torção de pescoços, ombros e cadeiras, enquanto os outros fregueses junto ao balcão, de lábios e olhos entreabertos, erguem suas pequenas xícaras e sopram a superfície do café ou sorvem o excesso de cerveja de suas canecas com exagerada precaução para que o líquido não transborde. O gato flexiona o dorso, a caixa fecha a máquina registradora, que faz tlim-tlim. Todos esses signos convergem para informar que se trata de uma pequena estação de província, onde aquele que chega é imediatamente notado.

As estações são todas parecidas; pouco importa se as lâmpadas não clareiam além de seu halo impreciso; afinal, você conhece de cor esse ambiente — o cheiro de trem que permanece mesmo depois de todos os trens terem partido, o cheiro particular que fica após a partida da última locomotiva. As luzes da estação e as frases que você lê parecem mais incumbidas de dissolver as coisas do que de mostrá-las, tudo emerge de um véu de obscuridade e névoa. Esta noite desembarquei pela primeira vez nesta estação e já me parece que passei aqui a vida toda, entrando e saindo deste bar, passando do cheiro da plataforma ao da serragem molhada dos banheiros, tudo misturado num cheiro único que é o da espera, o cheiro das cabines telefônicas quando só nos resta recuperar as fichas porque o número chamado não dá sinal de vida.

Sou o homem que vai e vem entre o bar e a cabine telefônica. Ou melhor: o homem que se chama "eu", a respeito do qual você nada sabe, assim como esta estação se chama apenas "estação" e fora dela não existe nada além do sinal sem resposta do telefone que toca num quarto escuro de uma cidade distante. Recoloco o fone no gancho, aguardo o ruído de ferragem descer pela garganta metálica, volto a empurrar a porta envidraçada e sigo em direção à pilha de xícaras postas para secar numa nuvem de vapor.

As máquinas de café expresso dos bares das estações ostentam um parentesco com as locomotivas — as máquinas de café expresso de ontem e de hoje com as locomotivas de ontem e de hoje. Faz tempo que vou e venho, que eu parto e retorno — estou preso numa armadilha, aquela que as estações infalivelmente nos oferecem. Uma poeira de carvão ainda paira no ar das estações tantos anos depois de todas as linhas terem sido eletrificadas; um romance que fala de trens e estações não pode deixar de transmitir esse cheiro de fumaça. Você já avançou várias páginas em sua leitura, seria hora de dizer-lhe claramente se a estação onde desembarquei de um trem atrasado é uma estação de hoje ou de outrora; mas, ao contrário, as frases continuam a mover-se no indeterminado, no cinzento, numa espécie de terra de ninguém da experiência, reduzida ao mínimo denominador comum. Fique atento: essa certamente é uma estratégia para envolvê-lo pouco a pouco no enredo, para capturá-lo sem que você perceba — uma cilada. Ou talvez o autor ainda esteja indeciso, como de resto você, leitor, ainda não está seguro do que lhe daria mais prazer na leitura: se a chegada a uma velha estação, que lhe sugere um retorno, uma recuperação do tempo e dos lugares perdidos, ou se um relampejar de luzes e sons, que lhe dá a sensação de estar vivo hoje, à maneira que hoje se acredita ser um prazer estar vivo. São talvez meus olhos, míopes ou irritados, que veem esse bar (ou "buffet", como também é chamado) assim embaçado e brumoso; no entanto, não está de todo descartada a ideia de que o ambiente, ao contrário, esteja saturado de luz, a qual irradia de tubos fluorescentes, reflete-se nos espelhos e invade todos os recantos e interstícios; tampouco está excluída a ideia de que, deste espaço sem sombras, uma máquina de matar o silêncio faça extravasar sua música a todo volume, de que os fliperamas e os outros jogos elétricos, simulando corridas hípicas e caçadas humanas, entrem todos em funcionamento, de que sombras coloridas flutuem na transparência de um televisor e de um aquário de peixes tropicais avivados por uma corrente vertical de bolhas de ar. E meu braço, em vez de carregar uma sacola de viagem inflada e um pouco gasta, talvez puxe uma mala quadrada de plástico duro, munida de rodinhas, que se manobra com uma alça dobrável de metal cromado.

Você, leitor, acreditava que ali, sob o alpendre, meu olhar se fixasse nos ponteiros de um velho relógio redondo de estação, cravados como alabardas, no esforço inútil de fazê-los girar para trás e percorrer ao contrário o cemitério das horas passadas, que se estendem desfalecidas em seu panteão circular. Mas quem lhe disse que os números do relógio não desfilam em pequenas janelas retangulares onde vejo cada minuto cair sobre mim tão bruscamente quanto a lâmina de uma guilhotina? De qualquer modo, o resultado não mudaria muito: ainda que eu caminhe num mundo liso e corredio, minha mão contraída sobre o leve timão da mala de rodinhas manifesta para sempre uma recusa interior, como se aquela bagagem inoportuna constituísse para mim um fardo ingrato e extenuante.

Nem tudo está transcorrendo como eu gostaria: um desvio, um atraso, uma baldeação perdida; ao chegar eu talvez tivesse precisado fazer um contato, provavelmente relacionado a esta mala que parece preocupar-me tanto, não sei se porque temo perdê-la ou se porque anseio pelo momento de livrar-me dela. O que parece certo é que não se trata de uma mala qualquer, das que se possam guardar no depósito de bagagens ou fingir esquecer na sala de espera. Inútil olhar o relógio; se alguém tivesse vindo esperar-me, há muito já teria ido embora; inútil atormentar-me com a mania de fazer relógios e calendários voltarem atrás, na esperança de retornar ao momento anterior àquele em que ocorreu algo que não devia ter ocorrido. Se nesta estação eu devia encontrar alguém que, como eu próprio, não tivesse nada para fazer aqui senão descer de um trem e subir em outro, e se um de nós dois precisava entregar alguma coisa ao outro — como aquela mala de rodinhas, por exemplo, que ficou comigo e me queima as mãos —, então só resta tratar de restabelecer o contato perdido.

Já atravessei o bar várias vezes e olhei pela porta que dá para a praça invisível, e todas as vezes a parede negra da noite me atirou para trás nessa espécie de limbo luminoso, suspenso entre duas obscuridades, a do feixe de trilhos e a da cidade nebulosa. Sair para onde? A cidade lá fora ainda não tem nome, não sabemos se ficará fora do romance ou se o conterá inteiro no negrume de sua tinta. Sei apenas que este primeiro capítulo demora a afastar-se da estação e do bar; não é prudente que eu me afaste daqui, onde ainda poderiam vir procurar-me, e tampouco é prudente que eu me deixe ver com esta mala embaraçosa. Por isso continuo a enfiar fichas pela goela do telefone público, que as cospe todas de volta — muitas fichas, como se para um interurbano. Sabe-se lá onde se encontram agora aqueles de quem devo receber instruções, ou melhor, ordens. É evidente que dependo de outros, não tenho o ar de alguém que viaja por conta própria ou por motivos pessoais; devo, isto sim, ser um subordinado, um peão num jogo muito complexo, uma peça pequena numa grande engrenagem, uma peça tão ínfima que nem deveria ser visível; de fato, estava estabelecido que eu passaria por esse lugar sem deixar vestígios, mas, ao contrário, vou deixando-os a cada minuto que permaneço aqui. Se não falo com ninguém, deixo marcas, porque me qualifico como alguém que não quer abrir a boca; se falo, deixo-as também, porque toda palavra pronunciada permanece e pode reaparecer a qualquer momento, com ou sem aspas. Talvez por isso o autor acumule suposições sobre mais suposições, em longos parágrafos sem diálogos, para que eu possa passar despercebido e sumir numa espessidão de chumbo densa e opaca.

Sou, efetivamente, uma pessoa que não se destaca, uma presença anônima num cenário ainda mais anônimo; se você, leitor, não conseguiu deixar de distinguir-me em meio àquelas pessoas que desciam do trem e se continua a seguir-me em meu vaivém entre o bar e o telefone, é só porque me chamo "eu". Isso é tudo que você sabe sobre mim, mas é suficiente para que possa sentir-se levado a investir parte de si próprio neste eu desconhecido, assim como fez o autor, que, sem ter tido a intenção de falar de si mesmo, decidiu denominar "eu" sua personagem quase para subtraí-la aos olhares, para não precisar nomeá-la nem descrevê-la, porque qualquer outra denominação ou atributo a teria definido melhor que esse despojado pronome; até mesmo pelo simples fato de escrever a palavra "eu", o autor se vê tentado a pôr neste "eu" um pouco de si próprio, um pouco daquilo que sente ou imagina sentir. Nada mais fácil que identificar-se comigo: por ora meu comportamento exterior é o de um viajante que perdeu uma baldeação, experiência que todos conhecem; entretanto, se essa situação aparece no princípio de um romance, ela remete para alguma coisa que aconteceu ou que está por vir, e é nessa outra coisa que, tanto para o autor como para o leitor, consiste o risco de identificar-se comigo; quanto mais cinzento, comum e indeterminado for o início deste romance, tanto mais você e o autor sentirão uma sombra de perigo crescer sobre esse fragmento do "eu" que os dois irrefletidamente investiram no "eu" de uma personagem cuja história ignoram, assim como ignoram tudo daquela mala da qual ela tanto gostaria de livrar-se.

Desfazer-se da mala devia ser o primeiro requisito para que se restabelecesse a situação anterior — anterior a tudo aquilo que ocorreu em seguida. É nisto que penso quando digo que gostaria de recuperar o curso do tempo: gostaria de anular as consequências de certos acontecimentos e restaurar uma condição inicial. Mas todo momento de minha vida traz consigo um acúmulo de fatos novos, e estes, por sua vez, acarretam consequências, e assim, quanto mais busco retornar ao ponto zero do qual parti, mais me distancio dele; embora todos os meus atos tendam a anular as consequências de atos anteriores, e conquanto eu tenha obtido resultados apreciáveis nessa tarefa, a ponto de animar-me com a esperança de um alívio próximo, devo considerar que cada uma dessas tentativas provoca uma chuva de novos acontecimentos que complicam ainda mais a situação original e que, posteriormente, terei de fazer desaparecer. Por fim, preciso calcular muito bem todo movimento para apagar o máximo com o mínimo de novas complicações.

Se tudo não tivesse dado errado, um homem que não conheço devia ter-me encontrado tão logo desci do trem. Um homem com uma mala de rodinhas igual à minha, porém vazia. As duas malas se chocariam como por acidente no vaivém dos viajantes na plataforma, entre um trem e outro. Coisa absolutamente casual, uma eventualidade; isso e mais uma senha que aquele homem me diria, um comentário sobre uma manchete do jornal que desponta de meu bolso, o resultado de uma corrida de cavalos: "Ah, Zenão de Eleia venceu!". E nesse ínterim teríamos separado nossas malas, manobrando as alças metálicas, quem sabe até trocando comentários jocosos a respeito de cavalos, de prognósticos, de apostas, e nos teríamos afastado rumo a trens diferentes, puxando cada um sua respectiva mala. Ninguém teria percebido, mas eu ficaria com a mala dele, e ele, com a minha.

Um plano perfeito, tão perfeito que bastou uma complicação mínima para mandá-lo pelos ares. E agora estou aqui sem saber o que fazer, sou o último passageiro à espera nesta estação, de onde não partirá e aonde não chegará nenhum trem antes de amanhã cedo. Esta é a hora em que a cidadezinha provinciana se encerra em sua concha. No bar, restaram somente pessoas do lugar, que se conhecem todas entre si, gente que nada tem a ver com a estação, mas que se arrasta até aqui pela praça escura, talvez porque não exista outro bar aberto na redondeza ou, quem sabe, por causa do atrativo que as estações continuam a representar para as cidades de província, o quê de novidade que se pode esperar das estações, ou ainda pela nostalgia do tempo em que a estação era o único ponto de contato com o resto do mundo.

Inútil dizer-me que não mais existem cidades de província, que elas talvez nunca tenham existido, que todos os lugares se comunicam uns com os outros instantaneamente, que a ideia de isolamento só pode ser experimentada durante o trajeto de um lugar a outro, isto é, quando não se está em lugar nenhum. O fato é que me encontro neste momento sem um aqui nem um lá e sou reconhecível como estrangeiro por não estrangeiros, ao menos na medida em que os vejo como tal, com inveja. Sim, com inveja. Estou observando de fora a vida de uma noite comum numa cidadezinha comum e percebo que fui excluído das noitadas comuns por sabe-se lá quanto tempo, e penso nos milhares de cidades como esta, nas centenas de milhares de locais iluminados, onde a esta hora as pessoas deixam cair a escuridão da noite, sem que tenham na mente nenhum de meus pensamentos; talvez tenham outros dos quais não sinto inveja, mas neste momento estaria pronto a fazer a troca com qualquer uma delas. Como um desses jovens, por exemplo, que circulam entre os comerciantes coletando assinaturas para uma petição à prefeitura relativa aos impostos sobre os anúncios luminosos e que neste momento estão lendo o documento para o empregado do bar.

Aqui, o romance transcreve fragmentos de conversa que parecem servir apenas para representar a vida cotidiana de uma cidade de província.

— E você, Armida, já assinou? — perguntam a uma mulher a quem só vejo de costas, o martingale preso ao longo casaco de gola alta adornado com peles, um fio de fumaça que sobe dos dedos contornando o pé de um cálice.

— E quem lhes disse que pretendo pôr luz de néon na loja? Se a prefeitura acha que pode economizar nos postes, não serei eu que vou iluminar a rua por minha conta! Afinal, todos sabem onde fica a loja de peles da Armida. Quando baixo a porta metálica, a rua fica no escuro, e aí boa-noite.

— Exatamente por isso é que você também deveria assinar — dizem-lhe.

Aqui as pessoas se tratam por "você", todo mundo é íntimo; falam meio em dialeto; é gente que se vê todos os dias sabe Deus há quantos anos; toda conversa é a continuação de outra mais antiga. Trocam provocações, às vezes até um pouco pesadas:

— Vamos, diga a verdade, o escuro serve para que ninguém veja quem vem encontrá-la! Quem é a pessoa que você recebe na porta dos fundos depois de fechar a loja?

Esses bate-bocas formam um burburinho de vozes indistintas, mas poderá surgir daí uma palavra ou frase decisiva para aquilo que vem depois. Para ler bem, é preciso registrar tanto o efeito "burburinho" quanto o efeito "intenção secreta", que você (assim como eu) ainda não tem condições de captar. Então é necessário que, durante a leitura, você se mantenha simultaneamente distraído e alerta, tanto quanto eu estou absorto, assim, com os ouvidos atentos, um cotovelo apoiado no balcão e o queixo numa das mãos. E, se agora o romance vai deixando para trás sua brumosa imprecisão e começa a fornecer detalhes do aspecto das pessoas, a sensação que ele quer transmitir a você é a das fisionomias que são vistas pela primeira vez, mas que também parecem ter sido vistas já outras milhares de vezes. Estamos numa cidade em cujas ruas encontramos sempre as mesmas pessoas; os rostos trazem consigo o peso do hábito, que se comunica a uma pessoa como eu, a qual, sem nunca antes ter estado aqui, compreende que estas são as caras habituais, traços que o espelho do bar viu engrossar-se ou abater-se, expressões que, noite após noite, foram amarfanhando ou inchando. Esta mulher talvez tenha sido a beldade local; eu, que a vejo hoje pela primeira vez, ainda a acho atraente; mas, se a considero com os olhos dos outros fregueses do bar, vejo pairar sobre ela uma espécie de fadiga, a sombra talvez da fadiga deles (ou da minha, ou da sua). Eles a conhecem desde criança, sabem tudo de sua vida, é possível que algum deles tenha sido seu amante; tudo isso aconteceu há muito tempo, são águas passadas, esquecidas, mas constituem um véu de outras imagens que se depositam sobre a dela e a deixam desfocada, um manto de recordações que me impede de vê-la como se vê alguém pela primeira vez. As lembranças dos outros flutuam qual fumaça sob as lâmpadas.

O passatempo predileto dos fregueses do bar da estação parecem ser as apostas. Apostas sobre os mínimos incidentes do cotidiano. Alguém, por exemplo, diz: "Vamos apostar para ver quem chega primeiro ao bar, se o doutor Marne ou o delegado Gorin". E outro: "E o doutor Marne, quando entrar aqui, vai fazer o que para não encontrar a ex-mulher? Jogar fliperama ou preencher volantes de loteria?".

Sobre uma existência como a minha não cabe fazer previsões: nunca sei o que pode acontecer-me na próxima meia hora, não sou capaz nem mesmo de imaginar uma vida feita de alternativas limitadas, bem circunscritas, a respeito das quais seja possível fazer apostas, "ou isto ou aquilo".

— Não sei — digo em voz baixa.

— Não sei o quê? — ela pergunta.

Parece-me que posso confiar-lhe este pensamento, e não guardá-lo apenas para mim, como quase sempre faço; acho que posso contar a essa mulher aqui a meu lado no balcão do bar, aquela da loja de peles, com quem, já há alguns minutos, tenho vontade de conversar.

— É assim que as coisas funcionam por aqui?

— Não, não são bem assim — ela responde.

Eu sabia que me responderia. Ela sustenta que nada se pode prever, nem aqui nem em nenhum outro lugar: com certeza, todas as noites a esta hora, o doutor Marne fecha o consultório, o delegado Gorin encerra o expediente, e ambos seguem para cá, primeiro um, depois o outro, mas o que isso quer dizer?

— De qualquer modo, ninguém parece duvidar que o doutor vai procurar evitar a ex-senhora Marne — digo.

— Eu sou a ex-senhora Marne. Não dê ouvidos às histórias que contam por aí.

Sua atenção de leitor agora se dirige inteiramente para a mulher; de umas páginas para cá, você a vem rodeando, e eu (ou antes, o autor) também me volto para essa presença feminina. Você está esperando que nas próximas páginas esse simulacro de mulher tome corpo, como acontece aos simulacros femininos nas páginas de livro, e é essa sua expectativa, Leitor, o que impele o autor para ela, e eu, com ideias completamente diversas na cabeça, eis que resolvo falar com ela, iniciar uma conversa que será melhor interromper o mais rápido possível, para afastar-me e desaparecer. É claro que você gostaria de saber um pouco mais dessa mulher, mas, ao contrário, a página escrita deixa entrever apenas alguns raros elementos, o rosto continua oculto entre os cabelos e a fumaça do cigarro, seria preciso desvendar, para além do vinco amargo da boca, o que existe além do vinco amargo.

— Que histórias? Eu não sei de nada. Sei que a senhora tem uma loja sem anúncio luminoso. Mas nem mesmo sei onde fica.

Ela então explica. É uma loja de peles, malas e artigos para viagem. Não fica na praça da estação, mas numa rua lateral, perto da passagem de nível do pátio de carga.

— Mas por que isso lhe interessa?

— Eu gostaria de ter chegado mais cedo. Teria passado pela rua escura, teria visto sua loja iluminada, teria entrado e dito: "Posso ajudar a baixar a porta, se quiser".

Ela me responde que já baixou a porta, mas que deverá retornar à loja para o balanço e ali ficar até tarde.

As pessoas no bar fazem brincadeiras umas com as outras, trocam tapinhas nas costas. Uma aposta está resolvida: o doutor Marne acaba de entrar.

— O delegado está atrasado, sabe-se lá por quê.

O doutor entra e distribui um cumprimento geral; seu olhar não se detém na mulher, mas certamente registrou o fato de que há um homem conversando com ela. O doutor se dirige para o fundo, dando as costas para o bar; insere uma moeda no fliperama. Eu, que queria passar despercebido, eis que fui perscrutado, fotografado por olhos aos quais não posso esperar ter escapado, olhos que não se esquecem de nada nem de ninguém que esteja em relação com o objeto de seu ciúme e de sua dor. Bastam esses olhos, um tanto pesados e aquosos, para fazer-me entender que o drama ocorrido entre eles ainda não terminou: ele vem aqui todas as noites para vê-la, para reabrir a velha ferida, talvez para saber quem irá acompanhá-la até em casa; e talvez ela venha todas as noites a este bar justamente para fazê-lo sofrer ou, quem sabe, na esperança de que, para ele, o hábito de sofrer se torne um hábito como outro qualquer e adquira o sabor do nada que há tantos anos lhe empasta a boca e a vida.

— O que eu mais queria no mundo — digo-lhe, pois agora tanto faz falar ou não — era fazer que os relógios girassem para trás.

— Bastaria mexer nos ponteiros.

— Não, eu falo de fazer isso com o pensamento, concentrando-me até fazer o tempo voltar para trás — digo eu, quer dizer, não fica claro se o digo de fato, se eu apenas queria dizê-lo ou se o autor interpreta assim as meias frases que murmuro entre dentes. — Quando cheguei aqui, meu primeiro pensamento foi este: talvez, se eu fizesse determinado esforço mental, o tempo daria uma volta completa, e aí eu estaria novamente na mesma estação de onde parti, e ela estaria tal como era, nada teria mudado. Todas as vidas que eu teria podido viver começam aqui: há a moça que podia ter sido a minha namorada e não foi, com aqueles mesmos olhos, aqueles mesmos cabelos...

Ela olha em volta com ar de quem debocha de mim; faço um movimento projetando o queixo em sua direção; ela ergue os cantos da boca como se para sorrir e depois se detém: talvez tenha mudado de ideia, ou então é assim que ela sorri.

— Não sei se isso foi um cumprimento, mas vou interpretá-lo como tal. E então?

— Então aqui estou, sou eu agora, com esta mala.

É a primeira vez que falo da mala, embora não tenha parado de pensar nela.

E ela:

— Esta é a noite das malas quadradas com rodinhas.
Permaneço calmo, impassível.
— O que quer dizer com isso?
— Que hoje vendi uma dessas, uma mala igual a essa.
— A quem?
— A um forasteiro. Como o senhor. Ele circulava pela estação. Estava de partida. Com a mala vazia, recém-comprada. Exatamente como a sua.
— O que há de estranho nisso? Seu negócio não é vender malas?
— Malas como essas, desde que abri a loja, por aqui ninguém nunca comprou. Não agradam. Ou não servem. Ou não são conhecidas. Ainda assim, parecem ser cômodas.
— Não para mim. Quando penso, por exemplo, que esta poderia ser uma bela noitada e me lembro de que tenho que arrastar comigo essa mala, aí já não consigo pensar em mais nada.
— Por que não a deixa em algum lugar?
— Numa loja de malas, por exemplo?
— Pode ser. Uma a mais, uma a menos...
Ela se levanta da banqueta, olha para o espelho e ajeita a gola do casaco, o cinto.
— Se mais tarde eu passar por lá e bater na porta, a senhora escutará?
— Experimente.
Ela não se despede de ninguém. Já está do lado de fora, na praça.
O doutor Marne deixa o fliperama e se dirige para o bar. Ele deseja olhar-me de frente, espera flagrar alguma alusão ou zombaria vinda dos outros. Mas as pessoas estão ocupadas com suas apostas, apostas sobre ele, e continuam falando, sem incomodar-se com que as escute. Em torno do doutor Marne há certa agitação, um clima de alegria e confidência, tapinhas nas costas, velhas piadas e brincadeiras, mas no meio dessa gaiatice há os limites do respeito, que jamais são ultrapassados; não

apenas porque Marne é um médico, um agente sanitário ou algo parecido, mas talvez porque também é um amigo, um homem infeliz que carrega sua desgraça, mas sempre um amigo.

— Hoje o delegado Gorin bateu todos os recordes de atraso — diz alguém, no exato momento em que Gorin entra no bar.

— Boa noite a todos!

Ele se aproxima de mim, baixa os olhos em direção a minha mala, a meu jornal, e sussurra entre dentes:

— Zenão de Eleia.

Depois, segue rumo à máquina de cigarros.

Será que alguém me delatou? Será ele um policial que trabalha para nossa organização? Chego perto da máquina, como se para pegar cigarros também.

Ele diz:

— Mataram Jan. Vá embora.

— E a mala?

— Leve-a com você. Não queremos saber dela agora. Embarque no rápido das onze.

— Mas ele não para aqui.

— Vai parar. Siga para a plataforma seis. Perto do pátio de carga. Você tem três minutos.

— Mas...

— Suma, ou terei que prendê-lo.

A organização é poderosa. Comanda a polícia, as ferrovias. Atravesso as passagens arrastando a mala até chegar à plataforma seis. Caminho ao longo da plataforma. O pátio de carga fica mais ao fundo, com sua passagem de nível, sua névoa e sua escuridão. Gorin está parado à porta do bar, de onde controla meus passos. O rápido chega em alta velocidade. Freia, para, esconde-me da vista do delegado, parte novamente.

CAPÍTULO 2

Você leu umas trinta páginas e já começa a se apaixonar pela história. Em certa altura, observa: "Mas esta frase, parece que a conheço. Creio que li todo este trecho". É verdade: há motivos que retornam, o texto é tecido por esse vaivém destinado a exprimir a imprecisão do tempo. Você é um leitor sensível a esses refinamentos, pronto a captar as intenções do autor, nada lhe escapa. Mas, ao mesmo tempo, está um pouco desapontado: justamente quando você começava a interessar-se de fato, eis que o autor se acha na obrigação de recorrer a um desses exercícios de virtuosismo próprios dos literatos modernos — repetir um parágrafo tal qual. Como? Um parágrafo?! Mas é uma página inteira, pode cotejar, nem sequer uma vírgula foi mudada! E, depois, o que acontece? Nada, a narração se repete idêntica à das páginas que você leu há pouco!

Um momento, olhe o número da página. Não é possível! Da página 32 você retornou à 17! O que você considerava um rebuscamento estilístico do autor não passa de erro de impressão: repetiram duas vezes as mesmas páginas. O erro se deu durante o processo de encadernação: um livro é feito de cadernos; cada caderno é uma grande folha na qual se imprimem dezesseis páginas, que depois são dobradas em oito; no momento da colagem dos cadernos, pode ocorrer que dois cadernos iguais sejam inseridos no mesmo volume; é um acidente que acontece de vez em quando. Você folheia ansiosamente as páginas seguintes para encontrar a de número 33, se é que ela existe; um caderno em duplicata seria um inconveniente de pouca importância; o dano irreparável ocorre quando o livro vem com um caderno a menos, que de certo foi parar em outro exemplar, no qual ele será uma duplicata. Seja como for, você quer retomar o fio da leitura, nada mais lhe importa, chegou a um ponto em que não pode saltar nenhuma página.

Eis de novo a página 31, 32... E o que vem depois? De novo a página 17, pela terceira vez! Mas que raio de livro lhe venderam? Encadernaram juntas diversas cópias do mesmo caderno, não há mais nenhuma página boa no livro inteiro.

Você joga o livro no chão, poderia atirá-lo pela janela, ainda mais se estivesse fechada, assim as lâminas da persiana triturariam os cadernos incongruentes, e as frases, palavras, morfemas, fonemas se despedaçariam de tal forma que jamais poderiam recompor-se em discurso; você poderia arremessá-lo através do vidro, melhor ainda se este fosse do tipo inquebrável, porque aí o livro seria reduzido a fótons, vibrações ondulatórias, espectros polarizados; ou através da parede, para que ele se esmigalhasse em moléculas e átomos, passando entre os átomos do concreto armado, decompondo-se em elétrons, nêutrons, neutrinos, partículas elementares cada vez menores; ou ainda através do fio telefônico, para que se reduzisse a impulsos eletrônicos, a fluxo de informação, abalado por redundâncias e ruídos, e se degradasse numa entropia frenética. Você gostaria de arremessá-lo para fora da casa, do quarteirão, do bairro, do perímetro urbano, da administração provincial, do território nacional, do Mercado Comum, da cultura ocidental, da placa continental, da atmosfera, da biosfera, da estratosfera, do campo gravitacional, do sistema solar, da galáxia, do conjunto de galáxias, você gostaria de arremessá-lo para além do ponto-limite da expansão das galáxias, aonde o espaço-tempo ainda não chegou, onde o livro seria acolhido pelo não ser e pelo não ter sido, sem antes nem depois, e se perderia na negatividade mais absoluta, garantida e inegável. Exatamente o que ele merece, nem mais nem menos.

Mas você não faz nada disso; pelo contrário: você o recolhe, sacode a poeira da capa. É preciso levá-lo à livraria onde o comprou para que o troquem. Sabemos que você é particularmente impulsivo, mas já aprendeu a controlar-se. O que mais o exaspera é encontrar-se à mercê do acaso, do aleatório, da probabilidade, é deparar, nas atitudes humanas, com o desleixo, a imprecisão, sua ou de outros. Nesses casos, a paixão que o domina é a impaciência em apagar os efeitos perturbadores daquela arbitrariedade ou daquele equívoco e restabelecer o curso regular dos acontecimentos. Você não vê a hora de voltar a ter entre as mãos um exemplar perfeito do livro que já começou. Se a esta hora as lojas já não estivessem fechadas, seria capaz de ir correndo até a livraria. Terá de esperar até amanhã.

Você tem uma noite agitada, o sono é um fluxo intermitente e obstruído como a leitura do romance, com sonhos que lhe parecem ser a repetição de um sonho sempre igual. Você se debate com esses sonhos que, como a vida, não têm sentido nem forma, procurando descobrir-lhes o desígnio, o rumo que deve seguir, como quando você começa a ler um livro e ainda não sabe em que direção ele o levará. Você gostaria que se abrissem um espaço e um tempo abstratos, absolutos, onde você se movimentaria seguindo uma trajetória exata e direta; mas, quando lhe parece ter conseguido, você percebe que está imóvel, bloqueado, constrangido a repetir tudo desde o início.

No dia seguinte, assim que consegue um minuto de folga, você corre para a livraria, entra na loja exibindo o livro já escancarado e apontando uma página com o dedo, como se isso bastasse para tornar evidente a desordem geral na paginação.

— O senhor sabe o que me vendeu? Veja aqui. Justamente no melhor da história.

O livreiro não se abala.

— Ah, o senhor também? Já recebi inúmeras reclamações. Hoje de manhã mesmo chegou uma circular da editora. Está vendo? "Na expedição dos últimos lançamentos de nosso catálogo, parte da tiragem do livro *Se um viajante numa noite de inverno*, de Italo Calvino, apresenta falhas e deve ser retirada de circulação. Por um erro de encadernação, as folhas do referido volume estão misturadas às de outro livro, o romance *Fora do povoado de Malbork*, do polonês Tatius Bazakbal. A editora pede desculpas pelo desagradável contratempo e se compromete a substituir os exemplares defeituosos o mais rápido possível etc." Eu lhe pergunto: é justo que um pobre livreiro enlouqueça por causa da negligência de outros? Isto aqui está uma loucura desde cedo. Estamos examinando os Calvino um a um. Por sorte, há alguns exemplares em boas condições, e podemos trocar imediatamente o *Viajante* defeituoso por outro em perfeito estado, novinho em folha.

Um momento. Concentre-se. Organize essa massa de informações que despencou de uma só vez sobre sua cabeça. Um romance polonês. O que você começou a ler com tanto entusiasmo não era o que pensava, mas sim um romance polonês. Pois então é esse o livro que você precisa obter com urgência. Não se deixe enganar. Explique claramente as coisas.

— Não, veja, o livro de Italo Calvino já não me interessa mais. Comecei a ler o polonês, e é o que quero continuar. Você tem esse Bazakbal?

— Como preferir. Há pouco veio uma cliente com o mesmo problema e também quis trocar pelo polonês. Há uma pilha de Bazakbal naquela mesa, bem ali, debaixo de seu nariz. Sirva-se.

— Mas será que este é um bom exemplar?

— Olhe, nesta altura dos acontecimentos já não ponho mais a mão no fogo. Se as editoras mais sérias fazem trapalhadas desse tipo, não se pode confiar em mais nada. Conforme já disse à moça, repito ao senhor: se ainda houver motivo para queixa, vocês serão reembolsados. Não há mais nada que eu possa fazer.

O livreiro já indicou a moça para você. Lá está ela, entre duas estantes da livraria; está procurando entre os Penguin Modern Classics, corre o dedo delicado e resoluto pelas lombadas cor de berinjela clara. Olhos grandes e irrequietos, pele corada e boa, cabelos profusos e vaporosos.

E assim a Leitora faz sua feliz entrada no campo visual de você, Leitor, ou, mais precisamente, no campo de sua atenção. Ou melhor ainda, você é que entrou num campo magnético de cuja atração não pode escapar. Vamos, não perca tempo, você já tem um bom argumento para iniciar a conversa, um terreno comum, pense um instante, pode exibir suas leituras amplas e variadas, vá em frente, o que está esperando?

— Então você também, rá-rá, o polonês? — você diz, de uma vez só. — Mas este livro que começa e se interrompe, que incompetência, disseram-me que com você também, comigo aconteceu a mesma coisa, sabe como é, se é para arriscar, desisti daquele e estou levando este, que grande coincidência nós dois, não?

Bom, você podia ter coordenado melhor a frase, mas, de qualquer modo, as ideias principais foram enunciadas. Agora é a vez dela.

Ela sorri. Tem covinhas. Ela lhe agrada ainda mais. Diz:

— É verdade, eu tinha tanta vontade de ler um bom livro. Aquele, logo de início não, mas depois começou a me agradar... Que raiva quando vi que se interrompia. Enfim, não era aquele autor. Já estava achando um pouco diferente de seus outros livros. Com efeito, era Bazakbal. E a propósito: bom esse Bazakbal. Eu ainda não tinha lido nada dele.

— Nem eu — você pode dizer, tranquilizado, tranquilizador.

— O jeito de narrar é meio vago para meu gosto. A sensação de desordem que um romance provoca no início da leitura não me desagrada em nada, mas, se o primeiro efeito é de enevoamento, temo que, tão logo este se dissipe, o meu prazer de ler também se vá.

Você sacode a cabeça, pensativo.

— De fato, existe esse risco.

— Prefiro os romances — acrescenta ela — que logo me fazem entrar num mundo onde tudo é exato, concreto, bem especificado. Sinto uma satisfação pessoal em saber que as coisas são feitas de determinado modo e não de outro, mesmo as coisas pouco importantes que na vida me são indiferentes.

Você está de acordo? Diga-lhe, então.

— Mas é claro, são livros assim que valem a pena.

E ela:

— De qualquer forma, este também é um romance interessante, não posso negar.

Vamos, não deixe a conversa morrer. Diga alguma coisa, o importante é continuar falando.

— Você lê muitos romances? Ah, sim? Eu também, alguns, embora eu esteja mais para a ensaística...

Isso é tudo que você consegue dizer? E aí? Vai parar? Então, boa noite! Mas não é capaz de perguntar-lhe: "E este, já leu? E aquele outro? Destes dois, qual prefere?". Pronto, agora vocês terão assunto para meia hora.

O problema é que ela leu muito mais romances que você, especialmente estrangeiros, e tem uma memória minuciosa, alude a episódios precisos. Ela lhe pergunta:

— Você se lembra do que diz a tia de Henry quando...?

E você, que mencionara aquele livro porque conhecia o título e nada mais, porque lhe agradava fazer pensar que o lera, agora terá de desvencilhar-se com comentários genéricos, arriscando apenas alguns juízos pouco comprometedores:

— Para mim é meio lento.

Ou então:

— Eu gosto porque é irônico.

E ela replica:

— É mesmo? Tem certeza? Eu não diria isso...

Você fica sem jeito. Começa a falar de um autor famoso, do qual leu um livro, dois no máximo, e ela sem hesitar enumera todas as outras obras dele, parecendo conhecê-las perfeitamente, e, se por acaso tem qualquer dúvida, aí fica pior ainda, porque ela lhe pergunta:

— E o famoso episódio da fotografia cortada está neste ou naquele outro? Fico sempre confusa...

Você começa a chutar, dado que ela se confunde. E ela:

— Mas como?! O que está dizendo? Não pode ser...

Bom, digamos que os dois se confundiram.

É melhor retornar àquela sua leitura de ontem à noite, ao volume que agora ambos apertam entre as mãos e que deverá compensá-los da desilusão recente.

— Esperemos — você diz — que desta vez tenhamos pegado um exemplar bom, bem encadernado, para não termos que interromper no melhor da história, como acontece... — Como acontece quando? O que você quer dizer? — Em suma, esperemos chegar ao fim satisfeitos.

— Ah, sim — ela responde.

Você ouviu? Ela disse: "Ah, sim". Agora cabe a você tentar uma continuação.

— É isso aí, espero tornar a encontrá-la, visto que também é cliente aqui, assim poderemos trocar impressões de leitura.

E ela responde:

— Com prazer.

Você sabe aonde quer chegar, é uma sutilíssima rede a que está lançando.

— Antes pensávamos que líamos Calvino e era Bazakbal, e seria muito divertido se, agora que desejamos ler Bazakbal, abríssemos o livro e encontrássemos Calvino.

— De jeito nenhum! Se for assim, vamos processar o editor!

— Ouça, por que não me dá seu telefone e eu lhe dou o meu? — Eis aonde você queria chegar, ó Leitor, rondando-a como uma cascavel! — Assim, se um de nós descobrir que há algo de errado em seu exemplar, poderá pedir ajuda ao outro... Juntos, aumentamos a probabilidade de reunir um exemplar completo.

Pronto, está dito. Não é natural que entre Leitor e Leitora se estabeleça através do livro uma solidariedade, uma cumplicidade, uma ligação?

Você pode sair da livraria contente, você, um homem que acreditava estarem findos os tempos em que se podia esperar alguma coisa da vida. Carrega consigo duas esperanças, e ambas prometem dias de agradável expectativa: a primeira proporcionada pelo livro, cuja leitura você espera impacientemente retomar, e a outra contida naquele número de telefone, que encerra a possibilidade de voltar a ouvir as vibrações daquela voz, ora agudas, ora veladas, quando ela responder a sua primeira chamada, dentro de não muito tempo, quem sabe amanhã mesmo, e você usará a desculpa esfarrapada do livro para perguntar-lhe se este lhe agrada ou não, para dizer-lhe quantas páginas leu ou deixou de ler, para propor-lhe um reencontro...

Seria indiscrição perguntar a você, Leitor, quem você é, qual sua idade, estado civil, profissão, renda. É sua vida, é problema seu. O que conta é seu estado de ânimo neste momento em que, na intimidade de sua casa, tenta restabelecer a calma perfeita para mergulhar no livro. Você estica as pernas, depois as flexiona, depois volta a esticá-las. Mas algo mudou desde ontem. Sua leitura não é mais solitária: pense na Leitora, que neste exato momento também está abrindo o livro, e eis que ao romance a ser lido se sobrepõe um possível romance a ser vivido, a sequência de sua história com ela, ou melhor, o início de uma possível história. Veja como você está mudado, antes afirmava preferir o livro, coisa sólida, que está ali, bem definida, que se pode desfrutar sem riscos, à experiência vivida, sempre fugaz, descontínua, controversa. Significaria então que o livro se tornou um instrumento, um canal de comunicação, um lugar de encontro? Nem por isso a leitura exercerá menos influência sobre você; pelo contrário: algo se acrescenta aos poderes dela.

As folhas do volume não foram cortadas — o primeiro obstáculo que se contrapõe a sua impaciência. Munido de uma boa espátula, você se apressa em penetrar nos segredos dele. Com um corte decidido, abre caminho entre o frontispício e o início do primeiro capítulo. E eis que...

Eis que, já na primeira página, você percebe que o romance que está segurando entre as mãos nada tem a ver com aquele que estava lendo ontem.

FORA
DO POVOADO
DE MALBORK

Quando se abre a página, um cheiro de fritura paira no ar, ou, antes, um cheiro de cebola, de cebola refogada, um pouco queimadinha, porque há na cebola certas estrias que ficam lilás e depois escuras, sobretudo nas bordas, nas margens de cada pequeno pedaço que enegrece antes de dourar, é o sumo da cebola que se carboniza, passando por uma série de matizes olfativos e cromáticos, todos misturados ao cheiro do óleo que frita lentamente. Óleo de colza, vem especificado no texto, no qual tudo é muito preciso, as coisas com sua nomenclatura e com as sensações que transmitem, todas as comidas no fogão ao mesmo tempo, cada recipiente sendo denominado com precisão, as frigideiras, as assadeiras, as chaleiras, assim como as operações que cada preparativo comporta, enfarinhar, bater as claras em neve, cortar os pepinos em rodelas fininhas, rechear com toucinho o frango para assar. Aqui tudo é muito concreto, denso, definido com competência garantida, ou pelo menos a impressão que você tem, Leitor, é de competência, embora não conheça certos pratos, cujos nomes o tradutor achou melhor deixar na língua original, *schoëblintsjia*, por exemplo, mas você, ao ler *schoëblintsjia*, é capaz de jurar que a *schoëblintsjia* existe, consegue sentir-lhe distintamente o sabor, mesmo que o texto não mencione nada sobre isso, um sabor acídulo, sugerido um pouco talvez pela sonoridade da palavra, um pouco pela grafia, ou ainda porque, nessa sinfonia de aromas, sabores e palavras, você tem a necessidade de uma nota acidulada.

 Brigd se ocupa em juntar a carne moída à farinha com ovos; seus braços vermelhos e firmes, pontilhados de sardas douradas, cobrem-se de pó branco e fragmentos de carne crua. Toda vez que seu busto sobe e desce sobre a mesa de mármore, a saia acompanha o movimento e se eleva alguns centímetros, deixando ver a cavidade entre a barriga da perna e o bíceps femoral, onde a pele é mais branca, marcada por finas veias azuis. Gradualmente, as personagens tomam corpo à medida que se acumulam detalhes minuciosos, gestos precisos e também réplicas, trechos de conversa — como no momento em que o velho Hunder diz: "O deste ano não faz você pular tanto quanto o do ano passado". Algumas linhas depois você entende que se trata do pimentão vermelho, e "é você que pula menos a cada ano que passa!", diz tia Ugurd, enquanto prova do caldeirão com uma colher de pau e acrescenta uma pitada de canela.

 A cada momento você descobre uma personagem nova, não se sabe quantos somos nessa imensa cozinha, é inútil contar, éramos sempre tão numerosos, indo e vindo em Kudgiwa; a conta nunca fica certa, pois uma personagem pode ter diversos nomes, conforme o caso, pode ser designada pelo primeiro nome, pelo apelido, pelo sobrenome ou pelo patronímico e, também, por coisas como "a viúva de Jan" ou "o atendente do cerealista". Mas o que importa são os detalhes físicos que o romance sublinha, as unhas roídas de Bronko, a pelugem nas faces de Brigd, assim como os gestos, os utensílios manejados por um e outro, o martelo de carne, o escorredor de agrião, a espátula de manteiga, de modo que toda personagem receba uma primeira definição segundo seu gesto ou atributo, ou melhor, é sobre isso que se deseja obter mais informações, como se a espátula de manteiga já determinasse o caráter e o destino de quem no primeiro capítulo manipula um utensílio desses, e como se, a cada vez que a personagem reaparecesse no curso do romance, você, Leitor, se preparasse para exclamar: "Ah, é aquela da espátula de manteiga!", forçando assim o autor a atribuir-lhe atos e eventos relacionados a essa espátula inicial.

Nossa cozinha de Kudgiwa parecia feita justamente para que a qualquer hora ali se encontrassem muitas personagens ocupadas em cozinhar, cada uma por sua conta, umas debulhando o grão-de-bico, outras marinando a tenca: todo mundo temperava, cozinhava ou comia alguma coisa, uns partiam, outros chegavam, desde o amanhecer até tarde da noite, e eu, naquela manhã, entrara na cozinha na hora certa, quando tudo estava em plena atividade, pois aquele era um dia diferente dos outros: na noite anterior, o senhor Kauderer chegara em companhia do filho, e partiria novamente naquela manhã, levando-me no lugar do rapaz. Era a primeira vez que eu saía de casa: passaria a temporada inteira na residência do senhor Kauderer, na província de Pëtkwo, até a colheita do centeio, para aprender sobre o funcionamento das novas máquinas secadoras, importadas da Bélgica; durante esse período, Ponko, o filho caçula dos Kauderer, ficaria com nossa gente para iniciar-se nas técnicas de enxerto da sorveira.

Os cheiros e os ruídos habituais da casa se acumulavam a minha volta como numa espécie de despedida: eu estava prestes a deixar, por um tempo bastante longo, tudo aquilo que conhecera até então, e, ao que me parecia, nada seria como antes nem eu seria o mesmo quando retornasse. Era como se dissesse adeus para sempre à cozinha, à casa, aos *knödel* da tia Ugurd; por isso, essa sensação de concretude que você experimentou desde as primeiras linhas tem também o sentido de perda, a vertigem da dissolução; e você, Leitor atento que é, sabe que experimentou isso desde a primeira página, quando, mesmo satisfeito com a precisão da escrita, percebia que na verdade tudo lhe escapava pelos dedos, talvez até, pensou você, por culpa da tradução, que, por mais fiel que seja, certamente não consegue transmitir a mesma densidade que as palavras têm na língua original, qualquer que seja ela. Em suma, toda frase pretende transmitir-lhe ao mesmo tempo a solidez de minha relação com a casa de Kudgiwa e a tristeza de perdê-la, e não só isso, mas também — e talvez você ainda não tenha percebido isso, mas, se refletir, verá que é exatamente assim — o impulso de afastar-me, de correr rumo ao desconhecido, de virar a página, de distanciar-me do cheiro levemente ácido da *schoëblintsjia*, para começar um novo capítulo com novos encontros nos intermináveis crepúsculos do Aagd, nos domingos em Pëtkwo, nas festas no Palácio da Sidra.

O retrato de uma moça de cabelos negros cortados curtos e rosto alongado emergiu por um instante da pequena mala de Ponko, que ele prontamente escondeu sob uma capa de encerado. No quarto abaixo do pombal, que até então fora o meu e dali em diante seria dele, Ponko desfazia a bagagem e arrumava tudo nas gavetas que eu acabara de esvaziar. Sentado sobre minha mala já fechada, eu o observava em silêncio enquanto batia mecanicamente na cabeça de um prego meio saliente e meio torto; não disséramos nada um ao outro, só trocáramos uma saudação entre dentes; eu acompanhava todos os seus movimentos, tentando entender bem o que estava acontecendo: um estranho tomava meu lugar, tornava-se eu, minha gaiola com estorninhos passava a ser dele, o estereoscópio, o capacete de ulano pendurado num prego, todas as minhas coisas que eu não podia levar comigo ficariam com ele, ou seja, minhas relações com as coisas os lugares as pessoas se tornavam suas, assim como eu devia tornar-me ele, ocupar seu lugar entre as coisas e as pessoas de sua vida.

Aquela moça...

— Quem é aquela moça? — perguntei e, com um gesto irrefletido, estiquei a mão para desvelar e pegar a fotografia em sua moldura de madeira trabalhada. Era uma moça diferente das que vivem aqui, que têm todas o rosto redondo e as tranças da cor do trigo. Foi só naquele momento que pensei em Brigd, vi num relance Ponko e Brigd dançarem juntos na festa de são Tadeu, Brigd cerziria as luvas de lã de Ponko, e ele a presentearia com a pele de uma marta capturada com minha armadilha.

— Largue esse retrato! — berrou Ponko, agarrando-me os braços com dedos de ferro. — Largue! Agora mesmo!

"Para que se lembre de Zwida Ozkart", tive tempo de ler no retrato.

— Quem é Zwida Ozkart? — perguntei.

Um soco já me atingia o rosto, e eu me lançava de punhos cerrados contra Ponko, e rolávamos ambos no assoalho, tentando torcer o braço um do outro, golpear com joelhadas, arrebentar costelas.

O corpo de Ponko era pesado e ossudo, os braços e pernas golpeavam secamente, os cabelos (que eu tentava puxar para virá-lo de costas) eram uma escova dura como pelo de cachorro. Enquanto estávamos agarrados, tive a sensação de que durante aquela luta ocorreria a metamorfose, e de que quando nos levantássemos ele seria eu, e eu seria ele, mas talvez somente agora eu esteja pensando nisso, ou talvez seja você, Leitor, quem esteja pensando, e não eu, pois naquele momento lutar com ele significava manter-me agarrado a mim mesmo, a meu passado, para não deixá-lo cair nas mãos dele, mesmo à custa de destruí-lo. Era Brigd que eu desejava destruir para que não caísse nas mãos de Ponko; Brigd, por quem jamais pensei estar apaixonado, tampouco o penso agora, mas com quem, certa vez, uma só vez, eu rolara, quase como o fazíamos nesse momento Ponko e eu, um sobre o outro, mordendo-nos, por cima de um monte de turfa atrás da estufa, e eu sentia que já então a disputava com um Ponko ainda por vir, disputava com ele ao mesmo tempo Brigd e Zwida, já tratava de arrancar qualquer coisa de meu passado para não deixá-lo a meu rival, ao novo eu de pelo de cachorro, ou talvez tentasse arrancar do passado desse novo eu um segredo para anexá-lo a meu passado ou a meu futuro.

A página que você está lendo deveria restituir-lhe esse contato violento, de golpes surdos e dolorosos, de respostas bruscas e lancinantes, dessa densidade da ação do próprio corpo sobre um corpo alheio, da justa adequação de seus esforços e de sua receptividade à imagem minuciosa que o adversário lhe devolve, como um espelho. Se as sensações evocadas pela leitura são pobres quando comparadas a qualquer experiência vivida, é porque o que sinto enquanto esmago o peito de Ponko sob o meu ou enquanto impeço que ele torça meu braço para trás não é a sensação da qual necessitaria para afirmar o que desejo afirmar, ou seja, a posse amorosa de Brigd, da plenitude daquela carne firme de moça, tão diferente da compacidade ossuda de Ponko, e também a posse amorosa de Zwida, da doçura pungente que imagino em Zwida, a posse de uma Brigd que imagino já perdida e de uma Zwida que tem apenas a consistência incorpórea de uma fotografia sob o vidro. Tento inutilmente agarrar na confusão de membros masculinos, opostos e idênticos, aqueles fantasmas femininos que se desvanecem em sua diversidade inatingível; procuro, ao mesmo tempo, golpear a mim mesmo, talvez o outro eu que está prestes a ocupar meu lugar na casa, ou então o eu mesmo que desejo subtrair àquele outro, mas o que sinto oprimir-me é apenas a estranheza do outro, como se o outro já tivesse ocupado meu lugar e todos os outros lugares, e eu tivesse sido eliminado do mundo.

Estranho me pareceu o mundo quando enfim me separei de meu adversário, repelindo-o com um impulso violento, e me levantei apoiando-me no chão. Estranhos me pareceram meu quarto, a bagagem, a vista da pequena janela. Temia não conseguir mais me relacionar com nada nem ninguém. Queria ir procurar Brigd, mas não sabia o que pretendia dizer-lhe ou fazer-lhe, o que desejaria ouvir ou esperar dela. Dirigia-me para Brigd pensando em Zwida: o que buscava era uma figura bifronte, uma Brigd-Zwida dupla assim como o era também a figura que se afastava de Ponko tentando sem êxito limpar com saliva uma mancha de sangue na roupa de veludo cotelê — sangue meu ou dele, de meus dentes ou do nariz de Ponko.

E bifronte como era, escutei e vi do outro lado da porta do salão o senhor Kauderer em pé medir com um grande gesto horizontal o espaço diante de si e dizer:

— E aí vi diante de mim Kauni e Pittö, vinte e dois e vinte e quatro anos, o peito crivado de chumbo de caçar lobo.

— Mas quando foi isso? — perguntou meu avô. — Não soubemos de nada.

— Fomos à missa de sétimo dia antes de vir.

— Pensávamos que as coisas já tivessem se acertado entre vocês e os Ozkart. Que depois de tantos anos vocês tivessem enfim posto uma pedra em cima dessas malditas histórias.

Os olhos sem cílios do senhor Kauderer permaneciam fixos no vazio; nada se movia em seu rosto de guta-percha amarela.

— Entre os Ozkart e os Kauderer a paz não dura mais que de um funeral a outro. E a pedra, nós a colocamos sobre o túmulo dos mortos, com a inscrição: "Eis o que nos fizeram os Ozkart".

— Mas e quanto a vocês? — perguntou Bronko, que não tinha papas na língua.

— Também os Ozkart escrevem em seus túmulos: "Eis o que nos fizeram os Kauderer". — Depois, alisando o bigode, o senhor Kauderer disse: — Aqui Ponko estará seguro, finalmente.

Minha mãe juntou as mãos e disse:

— Virgem Santa, não haverá perigo para o nosso Gritzvi? Não vão implicar com ele?

O senhor Kauderer sacudiu a cabeça, sem, no entanto, encarar minha mãe:

— Ele não é um Kauderer! Nós é que corremos perigo o tempo todo.

A porta se abriu. No pátio, podia-se ver uma nuvem de vapor que se erguia da urina quente dos cavalos no ar vítreo e gelado. O moço da estrebaria enfiou casa adentro a cara arroxeada e anunciou:

— A carruagem está pronta!
— Gritzvi! Onde está você? Rápido! — gritou meu avô.
Dei um passo à frente, na direção do senhor Kauderer, que abotoava o capote felpudo.

CAPÍTULO 3

Os prazeres que o uso da espátula reserva são táteis, auditivos, visuais e, sobretudo, mentais. Para avançar na leitura, é preciso um gesto que atravesse a solidez material do livro e dê a você o acesso à substância incorpórea dele. Penetrando por baixo entre as folhas, a lâmina sobe impetuosa e abre um corte vertical numa fluente sucessão de talhos que investem contra as fibras uma a uma e as ceifam. Com uma crepitação hilária e amigável, o papel de boa qualidade acolhe esse primeiro visitante, que prenuncia inúmeras viradas de páginas impelidas pelo vento ou pelo olhar. A dobra horizontal apresenta maior resistência, especialmente quando é dupla, pois exige um movimento vagaroso em direção contrária — e ali o som é o de uma laceração sufocada, com notas mais baixas. A borda das folhas se rompe, revelando o tecido filamentoso; um fiapo sutil — dito "encaracolado" — se destaca, suave como a espuma de uma onda. Abrir uma passagem com o fio da espada na fronteira das páginas sugere segredos encerrados nas palavras: você avança na leitura como quem penetra uma densa floresta.

O romance que você está lendo gostaria de apresentar-lhe um mundo carnal, denso, minucioso. Imerso na leitura, você movimenta maquinalmente a espátula no sentido longitudinal do volume: ainda nem leu todo o primeiro capítulo, mas já cortou até bem adiante. Mas eis que, no momento em que sua atenção se mantém em suspenso, no meio de uma frase decisiva, você vira a folha e encontra pela frente duas páginas em branco.

Você fica atônito, contemplando a brancura impiedosa como se ela fosse uma ferida aberta, quase esperando que tenha sido uma perturbação de sua vista que projetou algum tipo de mancha de luz sobre o papel, onde pouco a pouco tornará a aflorar o retângulo zebrado de caracteres na tinta. Mas não, é de fato uma alvura intacta o que reina nas duas páginas que se defrontam. Você vira mais uma folha e encontra duas páginas devidamente impressas. Continua a folhear o livro; alternam-se duas páginas brancas com duas páginas impressas. Brancas; impressas; brancas; impressas: e por aí vai até o fim. Os fólios foram estampados de um só lado; depois, dobrados e encadernados como se a impressão estivesse completa.

Aí está: um romance tão densamente tecido de sensações súbito se apresenta dilacerado por precipícios sem fundo, como se a pretensão de evidenciar a plenitude vital revelasse o vazio subjacente. Você experimenta saltar a lacuna, retomar a história agarrando-se ao trecho de prosa que vem depois, desfiado como a margem das folhas cortadas pela espátula. Você não se encontra mais; as personagens mudaram, os ambientes também, não dá para entender do que se trata, você só encontra personagens que não conhece: Hela, Casimir. Sobrevém a impressão de tratar-se de outro livro, talvez o verdadeiro romance polonês *Fora do povoado de Malbork*, e, nesse caso, o trecho que você já leu poderia pertencer a outro livro ainda, sabe-se lá qual.

Você já estava mesmo achando que os nomes não soavam nitidamente poloneses: Brigd, Gritzvi. Você possui um bom atlas, bem detalhado; procure no índice de nomes: Pëtkwo, provavelmente um centro importante, e Aagd, talvez um rio ou um lago. Você os localiza numa remota planície do norte que as guerras e os tratados de paz atribuíram sucessivamente a países diversos. Será que até mesmo à Polônia? Você consulta uma enciclopédia, um atlas histórico; não, a Polônia nada tem a ver; no período entre as duas guerras, aquela zona constituía um Estado independente: a Ciméria, capital Örkko, língua nacional o cimério, pertencente ao ramo botno-úgrico. O verbete "Ciméria" da enciclopédia termina com frases pouco animadoras: "Nas sucessivas divisões territoriais entre seus poderosos vizinhos, a jovem nação não tardou a ser apagada do mapa; a população autóctone se dispersou; a língua e a cultura cimérias não se desenvolveram".

Você está impaciente para localizar a Leitora, perguntar-lhe se o exemplar dela é igual ao seu, comunicar-lhe suas conjeturas, as informações que reuniu... Procura na agenda o número que marcou junto ao nome dela quando se apresentaram.

— Alô, Ludmilla? Você notou que o romance é outro, mas este também, pelo menos o meu exemplar...

A voz do outro lado do fio é dura, meio irônica:

— Não, ouça, não sou Ludmilla. Sou a irmã dela, Lotaria. — Sim, ela avisara: "Se eu não atender, será minha irmã". — Ludmilla não está. Por quê? O que desejava?

— Era só para falar de um livro... Não tem importância, eu ligo outra hora...

— Um romance? Ludmilla está sempre lendo romances. Quem é o autor?

— Bom, é um romance polonês que ela também está lendo, era para trocarmos impressões, o Bazakbal.

— Como é esse polonês?

— Bom, ele não me parece ruim.

Não, você não entendeu. Lotaria quer saber qual é a posição do autor quanto às Tendências do Pensamento Contemporâneo e aos Problemas que Exigem Solução. Para facilitar-lhe a tarefa, ela sugere uma lista de nomes de Grandes Mestres entre os quais você deve situá-lo.

Você experimenta a mesma sensação que teve quando a espátula escancarou diante de seus olhos as páginas em branco.

— Eu não saberia dizer exatamente. Veja, não tenho certeza nem do título nem do autor. Ludmilla lhe contará; é uma história meio complicada.

— Ludmilla lê um romance atrás do outro, mas nunca propõe nenhum questionamento. A mim parece uma grande perda de tempo. Você não tem essa impressão?

Se você começar a discutir, ela não o largará mais. Já o está convidando para um seminário na universidade, em que os livros são analisados segundo todos os Códigos Conscientes e Inconscientes e no qual são rejeitados todos os Tabus, impostos pelo Sexo, pela Classe Social, pela Cultura Dominante.

— Ludmilla também vai?

Não, parece que Ludmilla não interfere nas atividades da irmã. E Lotaria já está contando com a sua participação.

Você prefere não comprometer-se:

— Vamos ver, vou fazer um esforço para ir, não posso garantir nada. Mas, se puder fazer o favor de dizer a sua irmã que telefonei... Senão pode deixar, eu ligo de novo. Muito obrigado.

Já chega, desligue.

Mas Lotaria o detém:

— Ouça, é inútil tornar a ligar para cá, não é a casa de Ludmilla, é a minha. Ludmilla dá meu telefone às pessoas que ela conhece pouco, diz que eu as mantenho distantes...

É, assim vai mal. Outra ducha fria: o livro que parecia tão promissor se interrompe; aquele número de telefone que você chegou a pensar que fosse o início de alguma coisa é um beco sem saída; e ainda há essa Lotaria, que pretende submetê-lo a um exame.

— Ah, entendo... Então me desculpe.

— Alô? Ah, é você, aquele que encontrei na livraria? — Uma voz diferente, a *dela*, apoderou-se do telefone. — Sim, é Ludmilla. Você também encontrou páginas em branco? Era previsível. Mais uma armadilha. Justamente agora que eu começava a ficar empolgada, que pretendia prosseguir lendo sobre Ponko, Gritzvi...

Você está tão contente que não consegue mais emitir nem uma palavra. Diz:

— Zwida...

— Como?

— É, Zwida Ozkart! Eu gostaria de saber o que acontece entre Gritzvi e Zwida Ozkart. Não é justamente esse o tipo de romance que lhe agrada?

Uma pausa. Depois a voz de Ludmilla retoma lentamente, como se buscasse exprimir algo não muito definível:

— Sim, é verdade, gosto muito... Mas gostaria que as coisas que leio não estivessem todas ali, concretas a ponto de ser tocadas, e sim que se pudesse captar ao redor algo que não se sabe exatamente o que é, o sinal de não sei o quê...

— Bom, nesse sentido, eu também...

— Muito embora, pensando melhor, haja também aqui um elemento de mistério.

E você:

— Bom, em minha opinião o mistério seria este: trata-se de um romance cimério, isso mesmo, ci-mé-rio, e não polonês, o autor e o título não devem ser esses. Não está entendendo? Ouça só isto: Ciméria, 340 mil habitantes, capital Örkko, principais recursos a turfa, seus subprodutos e compostos betuminosos. Não, isso não está escrito no livro...

Silêncio de ambas as partes. Talvez Ludmilla tenha coberto o bocal com a mão e esteja consultando a irmã. É bem possível que Lotaria já tenha suas ideias sobre a Ciméria. Quem sabe o que ela vai inventar? Esteja atento.

— Alô, Ludmilla?

— Alô.

Você usa uma voz que se torna quente, persuasiva, persecutória:

— Ouça, Ludmilla, eu preciso vê-la, temos que falar disso,

dessas circunstâncias coincidências desarmonias. Gostaria de vê-la agora mesmo, onde você estiver, onde for mais fácil para você que nos encontremos, num minuto estarei aí.

E ela, sempre calma:

— Conheço um professor que ensina literatura ciméria na universidade. Poderíamos ir consultá-lo. Vou ligar para perguntar se ele pode nos receber.

Ei-lo na universidade. Ludmilla anunciou ao professor Uzzi-Tuzii a visita de ambos a seu departamento. Ao telefone, o professor se mostrou satisfeito em pôr-se à disposição de quem se interessa pelos autores cimérios.

Você teria preferido encontrar-se antes com Ludmilla em algum lugar, quem sabe ir apanhá-la em casa e fazer-lhe companhia até a universidade. Chegou a propor isso pelo telefone, mas ela recusou, não é preciso incomodar-se, àquela hora ela já estaria lá perto em razão de outros compromissos. Você insistiu, dizendo que não conhece o local, que tem medo de perder-se nos labirintos da universidade; não seria melhor encontrarem-se num café, quinze minutos antes? Tampouco isso convinha a ela; vocês se veriam diretamente lá, "nas línguas botno-úgricas", todos sabem onde fica, basta perguntar. Por fim, você entendeu que Ludmilla, com toda aquela suavidade, gosta de dominar a situação e decidir tudo ela mesma; a você só resta segui-la.

Chega pontualmente à universidade, abre caminho em meio a rapazes e moças sentados nas escadarias, circula desgarrado entre aquelas paredes austeras que as mãos dos estudantes adornaram com inscrições em letras enormes e grafitos minuciosos, como os que os cavernícolas sentiam necessidade de fazer nas frias paredes das grutas para dominar a angustiante estranheza mineral, familiarizar-se com elas, revirá-las em seu próprio espaço interior, anexá-las à dimensão física do vivido. Leitor, conheço-o muito pouco para saber se você se move com segura indiferença pelo interior de uma universidade ou se traumas antigos ou escolhas ponderadas fazem que o universo de discentes e docentes surja como um pesadelo em seu espírito sensível e sensato. De qualquer modo, ninguém conhece o departamento que você procura, mandam-no do subsolo ao quarto andar, abre a porta errada, retrocede confuso, tem a impressão de haver-se perdido no livro das páginas em branco e não conseguir sair delas.

Um jovem se adianta, indolente num pulôver comprido. Assim que o vê, ele aponta um dedo e diz:

— Você está esperando Ludmilla!
— Como sabe?
— Percebi. Bastou olhar.
— Foi Ludmilla quem o mandou?
— Não, mas estou sempre circulando por aí, encontro uns e outros, ouço e vejo uma coisa aqui, outra ali, e vou fazendo associações.
— Sabe então aonde devo ir?
— Se quiser, posso acompanhá-lo até Uzzi-Tuzii. Ludmilla já deve estar lá, a não ser que esteja atrasada.

Esse jovem tão extrovertido e bem informado se chama Irnerio. Você pode tratá-lo por "você", dado que ele já o faz.

— Você é aluno desse professor?
— Não sou aluno de ninguém. Sei onde é porque ia buscar Ludmilla.
— Então Ludmilla frequenta o departamento?
— Não, Ludmilla está sempre procurando lugares para esconder-se.
— De quem?
— Ora, de todos.

As respostas de Irnerio são sempre um tanto evasivas, mas tem-se a impressão de que Ludmilla gostaria de evitar sobretudo a própria irmã. Se ela não chegou pontualmente ao encontro, certamente foi para não encontrar-se nos corredores com Lotaria, que tem seu seminário no mesmo horário.

Entretanto, você sabe que tal incompatibilidade entre as irmãs conhece exceções, ao menos no que concerne ao telefone. Você deveria fazer esse Irnerio falar um pouco mais, saber se de fato ele está bem informado.

— Mas você é amigo de Ludmilla ou de Lotaria?

— De Ludmilla, é claro. Mas também falo com Lotaria.

— E ela não critica os livros que você lê?

— Eu? Eu não leio livros! — diz Irnerio.

— O que você lê, então?

— Nada. Acostumei-me tão bem a não ler que não leio sequer o que me aparece diante dos olhos por acaso. Não é fácil: ensinam-nos a ler desde criança, e pela vida afora a gente permanece escravo de toda escrita que nos jogam diante dos olhos. Talvez eu também tenha feito certo esforço nos primeiros tempos para aprender a não ler, mas agora isso é natural para mim. O segredo é não evitar olhar as palavras escritas. Pelo contrário: é preciso observá-las intensamente, até que desapareçam.

Os olhos de Irnerio têm pupilas grandes, claras e irrequietas; são olhos aos quais nada parece escapar, como os de um nativo da floresta, feitos para a caça e a coleta.

— Mas pode me dizer então o que você vem fazer na universidade?

— E por que não deveria vir? Aqui há pessoas que vêm e vão, com quem nos encontramos, conversamos. Eu venho por isso. Os outros, não sei.

Você tenta imaginar como o mundo, esse mundo repleto de escritas que nos circundam por todos os lados, pode parecer a alguém que aprendeu a não ler. Ao mesmo tempo, você pergunta a si mesmo que ligação pode existir entre a Leitora e o Não Leitor, e de súbito lhe parece que a diferença que existe entre eles é justamente o que os une, e você não consegue reprimir um sentimento de ciúme.

Você gostaria de interrogar Irnerio novamente, mas os dois chegaram, por uma escadinha secundária, a uma portinhola com a placa DEPARTAMENTO DE LÍNGUAS E LITERATURAS BOTNO-ÚGRICAS. Irnerio bate com força na porta, diz tchau e o deixa ali.

A custo, uma fresta se abre. Ao ver as manchas de cal sobre o limiar e o boné que aparece no topo de uma jaqueta revestida de lã de ovelha, você tem a impressão de que o local está fechado para reparos e de que ali se encontra apenas um pintor ou faxineiro.

— O professor Uzzi-Tuzii é aqui?

O olhar afirmativo por baixo do boné é diferente do que se poderia esperar de um pintor de paredes: são olhos de quem se prepara para transpor um precipício e se projeta mentalmente na outra margem, mirando bem à frente e evitando olhar para baixo e para os lados.

— É o senhor? — você pergunta, mesmo tendo entendido que não pode tratar-se de outra pessoa senão ele.

O homenzinho não abre a estreita passagem.

— O que deseja?

— Desculpe-me, só uma informação. Nós lhe telefonamos... A senhorita Ludmilla... Ela está aqui?

— Aqui não há nenhuma senhorita Ludmilla... — O professor fala enquanto retrocede e indica as estantes apinhadas junto às paredes, nomes e títulos ilegíveis nas lombadas e as capas, como uma sebe espinhosa sem brecha. — Por que o senhor a procura em meu gabinete?

E, enquanto você recorda as palavras de Irnerio, de que para Ludmilla este lugar é um esconderijo, Uzzi-Tuzii parece mostrar com um gesto a exiguidade de sua sala, como se dissesse: "Pode procurar, se acha que ela está aqui", como se precisasse defender-se da suspeita de ter escondido Ludmilla lá dentro.

— Devíamos ter vindo juntos — você diz, para esclarecer as coisas.

— Então por que ela não está com o senhor? — rebate Uzzi-Tuzii. Essa observação, bastante lógica, é feita em tom de suspeita.

— Ela não vai demorar... — você garante, num tom quase interrogativo, como se pedisse a Uzzi-Tuzii uma confirmação dos hábitos de Ludmilla, sobre quem você nada sabe, ao passo que ele talvez saiba muito mais. — O senhor conhece Ludmilla, não é, professor?

— Conheço... Por que me pergunta? O que quer saber? — Ele fica nervoso. — O senhor se interessa por literatura ciméria ou...

Parece que completaria: "por Ludmilla?". Entretanto, não termina a frase. Você, se fosse sincero, responderia que não consegue distinguir do interesse pelo romance cimério o interesse pela Leitora do romance. Depois, as reações do professor ao nome de Ludmilla, somando-se às confidências de Irnerio, lançam lampejos misteriosos, criam ao redor da Leitora uma curiosidade apreensiva, não diferente da que liga você a Zwida Ozkart, no romance cuja sequência você procura, como antes essa curiosidade o ligava à senhora Marne no romance que você começara a ler um dia antes e que pôs temporariamente de lado, e agora eis que você se lança à busca de todas essas sombras, as da imaginação e a da vida.

— Eu queria... Nós queríamos saber do senhor se há um autor cimério que...

— Sente-se — diz o professor, inesperadamente tranquilo ou, quem sabe, retomado por uma ansiedade mais estável e obstinada, que volta a emergir dissolvendo as ansiedades mais contingentes e fugazes.

A sala é estreita, as paredes estão cobertas de estantes, há mais outra estante que, não tendo onde apoiar-se, ficou no meio da saleta, segmentando o espaço exíguo, de maneira que a escrivaninha do professor e a cadeira na qual você deve sentar-se estão separadas por uma espécie de biombo e, para verem-se, ambos precisam esticar o pescoço.

— Fomos confinados nesta espécie de desvão... A universidade se amplia e nós nos apertamos... Somos a Cinderela das línguas vivas... Se é que o cimério ainda pode ser considerado língua viva... Mas está justamente aí o valor dele! — ele exclama, com um impulso enfático que logo se arrefece. — O fato de ser uma língua moderna e, ao mesmo tempo, morta... Condição privilegiada, embora ninguém se dê conta...

— Há poucos alunos? — você pergunta.

— Quem o senhor quer que venha? Quem ainda se lembra dos cimérios? No campo das línguas reprimidas, agora existem tantas mais atraentes... O basco... O bretão... O romani... Todos se matriculam nelas. Não que estudem a língua, porque isso ninguém mais quer fazer. Eles querem é problemas para debater, ideias gerais que se conectem a outras ideias gerais. Meus colegas se adaptam, seguem a corrente, intitulam seus cursos "Sociologia do Galês", "Psicolinguística do Occitânico"... Com o cimério, isso não é possível.

— Por quê?

— Os cimérios desapareceram, como se a terra os tivesse engolido. — Ele sacode a cabeça, como se para reunir toda a sua paciência e repetir uma coisa reiterada centenas de vezes. — Este é um departamento morto de uma literatura morta escrita numa língua morta. Por que hoje alguém deveria estudar o cimério? Sou o primeiro a entender os motivos, sou o primeiro a dizê-lo: se não querem vir, não venham, para mim o departamento poderia até fechar. Mas vir aqui para fazer... Não, isso é demais.

— Para fazer o quê?

— Tudo, tudo. Tenho que aturar de tudo. Durante semanas não aparece ninguém, mas quando chega alguém é para fazer coisas que... Vocês podem ficar longe disso, é o que digo, em que pode interessá-los esses livros escritos na língua dos mortos? Mas, ao contrário, fazem de propósito, vamos às línguas botno-úgricas, dizem, vamos à sala de Uzzi-Tuzii, e assim sou colocado na berlinda, obrigado a ver, a participar...

— De quê? — você pergunta, pensando em Ludmilla, que ia ali, que se escondia ali, talvez com Irnerio, com outros.

— De tudo... Quem sabe há alguma coisa que os atrai, essa incerteza entre vida e morte, talvez seja isso que sintam sem entender. Vêm aqui fazer aquilo que fazem, mas não se matriculam no curso, não frequentam as aulas, ninguém se interessa pela literatura dos cimérios, sepultada nos livros destas estantes como se nas tumbas de um cemitério.

— A mim isso interessa... Eu vim aqui para perguntar-lhe se há um romance cimério que começa por... Não, melhor dizer-lhe logo o nome das personagens: Gritzvi e Zwida, Ponko e Brigd. A ação começa em Kudgiwa, mas talvez seja apenas o nome de uma fazenda, depois creio que se desloca para Pëtkwo, no Aagd.

— Ah, já sei! — exclama o professor, e num segundo ele se livra das brumas hipocondríacas e se ilumina como uma lâmpada. — Trata-se sem dúvida de *Debruçando-se na borda da costa escarpada*, o único romance que nos deixou um dos mais promissores poetas cimérios do primeiro quarto do século, Ukko Ahti... Aqui está! — E, como um peixe que salta para vencer as correntezas, ele se dirige para um ponto preciso de uma das estantes, arrebata um fino volume de capa verde e lhe dá um tapa para tirar a poeira. — Nunca foi traduzido para nenhuma outra língua. As dificuldades são tantas que desanimam qualquer um. Ouça: "Estou firmando a convicção...". Não: "Venho convencendo a mim mesmo do ato de transmitir...". Note-se que ambos os verbos estão no presente progressivo...

Para você, uma coisa fica clara de imediato: esse livro não tem nada a ver com aquele que você iniciara. Somente alguns nomes próprios são idênticos, detalhe certamente muito estranho, mas sobre o qual você não se detém para refletir, porque da laboriosa tradução improvisada de Uzzi-Tuzii toma forma pouco a pouco o esboço de um enredo, da sofrida decifração de emaranhados verbais emerge uma narrativa fluida.

DEBRUÇANDO-SE NA BORDA DA COSTA ESCARPADA

Estou ficando convencido de que o mundo quer dizer-me alguma coisa, mandar-me mensagens, avisos, sinais. Percebo isso desde que cheguei a Pëtkwo. Todas as manhãs saio da Pensão Kudgiwa para minha caminhada habitual até o porto. Passo diante do observatório meteorológico e penso no fim do mundo que se aproxima, ou melhor, que já começou há muito tempo. Se o fim do mundo pudesse localizar-se num ponto preciso, este seria o observatório meteorológico de Pëtkwo: um telhado de zinco que, apoiado sobre quatro pilares de madeira meio cambaleantes, protege os barômetros registradores, os higrômetros, os termógrafos, todos alinhados sobre uma mesa, com seus rótulos de papel quadriculado que giram fazendo um lento tique-taque de relógio em frente a uma agulha de aço oscilante. O cata-vento de um anemômetro na extremidade de uma antena alta e o curto funil de um pluviômetro completam o frágil equipamento do observatório, que, isolado na borda de uma escarpa do jardim municipal, sob um céu cinza-pérola, uniforme e imóvel, parece uma armadilha para ciclones, uma isca colocada ali para atrair as trombas de ar dos remotos oceanos tropicais, oferecendo-se antecipadamentre à ira dos furacões como se fosse o destroço ideal.

Há dias em que tudo que vejo me parece carregado de significados — mensagens que me seria difícil comunicar a outros ou traduzir em palavras, mas que justamente por isso me parecem decisivas. São anúncios ou presságios que dizem respeito a mim e ao mundo simultaneamente: no que concerne a mim, não se trata de acontecimentos exteriores da existência, e sim daquilo que ocorre por dentro, no íntimo; no que concerne ao mundo, não se trata de nenhum fato particular, e sim do modo de ser de tudo. Vocês compreenderão minha dificuldade em falar disso de outra maneira que não por alusões.

Segunda-feira. Hoje vi essa mão que, de uma janela da cadeia, projetava-se no sentido do mar. Eu caminhava sobre o molhe, como é meu costume, até alcançar a parte posterior da velha fortaleza. A fortaleza fica encerrada entre muralhas oblíquas; as janelas, protegidas por grades duplas ou triplas, parecem cegas. Mesmo sabendo que ali se encontram inúmeros prisioneiros, sempre encarei a fortaleza como um elemento da natureza inerte, do reino mineral. Por isso, o aparecimento da mão me surpreendeu como se ela tivesse saído da rocha. A mão se encontrava numa atitude nada natural; suponho que as janelas estejam situadas no alto das celas e sejam cortadas na muralha; o preso deve ter feito um esforço de acrobata, ou melhor, de contorcionista, para passar o braço de grade em grade até fazer sua mão despontar ao ar livre. Não era um sinal dirigido a mim, nem a ninguém mais; de qualquer modo, não o considerei assim; pelo contrário: naquele momento, nem sequer pensei nos presos; direi que a mão me pareceu branca e delgada, mão que em nada diferia da minha, na qual nada indicava a rudeza que se espera de um condenado. Para mim foi como um sinal que vinha da pedra: a pedra queria avisar-me que nossa substância era comum e que, por isso, alguma coisa daquilo que constitui minha pessoa permanecerá, não se perderá com o fim do mundo; uma comunicação ainda será possível no deserto sem vida, no deserto privado de minha vida e de toda memória de mim. Falo das primeiras impressões registradas, que são as que contam.

Hoje cheguei ao mirante sob o qual se descortina um trecho de praia deserta, lá embaixo, diante do mar cinzento. As poltronas de vime, arranjadas em semicírculo, com seus grandes espaldares em forma de cesto, recurvos para proteger do vento, pareciam anunciar um mundo em que o gênero humano desapareceu e as coisas só sabem falar dessa ausência. Tive uma sensação de vertigem, como se eu nada fizesse senão precipitar-me de um mundo a outro e sempre chegasse pouco depois que o fim daquele mundo tivesse acontecido.

Tornei a passar pelo mirante meia hora mais tarde. Por cima de uma poltrona que se mostrava de costas, tremulava uma fita lilás. Desci pelo caminho íngreme do promontório, até um terraço de onde o ângulo de visão se altera: sentada na poltrona, completamente velada pelo abrigo de vime, estava a senhorita Zwida, com seu chapéu de palha branca e seu álbum de desenho aberto sobre os joelhos; desenhava uma concha. Não fiquei contente em vê-la; os indícios contrários dessa manhã me desaconselhavam a iniciar uma conversa; há cerca de vinte dias que sempre a encontro sozinha em minhas caminhadas pelos rochedos e pelas dunas, e não desejo nada além de poder dirigir-lhe a palavra; antes, é com tal propósito que saio todos os dias de minha pensão, mas algo sempre me dissuade.

A senhorita Zwida está hospedada no Hotel da Anêmona-do-Mar; informei-me de seu nome com o porteiro; talvez ela tenha ficado sabendo disso; nesta época, são pouquíssimos os turistas em Pëtkwo, e os jovens, então, poderiam ser contados nos dedos; encontrando-me com tanta frequência, ela espera que um dia eu talvez a cumprimente. Mais de uma razão cria obstáculos para um possível encontro entre nós. Em primeiro lugar, a senhorita Zwida coleciona e desenha conchas. Faz anos, tive uma bela coleção de conchas, quando era adolescente, mas depois desisti dela e me esqueci de tudo: classificações, morfologia, distribuição geográfica das várias espécies. Uma conversa com a senhorita Zwida me levaria inevitavelmente a falar de conchas, e ainda não sei qual atitude tomar: se fingir uma incompreensão absoluta ou se recorrer a uma experiência distante, que ficou no vazio; o que o tema das conchas me obriga a considerar é minha relação com uma vida feita de coisas não levadas a cabo e meio esquecidas; daí o mal-estar que acaba por fazer-me fugir.

A isso se acrescenta o fato de que a aplicação com que essa moça se dedica a desenhar conchas indica nela uma busca da perfeição da forma que o mundo pode e deve portanto atingir; eu, ao contrário, há muito tempo estou convencido de que a perfeição só se produz por acaso, acessoriamente; por isso, ela não merece nenhum interesse, pois a verdadeira natureza das coisas se revela apenas na ruína; se eu abordar a senhorita Zwida, deverei manifestar alguma apreciação sobre seus desenhos — aliás, de boa qualidade, pelo que pude ver —; portanto, ao menos num primeiro momento, terei de fingir partilhar um ideal estético e moral que rechaço ou declarar de imediato meu modo de pensar, com o risco de magoá-la.

Terceiro obstáculo: meu estado de saúde, que — embora bem melhor, graças à estada na praia, recomendada pelos médicos — condiciona minha possibilidade de sair e conhecer estranhos; estou ainda sujeito a crises intermitentes e, sobretudo, à volta reiterada de um eczema incômodo que me afasta de todo propósito de sociabilidade.

De vez em quando, troco algumas palavras com o meteorologista, o senhor Kauderer, quando o encontro no observatório. O senhor Kauderer passa sempre ao meio-dia, para coletar dados. É um homem comprido e magriço, de aspecto sombrio, como um índio. Vem de bicicleta, olhando fixamente para adiante, como se manter-se equilibrado no selim exigisse toda a sua concentração. Encosta a bicicleta no barracão, desafivela uma bolsa presa ao chassi e dela retira um caderno de páginas largas e curtas. Sobe os degraus para a plataforma e marca os números fornecidos pelos instrumentos, uns a lápis, outros com caneta-

-tinteiro, sem perder nem por um segundo a concentração. Usa calças à zuavo debaixo de um sobretudo comprido; todas as suas roupas, até o boné com viseira, são cinza ou quadriculadas de branco e preto. Só quando termina tais operações é que se dá conta de que eu o observo; então me saúda afavelmente.

Percebo que a presença do senhor Kauderer me é importante: embora eu saiba que tudo é inútil, o fato de alguém demonstrar ainda tanto escrúpulo e atenção metódica exerce sobre mim um efeito tranquilizante, talvez porque vejo nisso uma compensação de meu modo de viver impreciso, do qual — não obstante as conclusões a que cheguei — continuo a sentir-me culpado. Por isso, detenho-me a observar o meteorologista e até conversar com ele, ainda que não seja a conversa em si o que me interessa. Ele, com termos técnicos abalizados, fala do tempo, naturalmente, dos efeitos das variações de pressão sobre a saúde, mas também dos tempos instáveis em que vivemos, citando como exemplo episódios da vida local ou notícias lidas nos jornais. Nesses momentos, revela uma personalidade menos fechada do que parece à primeira vista, tende até mesmo a entusiasmar-se e ficar verborrágico, sobretudo ao desaprovar o modo de agir e pensar da maioria, pois é um homem que tende ao descontentamento.

Hoje o senhor Kauderer me disse que programara ausentar-se por alguns dias e que precisava encontrar um substituto para fazer suas anotações, mas não conhecia ninguém digno de confiança. Assim, na sequência da conversa, perguntou se eu não me interessaria em aprender a ler os instrumentos meteorológicos e disse que, em caso afirmativo, ele me ensinaria. Não respondi nem que sim nem que não; pelo menos não pretendi dar-lhe nenhuma resposta precisa; mas, em seguida, já estava ao lado dele na plataforma, enquanto o senhor Kauderer me explicava como estabelecer a máxima e a mínima, o avanço da pressão, a quantidade das precipitações, a velocidade dos ventos. Em suma: quase sem que eu percebesse, confiou-me a tarefa de substituí-lo nos próximos dias, a partir de amanhã ao meio-dia. Embora minha aceitação tenha sido meio forçada, pois não me foi dado tempo para refletir nem para fazer entender que eu não podia decidir assim de repente, o compromisso não me desagradou.

Terça-feira. Hoje de manhã, falei pela primeira vez com a senhorita Zwida. A tarefa de levantar os dados meteorológicos certamente contribuiu para que eu superasse minhas incertezas. Pois, pela primeira vez desde que estou em Pëtkwo, fixara-se com antecedência algo a que eu não podia faltar; por isso, aos quinze minutos para o meio-dia, sem preocupar-me com a direção que tomasse nossa conversa, eu diria: "Ah, ia me esquecendo, preciso correr ao observatório, pois é hora de coletar os dados". E eu me teria despedido, talvez com alívio, mas também com a certeza de que não poderia ser de outro modo. Creio que já na véspera, quando o senhor Kauderer me fez a proposta, eu entendera confusamente que tal incumbência me daria coragem para falar com a senhorita Zwida; mas só agora a coisa está clara para mim, pressupondo que esteja mesmo.

A senhorita Zwida se ocupava em desenhar um ouriço-do-mar. Estava sentada no cais, num banquinho dobrável. O ouriço estava aberto, virado sobre uma pedra: contraía os espinhos tentando inutilmente endireitar-se. O desenho da jovem era um estudo da polpa úmida do molusco, de seu dilatar-se e contrair-se, feito em claro-escuro com um tracejado denso e inteiriço no contorno. O discurso que eu tinha em mente, sobre a forma das conchas como harmonia enganadora, como invólucro que oculta a verdadeira substância da natureza, já não convinha. Tanto o desenho quanto o ouriço em si transmitiam sensações desagradáveis e cruéis, como vísceras expostas ao olhar. Comecei a conversa dizendo que não existe nada mais difícil de desenhar que ouriços-do-mar: nem o invólucro de espinhos visto do alto, nem o molusco virado, não obstante a simetria raiada de sua estrutura, oferecem muitas condições para uma representação linear. Ela me respondeu que lhe interessava desenhá-lo por tratar-se de uma imagem recorrente em seus sonhos, da qual queria livrar-se. Quando me despedi, perguntei se poderíamos rever-nos na manhã seguinte, no mesmo lugar. Ela disse que teria outros compromissos, mas que depois de amanhã sairia de novo com o álbum de desenho e que seria fácil eu encontrá-la.

Enquanto eu controlava os barômetros, dois homens se aproximaram do barracão. Nunca os vira: usavam capotes negros com as golas levantadas. Perguntaram-me se o senhor Kauderer estava; depois indagaram para onde fora, se eu sabia onde localizá-lo e quando voltaria. Respondi que não sabia e perguntei quem eram e por que me faziam tais perguntas.

— Por nada, não interessa — disseram.

Dito isso, se afastaram.

Quarta-feira. Fui ao hotel levar um buquê de violetas para a senhorita Zwida. O porteiro me informou que ela saíra havia algum tempo. Andei bastante, esperando encontrá-la por acaso. Na praça da fortaleza, via-se a fila de parentes dos detentos: hoje é dia de visita. Em meio às mulheres com lenços na cabeça e às crianças chorosas, avistei a senhorita Zwida. O rosto estava coberto por um véu preto que descia das abas do chapéu, mas o porte era inconfundível: a cabeça erguida e o pescoço reto, como que orgulhoso.

Num canto da praça, como se vigiassem a fila na porta da cadeia, estavam os dois homens de preto que me interpelaram ontem no observatório.

O ouriço, o véu sobre o rosto, os dois desconhecidos: a cor negra continua a aparecer-me em circunstâncias tais que se impõem a minha atenção — mensagens que interpreto como um apelo da noite. Percebi que há muito tempo tendo a reduzir a presença do escuro em minha vida. A proibição que me fizeram os médicos de sair depois do pôr do sol me restringiu há meses aos limites do mundo diurno. Mas não é só isso: o fato é que encontro na luz do dia, nessa luminosidade difusa, pálida, quase sem sombras, uma escuridão ainda mais densa que a da noite.

Quarta-feira ao anoitecer. Toda noite, passo as primeiras horas da escuridão escrevendo estas páginas, que nem ao menos sei se alguém lerá algum dia. O globo de vidro fosco de meu quarto, na Pensão Kudgiwa, ilumina o fluir de minha escrita talvez demasiado nervosa para que um futuro leitor consiga decifrá-la. Talvez este diário venha à luz anos e anos depois de minha morte, quando nossa língua terá sofrido quem sabe quais transformações e alguns dos vocábulos e expressões usados por mim correntemente parecerão arcaicos e dúbios no significado. De qualquer modo, quem encontrar este meu diário terá uma vantagem segura sobre mim: com base numa língua escrita, é sempre possível deduzir um vocabulário e uma gramática, isolar frases, transcrevê-las ou parafraseá-las em outro idioma, ao passo que eu tento ler na sucessão das coisas que diariamente se apresentam a mim os propósitos do mundo para com minha pessoa, e sigo tateando, pois sei que não pode existir nenhum vocabulário que traduza em palavras o peso das obscuras alusões que pairam sobre as coisas. Gostaria que essa aura de pressentimentos e dúvidas significasse para o leitor destes escritos não um obstáculo acidental para a compreensão do que escrevo, mas sim a própria substância do que escrevo; e, se a cadeia de meus pensamentos parecer fugidia a quem tentar segui-la com base em hábitos mentais radicalmente mudados, o importante será que se transmita o esforço que faço para ler nas entrelinhas das coisas o sentido evasivo do que me espera.

Quinta-feira. Graças a uma licença especial da direção, explicou-me a senhorita Zwida, ela pode entrar na cadeia em dias de visita e sentar-se à mesa do parlatório com seu carvão e suas folhas de papel. A pequena multidão de parentes dos presos oferece temas interessantes para estudos da natureza.

Eu não lhe fizera nenhuma pergunta; mas ela, tendo percebido que eu a vira ontem na praça, sentia-se na obrigação de justificar sua presença ali. Eu teria preferido que não me dissesse nada, pois não sinto nenhuma atração pelos desenhos da figura humana e não saberia comentá-los se ela os mostrasse a mim, coisa que não aconteceu. Pensei que tais desenhos talvez ficassem guardados em alguma pasta especial, que ela deixava nos escritórios da cadeia entre uma visita e outra, dado que ontem — se bem me lembro — ela não trazia o inseparável álbum encadernado nem o estojo com os lápis.

— Se soubesse desenhar, eu me concentraria exclusivamente em estudar a forma dos objetos inanimados — disse eu de maneira um tanto peremptória, porque queria mudar de conversa e também porque, na verdade, uma propensão natural me leva a reconhecer no imóvel sofrimento das coisas os meus estados de ânimo.

A senhorita Zwida concordou logo: o objeto que desenharia com maior prazer, disse, era uma daquelas pequenas âncoras de quatro ganchos, chamadas arpéus, que se usam em barcos de pesca. Ela me mostrou algumas ao passarmos pelos barcos atracados no porto e me explicou as dificuldades para desenhar os quatro ganchos nas várias inclinações e perspectivas. Compreendi que aquele objeto encerrava uma mensagem para mim e que eu devia decifrá-la: a âncora, uma exortação para fixar-me, agarrar-me, fundear-me, acabando com minhas flutuações, minha permanência na superfície. Mas essa interpretação deixava margem a dúvidas: poderia ser um convite a zarpar, a lançar-me para espaços mais amplos. Alguma coisa na forma do arpéu, com seus quatro dentes achatados, seus quatro braços de ferro, consumidos pelo atrito contra as rochas do fundo, advertia-me de que nenhuma decisão ocorreria sem rupturas nem sofrimentos. Para meu consolo, restava o fato de que não se tratava de uma âncora pesada de alto-mar, e sim de uma âncora pequena e leve; portanto, não me era exigido renunciar à disponibilidade da juventude, mas apenas deter-me um instante e refletir, sondar minhas próprias regiões obscuras.

— Para desenhar à vontade esse objeto, de todos os pontos de vista — disse-me Zwida —, seria necessário ter um comigo para que eu me familiarizasse com ele. Acredita que eu poderia comprar um arpéu de algum pescador?

— Podemos perguntar — respondi.

— Por que o senhor não tenta comprar um? Não ouso fazê-lo eu mesma, pois uma moça da cidade que se interesse por um grosseiro instrumento de pescadores suscitaria certo espanto.

Eu já me via a presenteá-la com o arpéu de ferro como se ele fosse um buquê de flores: em sua incongruência, a imagem tinha algo de estridente e feroz. Ali, certamente, escondia-se um significado que me escapava; prometendo a mim mesmo refletir calmamente a propósito, respondi que sim.

— Gostaria que o arpéu viesse acompanhado de uma corda — especificou Zwida. — Posso passar horas desenhando um monte de cordas enroladas, sem cansar-me. Consiga então uma corda bem comprida, com dez, ou melhor, doze metros.

Quinta-feira ao anoitecer. Os médicos me autorizaram o uso moderado de bebidas alcoólicas. No fim da tarde, para comemorar a novidade, entrei na taverna Estrela da Suécia e tomei uma caneca de rum quente. Junto ao balcão havia pescadores, funcionários da alfândega, carregadores. Entre todas as vozes sobressaía a de um homem idoso, com uniforme de guarda de prisão, que delirava ebriamente num mar de conversa fiada.

— Toda quarta-feira, a jovem perfumada me dá uma nota de cem coroas para que eu a deixe sozinha com o prisioneiro. No dia seguinte, as cem coroas já se transformaram em muita cerveja. Quando termina a hora da visita, a mocinha sai com fedor de cadeia nas roupas elegantes, e o detento volta à cela com o perfume da visitante no uniforme de preso. Já eu fico com cheiro de cerveja. A vida não passa de uma troca de cheiros.

— A vida e também a morte, eu diria — interveio outro bêbado, que, como descobri de imediato, era coveiro. — Com o cheiro da cerveja, tento afastar de mim o cheiro da morte. E só o cheiro da morte vai tirar de você o cheiro da cerveja, como tira de todo bebedor a quem me cabe abrir a cova.

Considerei esse diálogo uma advertência para que eu me mantivesse alerta: o mundo se decompõe e tenta atrair-me em sua dissolução.

Sexta-feira. O pescador ficara desconfiado de repente:

— Para que precisa disso? O que vai fazer com um arpéu?

Eram perguntas indiscretas. Eu devia ter respondido: "Vou desenhá-lo", mas sabia a repugnância da senhorita Zwida a exibir sua atividade artística num ambiente sem condições para apreciá-la. Ademais, a resposta justa, de minha parte, teria sido: "Vou refletir sobre ele", mas imaginem se eu teria sido entendido...

— É problema meu — respondi.

Começáramos a conversar amigavelmente, dado que nos conhecêramos ontem à noite na taverna, mas de súbito nosso diálogo se fez brusco.

— Então vá à loja de náutica — cortou secamente o pescador. — Não vendo minhas coisas.

Com o comerciante aconteceu a mesma coisa; assim que formulei meu pedido, ele ficou sério:

— Não podemos vender esses artigos a forasteiros. Não queremos problemas com a polícia. E ainda por cima com uma corda de doze metros... Não que eu suspeite do senhor, mas não seria a primeira vez que alguém joga um arpéu até as grades da cadeia para um prisioneiro evadir-se.

A palavra "evadir-se" é uma daquelas que não posso ouvir sem deixar-me levar por intermináveis ruminações. Esta procura em que me empenho por uma âncora parece indicar-me a via de uma evasão, quem sabe de uma metamorfose, uma ressurreição. Com um arrepio, afasto a ideia de que a prisão seja meu corpo mortal e a evasão que me espera seja o distanciamento da alma, o início de uma vida ultraterrena.

Sábado. Era minha primeira saída noturna após muitos meses, e isso me provocava não pouca apreensão, sobretudo pelos resfriados aos quais estou sujeito; tanto que, antes de ter saído, pus um boné de montanhês com gorro de lã por cima e, para arrematar, um chapéu de feltro. Agasalhado com isso, mais botas forradas, um cachecol no pescoço e outro nas costas, um sobretudo de lã, um casacão de pelo e uma jaqueta de couro, eu conseguia recuperar certa sensação de segurança. A noite, como pude constatar, era agradável e serena. Mas eu continuava a não entender por que o senhor Kauderer, mediante um bilhete misterioso que chegou até mim em grande segredo, precisava marcar encontro comigo no cemitério em plena noite. Se ele voltara, por que não nos podíamos ver como sempre fazíamos? E, se ele não voltara, quem iria eu encontrar no cemitério?

Quem me abriu o portão foi o coveiro que eu já conhecera na taverna Estrela da Suécia.

— Procuro o senhor Kauderer — eu lhe disse.

— O senhor Kauderer não está — respondeu. — Mas, como o cemitério é a casa dos que não estão, pode entrar.

Eu avançava entre as lápides quando fui tocado por uma sombra veloz e roçante; ela freou e desceu do selim.

— Senhor Kauderer! — exclamei, maravilhado por vê-lo circular de bicicleta entre as tumbas com o farolete apagado.

— Psiu! — sussurrou. — O senhor comete graves imprudências. Quando lhe confiei o observatório, não imaginava que se comprometeria numa tentativa de fuga. Saiba que somos contrários às fugas individuais. É preciso dar tempo ao tempo. Temos um plano mais geral a ser levado adiante, com prazo maior.

Ouvindo-o dizer "nós" com um amplo gesto em torno de si, pensei que falasse em nome dos mortos. Eram os mortos, de quem o senhor Kauderer era evidentemente o porta-voz, que declaravam não querer aceitar-me ainda entre eles. Senti um alívio imediato.

— Também por sua culpa, terei que prolongar minha ausência — acrescentou. — Amanhã ou depois, o senhor será chamado pelo delegado de polícia, que o interrogará a propósito do arpéu. Tenha cuidado para não envolver-me nessa história; considere que as perguntas do delegado tenderão todas a fazê-lo confessar algo que diga respeito a minha pessoa. O senhor não sabe nada sobre mim, e eu não lhe disse quando voltaria. Pode dizer que lhe pedi que me substituísse na coleta dos dados só por alguns dias. De resto, a partir de amanhã o senhor está dispensado de ir ao observatório.

— Não, isso não! — exclamei, tomado por um desespero imprevisto, como se entendesse naquele momento que só o controle dos instrumentos meteorológicos me punha em condições de dominar as forças do universo e nelas reconhecer alguma ordem.

Domingo. Bem cedo, fui ao observatório meteorológico, subi à plataforma e ali fiquei, em pé, ouvindo o tique-taque dos instrumentos registradores como se ele fosse a música das esferas. O vento percorria o céu matutino transportando nuvens delicadas, que se dispunham em festões como cirros, depois como cúmulos; por volta das nove e meia, despencou um aguaceiro, e o pluviômetro conservou alguns centilitros de água; seguiu-se um arco-íris parcial, de breve duração; o céu tornou a escurecer, a agulha do barógrafo desceu, traçando uma linha quase vertical; o trovão reboou, e o granizo caiu. Lá em cima, eu sentia ter nas mãos os relâmpagos e as tempestades, os raios e as brumas — não como um deus, não, não pensem que enlouqueci, não me sentia Zeus tonitruante, mas antes como um maestro que tem à frente uma partitura já escrita e sabe que os sons que sobem dos instrumentos respondem a um projeto do qual é ele o principal guardião e depositário. O telhado de zinco ressoava como um tambor sob o aguaceiro; o anemômetro lembrava um redemoinho; aquele universo todo golpes e sobressaltos era traduzível em números a ser alinhados em meu registro; uma calma soberana presidia à trama dos cataclismos.

Naquele momento de harmonia e plenitude, um estalido me fez baixar os olhos. Agachado entre os degraus da plataforma e os pilares que sustentavam o barracão, havia um homem barbudo, vestido com um tosco macacão listrado encharcado de chuva. Olhava-me firmemente com seus olhos claros.

— Fugi — disse-me. — Não me denuncie. Eu precisaria avisar um alguém. O senhor pode fazê-lo? A pessoa se encontra no Hotel da Anêmona-do-Mar.

De imediato senti que na ordem perfeita do universo se abrira uma brecha, um rasgo irreparável.

CAPÍTULO 4

Escutar alguém que lê em voz alta é muito diferente de ler em silêncio. Quando lemos nós mesmos, podemos parar ou saltar frases: somos nós que determinamos o ritmo. Quando é outra pessoa quem lê, fica difícil fazer coincidir nossa atenção com o ritmo da leitura: a voz segue muito rápida ou muito lenta.

Escutar alguém que está traduzindo de outra língua implica um flutuar hesitante ao redor das palavras, uma margem de indeterminação e provisoriedade. O texto, quando somos nós mesmos que o lemos, constitui algo que está ali, com o qual somos obrigados a defrontar-nos; quando alguém o traduz em voz alta, ele é alguma coisa que existe e não existe, que não é palpável.

Ademais, o professor Uzzi-Tuzii começara sua tradução oral como se não estivesse bem seguro do encadeamento das palavras umas com as outras, voltando ao início do período para reordenar os deslizes sintáticos, manipulando as frases até moldarem-se completamente, amarrotando-as, retalhando-as, detendo-se em cada vocábulo para ilustrar-lhe os usos idiomáticos e as conotações, acompanhando-se de gestos envolventes como se para convidar você a satisfazer-se com equivalências aproximativas, interrompendo-se para enunciar regras gramaticais, derivações etimológicas, citações de clássicos. Mas, quando você já está convencido de que para o professor a filologia e a erudição significam mais que a narrativa, percebe que se trata do contrário: aquele invólucro acadêmico só serve para proteger o que o relato diz e não diz, o sopro interior sempre a ponto de perder-se em contato com o ar, o eco de um saber desaparecido que se revela na penumbra e nas alusões silenciadas.

Dividido entre, de um lado, a necessidade de intervir com suas luzes interpretativas para ajudar o texto a explicitar a multiplicidade de seus significados e, de outro, a consciência de que toda interpretação exerce sobre o texto uma violência e uma opinião, o professor, diante das passagens mais difíceis, não encontrava nada melhor para facilitar a você a compreensão que começar a ler tudo na língua original. A pronúncia daquela língua desconhecida, deduzida de regras teóricas, não transmitida pela audição de vozes com suas inflexões individuais, não marcada pelos traços do uso que modela e transforma, adquiria o caráter absoluto de sons que não esperam resposta, como o canto do último pássaro de uma espécie extinta ou o reboar estridente de um jato recém-criado que se desagrega no céu durante o primeiro voo de teste.

Depois, pouco a pouco, alguma coisa começara a mover-se e a fluir entre as frases dessa recitação estrambótica. A prosa do romance se impusera às incertezas da voz; tornara-se fluida, transparente, contínua; nela Uzzi-Tuzii nadava qual um peixe, acompanhando-se de gestos (as mãos abertas como barbatanas), de movimento de lábios (dos quais saíam palavras como bolhinhas de ar), de movimento do olhar (a vista percorria a página como se fosse os olhos de um peixe abissal, mas também como se fosse os olhos do visitante de um aquário que segue os movimentos do peixe num tanque iluminado).

Agora, ao redor de você não existe mais a saleta do departamento, as prateleiras, o professor: você entrou no romance, vê aquela praia nórdica, acompanha os passos do homem frágil. Você está tão absorto que demora a perceber uma presença a seu lado. Com o canto do olho, distingue Ludmilla. Está ali, sentada sobre uma pilha de volumes in-fólio, também ela inteiramente propensa a escutar a sequência do romance.

Ela chegou neste momento ou escutou a leitura desde o início? Entrou em silêncio, sem ter batido? Ou já estava aqui, oculta entre as estantes? (Ela vem esconder-se aqui, dissera Irnerio. Eles vêm aqui para fazer coisas inomináveis, dissera Uzzi-Tuzii.) Ou trata-se de uma aparição evocada pelo encantamento lançado com as palavras do professor-feiticeiro?

Uzzi-Tuzii prossegue em sua recitação e não dá sinais de surpresa com a presença da nova ouvinte, como se ela tivesse estado sempre ali. Tampouco se sobressalta quando ela, aproveitando-se de uma pausa mais longa que as anteriores, pergunta-lhe:

— E depois?

O professor fecha o livro com um estalo.

— E depois, nada. *Debruçando-se na borda da costa escarpada* se interrompe aqui. Após ter escrito essas primeiras páginas de seu romance, Ukko Ahti entrou numa crise depressiva que o conduziu, em poucos anos, a três tentativas de suicídio fracassadas e uma bem-sucedida. Esse fragmento foi publicado postumamente numa antologia de seus escritos, em que se incluíam versos dispersos, um diário íntimo e as anotações para um ensaio sobre as reencarnações de Buda. Infelizmente, não foi possível identificar nenhum plano ou esboço que explique como Ahti pretendia desenvolver o enredo. Embora mutilado, ou talvez exatamente por isso, *Debruçando-se na borda da costa escarpada* é o texto mais representativo da prosa ciméria, pelo que exprime e mais ainda pelo que oculta, por seus retraimentos, subtrações e defeitos.

A voz do professor parece estar a ponto de extinguir-se. Você estica o pescoço para garantir que Uzzi-Tuzii continua presente, do outro lado do tabique de estantes que o separa de sua vista, mas não consegue vê-lo; talvez ele tenha fugido pela sebe de publicações acadêmicas e coleções de revistas, adelgaçando-se até poder enfiar-se nos interstícios ávidos de poeira, talvez tenha sucumbido ao destino cancelador que pesa sobre o objeto dos estudos dele, talvez tenha sido engolido pelo abismo aberto na brusca interrupção do romance. Você gostaria de escorar-se à beira desse abismo, sustentando Ludmilla ou agarrando-se a ela, suas mãos tentando segurar as dela.

— Não me perguntem onde está a sequência deste livro! — É um grito agudo que parte de um ponto impreciso entre as estantes. — Todos os livros continuam além...

A voz do professor sobe e desce. Onde ele se meteu? Talvez tenha rolado para debaixo da escrivaninha, talvez esteja pendurado na lâmpada do teto.

— Continuam onde? — vocês perguntam, juntos na beira do precipício. — Além de quê?

— Os livros são os degraus para o limiar... Todos os autores cimérios o atravessaram... Depois começa a língua sem palavras dos mortos, que diz o que só a língua dos mortos consegue dizer. O cimério é a última língua dos vivos... A língua do limiar! Aqui se vem para esticar o ouvido até o além... Escutem...

Vocês dois, ao contrário, já não escutam mais nada. Também sumiram, retiraram-se para um canto, abraçados um ao outro. É essa a resposta de vocês? Querem demonstrar que também os vivos têm uma língua sem palavras, com a qual não se podem escrever livros, que apenas se vive, segundo a segundo, sem registrar nem recordar? Primeiro vem essa língua sem palavras dos corpos vivos — é essa a premissa que você gostaria que Uzzi-Tuzii percebesse? —, depois as palavras com as quais se escrevem os livros e se busca inutilmente traduzir aquela primeira língua, depois...

— Os livros cimérios são todos inacabados — suspira Uzzi-Tuzii —, porque é no além que eles continuam... na outra língua, na língua silenciosa à qual remetem todas as palavras dos livros que acreditamos ler.

— "Acreditamos..." Por que "acreditamos"? Eu gosto de ler, ler de verdade.

É Ludmilla quem fala, com convicção e calor. Está sentada diante do professor, vestida de modo simples e elegante, com cores claras. Seu modo de estar no mundo, plena de interesse por aquilo que o mundo pode oferecer-lhe, afasta o abismo egocêntrico do romance suicida que acaba afundando dentro dele mesmo. Na voz de Ludmilla, você busca a confirmação de sua necessidade de agarrar-se às coisas como elas são, de ler o que está escrito e nada mais, afastando os fantasmas que fogem por entre os dedos. (Ainda que o abraço de vocês — confesse — só tenha ocorrido em sua imaginação, ele é sempre um abraço, que pode realizar-se de um momento para outro...)

Mas Ludmilla sempre está pelo menos um passo adiante de você.

— Gosto de saber que existem livros que ainda poderei ler — ela diz, certa de que à força de seu desejo devem corresponder objetos existentes, concretos, mesmo que ainda desconhecidos. Como acompanhar o passo dessa mulher, que sempre lê outro livro além daquele que tem diante dos olhos, um livro que ainda não existe, mas que, dado que ela o deseja, não pode deixar de existir?

O professor está ali a sua escrivaninha; suas mãos suspensas emergem no cone de luz de uma lâmpada de mesa, ora suspensas, ora pousadas de leve sobre o volume fechado, como numa carícia triste.

— Ler — ele diz — é sempre isto: existe uma coisa que está ali, uma coisa feita de escrita, um objeto sólido, material, que não pode ser mudado; e por meio dele nos defrontamos com algo que não está presente, algo que faz parte do mundo imaterial, invisível, porque é apenas concebível, imaginável, ou porque existiu e não existe mais, porque é passado, perdido, inalcançável, na terra dos mortos...

— Ou talvez algo que não está presente porque não existe ainda, algo de desejado, temido, possível ou impossível — diz Ludmilla. — Ler é ir ao encontro de algo que está para ser e ninguém sabe ainda o que será... — Pronto, agora você vê a Leitora debruçada a perscrutar além da margem da página impressa o despontar no horizonte de navios vindos para salvar ou para invadir, as tempestades... — O livro que eu gostaria de ler agora é um romance em que se narre uma história ainda por vir, como um trovão ainda confuso, a história de verdade que se misture ao destino das pessoas, um romance que dê o sentido de estar vivendo um choque que ainda não tem nome nem forma.

— Muito bem, irmãzinha, vejo que faz progressos! — Entre as estantes surgiu uma moça de pescoço comprido e cara de passarinho, olhar firme e curioso por trás dos óculos, cabelos frisados ondulantes, vestindo blusa larga e calças justas. — Eu vim comunicar-lhe que encontrei o romance que você procurava, e é justamente aquele que serve a nosso seminário sobre a revolução feminista, para o qual está convidada, se quiser ouvir-nos analisá-lo, discuti-lo!

— Lotaria, não me diga que você também está com *Debruçando-se na borda da costa escarpada*, romance inacabado de Ukko Ahti, escritor cimério!

— Você está mal informada, Ludmilla, o romance é exatamente esse, mas não está inacabado, foi concluído, não está escrito em cimério, e sim em címbrico, o título foi posteriormente mudado para *Sem temer o vento e a vertigem*, e o autor assinou com pseudônimo: Vorts Viljandi.

— É falso! — grita o professor Uzzi-Tuzii. — Trata-se de um caso notório de contrafação! É um material apócrifo, difundido pelos nacionalistas címbricos durante a campanha de propaganda anticiméria no final da Primeira Guerra Mundial!

Atrás de Lotaria se acotovela a vanguarda de uma falange de mocinhas de olhos límpidos e tranquilos, olhos meio alarmantes talvez porque demasiado límpidos e tranquilos. Entre elas, um homem avança, pálido e barbudo, com o olhar sarcástico e com um vinco sistematicamente desiludido nos lábios.

— Fico desolado em contradizer um ilustre colega — diz o homem —, mas a autenticidade desse texto foi provada pela descoberta dos manuscritos que os cimérios tinham escondido!

— Espanta-me, Galligani — geme Uzzi-Tuzii —, que você empreste a autoridade de sua cátedra de línguas e literaturas hérulo-altaicas a uma mistificação grosseira! E, ademais, ligada a reivindicações territoriais que nada têm a ver com a literatura!

— Uzzi-Tuzii, eu lhe imploro — rebate o professor Galligani —, não faça a polêmica descer a tal nível. Você bem sabe que o nacionalismo címbrico está longe de meus interesses, como espero que o chauvinismo cimério esteja dos seus. Confrontando o espírito das duas literaturas, a questão que me coloco é: qual vai mais longe na negação dos valores?

A polêmica címbrico-ciméria parece não tocar Ludmilla, agora ocupada com um único pensamento: a possibilidade de que o romance interrompido continue.

— Será então verdade o que diz Lotaria? — ela lhe pergunta baixinho. — Desta vez, gostaria que ela tivesse razão, que o início que nos leu o professor prosseguisse, não interessa em que língua...

— Ludmilla — anuncia Lotaria —, vamos a nosso estudo de grupo. Se quiser assistir à discussão sobre o romance de Viljandi, venha. Pode convidar também seu amigo, caso ele se interesse.

E lá está você, arrolado sob a bandeira de Lotaria. O grupo se instala numa sala, ao redor de uma mesa. Você e Ludmilla gostariam de ficar o mais perto possível do calhamaço que Lotaria tem diante de si e que parece conter o romance em questão.

— Quero agradecer ao professor Galligani, de literatura címbrica — começa Lotaria —, ter gentilmente posto a nossa disposição um raro exemplar de *Sem temer o vento e a vertigem* e vindo participar pessoalmente de nosso seminário. Gostaria de sublinhar essa atitude de abertura, tanto mais apreciável quando confrontada com a incompreensão de outros docentes de disciplinas afins... — Lotaria lança uma olhadela à irmã, para que Ludmilla perceba a polêmica alusão a Uzzi-Tuzii.

Para a abertura do seminário, pede-se ao professor Galligani que forneça algumas referências históricas.

— Vou limitar-me a relatar — diz ele — como as províncias que formavam o Estado cimério passaram, após a Segunda Guerra Mundial, a integrar a República Popular Címbrica. No que reorganizaram os documentos dos arquivos cimérios, que haviam se desordenado em razão dos combates, os cimbros puderam reavaliar a complexa personalidade de um escritor como Vorts Viljandi, que escreveu tanto em cimério como em címbrico, mas do qual os cimérios só tinham publicado a produção na língua deles, produção, por sinal, exígua. Bem mais importantes, pela quantidade e qualidade, eram os escritos em língua címbrica, mantidos ocultos pelos cimérios, a começar pelo vasto romance *Sem temer o vento e a vertigem*, cujo início parece ter recebido também uma primeira versão em cimério, assinada com o pseudônimo Ukko Ahti. Sem dúvida, o autor só foi encontrar a genuína inspiração para esse romance após ter optado definitivamente pela língua címbrica.

... Não vou relatar a história — continua o professor — da sorte oscilante deste livro na República Popular Címbrica. Publicado antes como um clássico, traduzido também em alemão para ser difundido no exterior (é dessa tradução que nos valemos agora), sofreu as consequências de uma campanha de revisão ideológica e foi retirado de circulação e até das bibliotecas. Mas acreditamos que seu conteúdo revolucionário seja dos mais avançados...

Você e Ludmilla estão impacientes para ver ressurgir das cinzas esse livro perdido, mas devem esperar que as moças e os rapazes do grupo distribuam as tarefas entre si: durante a leitura, um deverá sublinhar os reflexos do modo de produção; outro, os processos de reificação; outro, a sublimação do recalque; outro, os códigos semânticos do sexo; outro, as metalinguagens do corpo; outro ainda, a transgressão dos papéis no âmbito público e privado.

Lotaria, afinal, abre seu calhamaço e começa a ler. As cercas de arame farpado se desfazem como teias de aranha. Todos acompanham em silêncio, vocês e os demais.

Mas de imediato vocês percebem estar ouvindo algo que não tem nenhum ponto de encontro possível com *Debruçando-se na borda da costa escarpada*, nem com *Fora do povoado de Malbork*, nem tampouco com *Se um viajante numa noite de inverno*. Você e Ludmilla trocam um olhar, ou melhor, duas olhadelas: uma de interrogação e a outra de conivência. Seja como for, é um romance no qual, tendo entrado, gostariam de prosseguir sem parar.

SEM TEMER
O VENTO
E A VERTIGEM

Às cinco da manhã, veículos militares atravessavam a cidade; filas de mulheres que carregavam lamparinas a vela começavam a formar-se diante dos armazéns de alimentos; nos muros, ainda estava fresca a tinta dos slogans de propaganda escritos durante a noite pelos esquadrões das várias correntes do Conselho Provisório.

No momento em que os músicos repunham os instrumentos nos estojos e saíam do subsolo, o céu estava verde. Os frequentadores do Novo Titânia acompanhavam os músicos por certo trecho do caminho, como se não quisessem romper a cumplicidade que se criara durante a noite entre as pessoas ali reunidas por acaso ou por hábito; todos seguiam adiante num só grupo: os homens, enfiados em seus capotes de golas levantadas, tinham aparência cadavérica, como múmias que, recém-saídas de sarcófagos onde permaneceram durante quatro mil anos, levantam-se ao ar livre e se transformam em pó num instante, ao passo que uma brisa de empolgação contagiava as mulheres, que cantarolavam, cada uma por si, sem fechar os casacos sobre o decote dos vestidos de noite, arrastando suas longas saias pelas poças de água em passos de dança incertos, num processo que, característico da embriaguez, faz brotar uma nova euforia da prostração e do embotamento da euforia precedente, parecendo que em cada uma delas subsistia a esperança de que a festa ainda não houvesse terminado, de que de um momento para outro os músicos reabririam seus estojos no meio da rua e retirariam deles os saxofones e contrabaixos.

Diante do antigo Banco Levinson, vigiado pelas patrulhas da guarda popular, de baioneta calada e insígnia no gorro, a comitiva de noctívagos se dispersava, como se tivesse recebido uma senha, e cada um seguia seu caminho sem cumprimentar os demais. Restávamos nós três: Valerian e eu tomávamos Irina pelo braço, um de cada lado. Eu ia sempre à direita, para dar espaço ao coldre do pesado revólver que trazia à cintura. Valerian estava em trajes civis, pois integrava o Comissariado da Indústria Pesada; se trazia um revólver — e creio que sim —, era na certa um daqueles achatados, que cabem no bolso. Nessa altura Irina ficara silenciosa, quase sombria, e em nós se insinuava uma espécie de temor — falo por mim, mas tenho certeza de que Valerian partilhava meu estado de ânimo, embora nunca tenhamos trocado confidências a respeito disso —, porque sentíamos que era naquele momento que ela de fato se apossava de nós dois, e, por mais loucas que fossem as coisas que nos levasse a fazer tão logo estivéssemos aprisionados em seu círculo mágico, nada poderia ser comparado ao que ela agora arquitetava na imaginação, sem deter-se diante de nenhum excesso, quer na exploração dos sentidos, quer na exaltação mental, quer na crueldade. A verdade é que éramos todos muito jovens, jovens demais para tudo aquilo que estávamos vivendo; digo nós, os homens, pois Irina tinha a precocidade das mulheres de seu tipo, embora fosse a mais jovem dos três, e nos obrigava a fazer o que queria.

Irina começou a assobiar silenciosamente, com um sorriso nos olhos, como se de antemão já saboreasse uma ideia que lhe viera à cabeça; depois seu assobio se fez sonoro, era uma marcha burlesca de uma opereta da moda, e nós, sempre um tanto receosos com o que ela andava fantasiando, assobiávamos para acompanhá-la e marchávamos sob a cadência de uma fanfarra irresistível, sentindo-nos ao mesmo tempo vítimas e vencedores.

Tudo aconteceu quando passávamos diante da igreja de Santa Apolônia, então transformada em hospital de isolamento para as vítimas do cólera, com os ataúdes expostos do lado de fora sobre cavaletes, esperando as carretas para o cemitério e cercados por grandes círculos de cal para que as pessoas não se aproximassem. Uma velha rezava ajoelhada no adro, e nós, que desfilávamos ao som de nossa marcha arrebatadora, quase a pisoteamos. Ela ergueu contra nós um punho pequeno, seco e amarelo, enrugado como uma castanha, e, apoiando-se com o outro punho no calçamento, gritou:

— Malditos os senhores!

Ou melhor:

— Malditos! Senhores! — Como se fossem duas imprecações num crescendo, como se, ao chamar-nos "senhores", ela nos considerasse duplamente malditos. Depois, disse no dialeto local uma palavra que significa "gente de bordel" e também algo como "Acabarão...", mas aí notou minha farda, calou-se e baixou a cabeça.

Relato esse incidente com todos os detalhes porque — não de imediato, mas em seguida — foi considerado uma premonição de tudo o que devia acontecer e também porque todas essas imagens da época deviam atravessar a página tal como os veículos militares cruzam a cidade (embora a palavra "veículo" evoque uma imagem apenas aproximativa, não é de todo mau que paire no ar certa indeterminação, própria da desordem da época), como as faixas estendidas entre os edifícios para convidar os habitantes a subscreverem o empréstimo ao Estado, como as passeatas operárias que eram organizadas por instituições sindicais adversárias e cujos percursos não deviam coincidir jamais: enquanto umas se manifestavam pelo prosseguimento indefinido da greve nas fábricas de munição Kauderer, outras o faziam para pedir que se pusesse fim à paralisação e que se armasse o povo para combater os exércitos contrarrevolucionários que estavam em vias de cercar a cidade. Todas essas linhas oblíquas, ao cruzarem-se, deviam delimitar o espaço onde Valerian, Irina e eu nos movemos, de modo que nossa história possa aflorar do nada, encontrar um ponto de partida, uma direção, um objetivo.

Conheci Irina no dia em que o front entrara em colapso, a menos de doze quilômetros do Portão Leste. Enquanto a milícia cívica — jovens com menos de dezoito anos e anciãos da reserva — concentrava-se ao redor dos edifícios baixos do Matadouro — lugar cujo nome já parecia de mau agouro, mas ainda não se sabia para quem —, uma avalanche de pessoas rolava pela cidade rumo à Ponte de Ferro. Camponesas que carregavam à cabeça cestas das quais saíam gansos; porcos histéricos que fugiam entre as pernas da multidão, perseguidos pela gritaria dos rapazes (a esperança de pôr alguma coisa a salvo das requisições militares levava as famílias do interior a dispersarem o máximo possível os filhos e os animais, entregando-os à própria sorte); soldados a pé ou a cavalo que tinham desertado de suas unidades ou que tratavam de juntar-se ao grosso das forças dispersas; velhas damas aristocratas à frente de caravanas de criadas e carregadores; maqueiros com suas padiolas; doentes expulsos dos hospitais; vendedores ambulantes; funcionários, monges, ciganos; alunas do antigo Colégio das Filhas de Oficiais em traje de viagem: todos se esgueiravam por entre as estruturas metálicas da ponte, como se arrastados pelo vento úmido e gelado que parecia soprar dos rasgões nos mapas geográficos, das brechas que dilaceravam fronts e fronteiras. Naqueles dias, eram muitos os que buscavam refúgio na cidade: havia os que temiam a disseminação de revoltas e saques e os que tinham boas razões para não querer achar-se no caminho dos exércitos reacionários; os que buscavam proteção sob a frágil legalidade do Conselho Provisório e os que só queriam esconder-se na desordem para agir tranquilamente contra a lei, antiga ou nova, não fazia diferença. Todos sentiam que a própria sobrevivência individual estava em jogo, num clima em que falar de solidariedade pareceria um desatino, pois o que contava era abrir espaço com unhas e dentes. No entanto, ainda assim se criava uma espécie de comunhão e de aliança, que fazia que se reunissem esforços diante dos obstáculos e que todos se entendessem sem muitas palavras.

Por isso, ou talvez porque a juventude se reconhece a si mesma na confusão geral e disso desfruta, o fato é que, naquela manhã, ao atravessar a Ponte de Ferro em meio à multidão, eu me sentia leve, contente, em harmonia com os outros, com o mundo e comigo mesmo, tal como havia muito tempo não me acontecia. (Não quero ter usado o termo errado: é melhor dizer que eu me sentia em harmonia com a desarmonia dos outros, do mundo e de mim mesmo.) Eu já estava no final da ponte, onde um lanço de escada leva à margem do rio, e o fluxo de pessoas seguia sem pressa e formava ajuntamento, o que obrigava alguns a conter aos empurrões os que vinham atrás para não ser jogados sobre aqueles que desciam mais lentamente: mutilados sem perna que se apoiavam primeiro numa muleta e depois na outra, cavalos controlados pelo freio e conduzidos em diagonal para que as ferraduras não derrapassem na borda dos degraus de ferro, motocicletas com sidecar que era preciso erguer com os braços (teriam feito melhor se houvessem pegado a Ponte das Carretas, como, aliás, não paravam de gritar os que estavam a pé, mas isso teria significado aumentar o trajeto em mais de um quilômetro). Foi então que me dei conta da mulher que descia a meu lado.

Usava casaco com debrum de pele na gola e nos punhos e chapéu em forma de sino com um véu e uma rosa. Elegante, em suma, além de jovem e atraente, como logo constatei. Enquanto a olhava de perfil, observei-a arregalar os olhos, levar a mão enluvada à boca escancarada num grito de terror e deixar-se cair para trás. Certamente teria caído, e sido pisoteada pela multidão que avançava como uma manada de elefantes, se eu não tivesse me apressado a agarrá-la por um braço.

— Sente-se mal? — perguntei. — A senhorita pode apoiar-se em mim. Verá que não é nada.

Estava paralisada, não conseguia dar mais nem um passo.

— O vazio, o vazio, lá embaixo — ela dizia —, socorro, tenho vertigem...

Nada do que se via parecia justificar a vertigem, mas a mulher estava realmente em pânico.

— Não olhe para baixo e segure-se em meu braço; siga os outros; já estamos no final da ponte — eu disse a ela, esperando que fossem aqueles os argumentos certos para tranquilizá-la.

— Ouço todos estes passos se desprenderem dos degraus e avançarem no vazio, caindo, uma multidão que cai... — ela disse, sempre paralisada.

Através dos intervalos entre os degraus de ferro, eu olho a corrente incolor do rio, que, lá no fundo, transporta fragmentos de gelo que se assemelham a nuvens brancas. Numa perturbação que dura um instante, parece-me estar sentindo o mesmo que ela sente: que todo vazio se prolonga no vazio, todo desnível, mesmo mínimo, dá em outro desnível, todo precipício desemboca no abismo infinito. Envolvo suas costas com o braço; trato de resistir aos empurrões daqueles que querem descer e nos lançam imprecações:

— Ei, abram caminho! Vão ficar abraçadinhos em outro lugar, seus descarados!

Mas o único modo de subtrair-nos à avalanche humana que investe contra nós seria alongar nossos passos pelos ares, voar... Pronto, agora também eu me sinto suspenso como num precipício...

Talvez este meu relato seja uma ponte no vazio. Ela se faz passando adiante informações, sensações e emoções para criar um fundo de revolvimentos coletivos e individuais, em meio ao qual se possa abrir caminho mesmo permanecendo alheio a muitas circunstâncias históricas ou geográficas. Eu me afasto da profusão de detalhes que cobrem o vazio que não quero ver e avanço num impulso, ao passo que a personagem feminina se detém à beira de um degrau, em meio à multidão que a empurra, até que consigo conduzi-la para baixo quase à força, de degrau em degrau, fazendo-a pôr os pés no calçamento da rua ao longo do rio.

Ela se recompõe; ergue à frente um olhar altivo; retoma o caminho sem deter-se; seu passo não hesita; dirige-se para a rua dos Moinhos; quase não consigo acompanhá-la.

Esta narrativa deve também esforçar-se para manter o passo, referir um diálogo construído no vazio, réplica por réplica. No tocante ao relato, a ponte não acabou: sob cada palavra existe o nada.

— Passou? — pergunto-lhe.

— Não é nada. A vertigem me chega quando menos espero, até quando não há nenhum perigo à vista... É indiferente se estou em lugar alto ou não... Se observo o céu à noite e penso na distância das estrelas... Ou mesmo de dia... Se me deitasse aqui, por exemplo, com os olhos para o alto, ficaria tonta...

Ela indica as nuvens que, velozes, passam levadas pelo vento. Fala da vertigem como de uma tentação que de algum modo a atrai.

Estou meio decepcionado por ela não ter me dito nem uma palavra de agradecimento. Observo:

— Este não é um bom lugar para deitar e olhar o céu, nem de dia nem de noite. Ouça o que digo, pois disso eu entendo um pouco.

Entre uma fala e outra, abrem-se no diálogo intervalos de vazio, como entre os degraus de ferro da ponte.

— O senhor entende de observar o céu? Por quê? É astrônomo?

— Não, outro tipo de observador. — Mostro-lhe, no colarinho de meu uniforme, o distintivo da artilharia. — Foram dias e dias sob os bombardeios, vendo voar a metralha.

Seu olhar passa do distintivo para as dragonas que não tenho e, depois, para as pouco vistosas insígnias da patente, costuradas em minhas mangas.

— O senhor vem do front, tenente?

— Alex Zinnober — apresento-me. — Não sei se posso ser chamado de tenente. Em nosso regimento, as patentes foram abolidas, mas as ordens mudam o tempo todo. Por enquanto sou um militar com duas listras na manga, só isso.

— Sou Irina Piperin e já o era mesmo antes da revolução. No futuro, não sei. Desenhava estampas de tecidos e, enquanto eles continuarem a faltar, farei desenhos no ar.

— Com a revolução, há pessoas que mudam a ponto de tornarem-se irreconhecíveis. E há outras que continuam a sentir-se as mesmas de antes; deve ser sinal de que já estavam prontas para os novos tempos. Não é assim?

Ela não responde. Acrescento:

— A menos que seja a recusa absoluta o que as preserva das mudanças. É esse o seu caso?

— Eu... Diga-me primeiro o senhor quanto acha que as coisas mudaram.

— Não muito. Percebo ter conservado certos pontos de honra de antigamente: amparar uma mulher que cai, por exemplo, mesmo que agora ela não agradeça.

— Todos sofremos momentos de fraqueza, tenente, mulheres e homens, e nada impede que eu tenha ocasião de retribuir aquela sua gentileza de agora há pouco.

Em sua voz há uma ponta de aspereza, quase de ressentimento.

Nessa altura o diálogo — que concentrou sobre si toda a atenção, quase fazendo esquecer o aspecto agitado da cidade — poderia interromper-se: os costumeiros veículos militares, ou as costumeiras filas de mulheres diante das lojas, ou as costumeiras passeatas de operários com cartazes, atravessam a praça e a página, separando-nos. Irina está longe agora. O chapéu com a rosa veleja sobre um mar de gorros cinzentos, de capacetes, de lenços; tento segui-la, mas ela não se volta.

Seguem-se alguns parágrafos repletos de nomes de generais e deputados, a propósito de canhoneios, de retiradas no front, de cisões e unificações nos partidos representados no Conselho, intercalados com anotações climáticas: aguaceiros, geadas, passagens de nuvens, vendavais. De qualquer modo, tudo isso serve de moldura a meus estados de ânimo: ora um abandono festivo à onda dos acontecimentos, ora um fechamento em mim mesmo, como se me concentrasse num desenho obsessivo, como se tudo o que acontece ao redor só servisse para mascarar-me, esconder-me, qual as barricadas de sacos de areia que vão se levantando aqui e acolá (a cidade parece preparar-se para combater de rua em rua), as paliçadas que toda noite os pregadores de cartazes de todas as tendências recobrem de impressos, os quais logo são encharcados pela chuva e se tornam ilegíveis por causa do papel esponjoso e da tinta de pouca qualidade.

Toda vez que passo diante do edifício que aloja o Comissariado da Indústria Pesada, digo a mim mesmo: "Vou visitar meu amigo Valerian". Desde o dia em que cheguei repito isso. Valerian é o amigo mais querido que tenho aqui na cidade. Mas toda vez adio a visita em razão de alguma tarefa importante que devo cumprir. E dizer que pareço desfrutar de uma liberdade insólita para um militar em serviço! Não está muito claro quais são minhas obrigações; vou e venho entre vários escritórios de estado-maior; raramente sou visto no quartel, como se não me incluísse no efetivo de nenhuma unidade; tampouco sou visto preso atrás de uma escrivaninha em outros lugares.

Diferentemente de Valerian, que não se afasta de sua mesa. No dia em que subo para procurá-lo também o encontro ali, mas não parece ocupado com tarefas do governo: está limpando um revólver. Ao ver-me, dá boas risadas, com sua barba malfeita. Diz:

— Então você veio cair na armadilha conosco.

— Ou preparar armadilhas para os outros — respondo.

— As armadilhas estão umas dentro das outras e se fecham todas ao mesmo tempo. — Ele parece querer avisar-me de alguma coisa.

O edifício em que estão instalados os escritórios do comissariado, antiga residência de uma família que enriqueceu com a guerra, fora confiscado pela revolução. Parte do mobiliário, de um luxo exagerado, ali ficou misturado a sombrios apetrechos burocráticos; o escritório de Valerian está repleto de uma chinoiserie de boudoir: vasos com dragões, escrínios laqueados, um biombo de seda.

— E quem você pretende capturar neste pagode? Uma rainha oriental?

De trás do biombo sai uma mulher: cabelos curtos, vestido de seda cinza, meias da cor do leite.

— Os sonhos masculinos não mudaram com a revolução — diz.

É pelo tom sarcasticamente agressivo de sua voz que reconheço a passante que encontrei na Ponte de Ferro.

— Está vendo? Há ouvidos que escutam todas as nossas palavras — diz Valerian, rindo.

— A revolução não move processo contra os sonhos, Irina Piperin — respondo.

— Nem nos salva dos pesadelos — ela rebate.

Valerian intervém:

— Não sabia que vocês se conheciam.

— Nós nos encontramos num sonho — digo. — Estávamos caindo de uma ponte.

E ela:

— Não. Cada um tem um sonho diferente.

— E há também aqueles a quem acontece acordar num lugar seguro, como este, protegido de toda vertigem — insisto.

— A vertigem está por todo lado. — Ela pega o revólver que Valerian acabou de remontar, abre-o, apoia o olho no cano para ver se está bem limpo, gira o tambor, enfia uma bala, ergue o cano e mantém a arma apontada contra o olho, fazendo o tambor girar de novo. — Parece um poço sem fundo. Ouve-se o apelo do nada, a tentação de lançar-se, alcançar a escuridão que chama.

— Ei, com armas não se brinca! — digo, e avanço uma das mãos, mas ela aponta o revólver contra mim.

— Por quê? As mulheres não, e vocês sim? A verdadeira revolução acontecerá quando as mulheres tiverem as armas.

— E os homens permanecerem desarmados? Parece-lhe justo, minha cara? As mulheres armadas para fazer o quê?

— Para ocupar o lugar de vocês. Nós por cima, e vocês por baixo. Para que experimentem um pouco o que sentimos sendo mulheres. Vamos, passe para o outro lado, vá para perto de seu amigo — ordena, sempre com a arma apontada para mim.

— Irina é persistente em suas ideias — adverte-me Valerian. — É inútil contradizê-la.

— E agora? — pergunto, e olho para Valerian, esperando que ele intervenha e termine com a brincadeira.

Valerian se volta para Irina, mas seu olhar vaga perdido, como se em transe, como se em rendição absoluta, como quem só espera o prazer de submeter-se ao arbítrio dessa mulher.

Entra um motociclista do Comando Militar com um calhamaço de papéis. A porta, ao abrir-se, esconde Irina, que desaparece. Valerian, como se nada tivesse acontecido, cuida dos afazeres.

— Mas diga... — pergunto-lhe, assim que podemos falar. — Você acha que isso é brincadeira que se faça?

— Irina não brinca — ele diz, sem erguer dos papéis o olhar —, você verá.

Eis que a partir daquele momento o tempo muda de forma, a noite se dilata, as noites se tornam uma só noite na cidade atravessada por nosso trio, doravante inseparável, uma única noite que culmina no quarto de Irina, numa cena que deve ser de intimidade, mas também de exibição e de desafio, a cerimônia daquele culto secreto e sacrificial do qual Irina é ao mesmo tempo a oficiante, a divindade, a profanadora e a vítima. A narrativa retoma o caminho interrompido, agora o espaço que deve percorrer está sobrecarregado, denso, não deixa nenhum respiradouro para o horror do vazio, entre as cortinas com motivos geométricos, as almofadas, a atmosfera impregnada do odor de nossos corpos nus, os seios de Irina levemente empinados sobre a magra caixa torácica, as aréolas morenas que teriam melhor proporção em seios mais desabrochados, o púbis estreito e agudo em forma de triângulo isósceles (a palavra "isósceles", por tê-la uma vez associado ao púbis de Irina, carrega-se para mim de uma sensualidade tal que não consigo pronunciá-la sem bater os dentes). Aproximando-se do centro da cena as linhas tendem a contorcer-se, a tornar-se sinuosas como a fumaça do braseiro onde queimam os pobres aromas remanescentes de uma drogaria armênia, cuja fama indevida de antro de ópio provocara o saque por parte da multidão vingadora dos bons costumes; as linhas — ainda elas — se enrolam como a corda invisível que nos mantém amarrados, os três, e que, quanto mais nos debatemos para nos separar, mais aperta seus nós marcando nossa carne. No centro desse emaranhado, no coração do drama desse nosso secreto sodalício, está o segredo que trago dentro de mim e que não posso revelar a ninguém, principalmente a Irina e a Valerian, a missão secreta que me foi confiada: descobrir quem é o espião que, infiltrado no Comitê Revolucionário, está para fazer a cidade cair nas mãos dos Brancos.

Em meio às revoluções que naquele inverno ventoso varriam as ruas das capitais como rajadas da tramontana, nascia a revolução secreta que transformaria os poderes dos corpos e dos sexos; Irina acreditava nisso e conseguira passar sua crença não só a Valerian, o qual, filho de juiz distrital, graduado em economia política, seguidor de gurus indianos e teosofistas suíços, era o adepto predestinado de qualquer doutrina nos limites do concebível, mas também a mim, que vinha de uma escola tão mais dura, eu, que sabia que em breve o futuro se decidiria entre a Corte Marcial dos Brancos e o Tribunal Revolucionário e que dois pelotões de fuzilamento, de uma e de outra parte, esperavam com as armas já preparadas.

Eu tentava fugir deslizando com movimentos arrastados rumo ao centro da espiral, onde as linhas se torciam como serpentes, seguindo a contorção dos membros flexíveis e inquietos de Irina, numa dança lenta na qual o que importava não era o ritmo, mas o enrolar e o desenrolar de linhas sinuosas. O que Irina agarra com ambas as mãos são duas cabeças de serpente, que reagem ao aperto exacerbando a própria aptidão para a penetração retilínea, embora Irina argumentasse que ao máximo de força contida correspondia a ductilidade de um réptil que se dobra para surpreendê-la em contorções impossíveis.

Porque este era o primeiro artigo de fé no culto que Irina instituíra: que abdicássemos da opção pela verticalidade, pela linha reta, pelo resto mal empregado de orgulho masculino que ainda carregávamos mesmo aceitando nossa condição de escravos de uma mulher que entre nós não admitia ciúme nem supremacia de nenhum tipo. "Baixe a cabeça", dizia Irina, e sua mão pressionava a cabeça de Valerian na altura da nuca, afundando os dedos nos lanosos cabelos arruivados do jovem economista, sem permitir que ele erguesse o rosto acima de seu regaço. "Baixe mais!" Enquanto isso, ela me observava com olhos duros e queria que eu a observasse, desejava que nossos olhares seguissem também eles por vias sinuosas e contínuas. Eu sentia seu olhar, que não me abandonava um instante sequer, e ao mesmo tempo sentia sobre mim outro olhar que me seguia a todo momento e a todo lugar, o olhar de um poder invisível que esperava de mim uma única coisa: a morte — não importa se aquela que levarei aos outros ou se a minha própria.

Eu aguardava o instante em que o laço do olhar de Irina se afrouxasse. Eis que ela fecha os olhos e eu aproveito para arrastar-me na sombra, para atrás das almofadas, das poltronas, do braseiro, onde Valerian deixou suas roupas dobradas em perfeita ordem, como de costume; arrasto-me na sombra dos cílios baixados de Irina, vasculho os bolsos, a carteira de Valerian, escondo-me na escuridão daquelas pálpebras cerradas, na escuridão do grito que sai de sua garganta; encontro a folha dobrada em quatro na qual meu nome foi escrito com pena de aço, sob o documento assinado e contra-assinado de uma condenação à morte por traição, com todos os timbres regulamentares.

CAPÍTULO 5

Nesta altura se abre a discussão. Acontecimentos personagens ambientes sensações tudo é expulso para dar lugar aos conceitos gerais.
— O desejo polimorfo-perverso...
— As leis da economia de mercado...
— A homologia das estruturas significantes...
— O desvio e as instituições...
— A castração...
Só você permaneceu ali suspenso, você e Ludmilla, pois ninguém mais pensa em retomar a leitura.
Você se aproxima de Lotaria, estende uma das mãos para as folhas soltas diante dela e pergunta:
— Posso? — Você procura apropriar-se do romance. Mas aquilo não é um livro, é um caderno rasgado. E o restante? — Desculpe, estou procurando as outras páginas, a continuação.
— A continuação?... Ah, mas aqui já existe o suficiente para um mês de discussão, não acha?
— Não era para discutir, era para ler.
— Olhe, os grupos de estudo eram muitos, e, como a biblioteca do Departamento Hérulo-Altaico só tinha um exemplar, resolvemos dividi-lo; foi uma partilha um tanto difícil, o livro foi despedaçado, mas creio ter conseguido a melhor parte.

***

Sentados à mesa de um café, você e Ludmilla fazem um balanço da situação.

— Resumindo: *Sem temer o vento e a vertigem* não é *Debruçando-se na borda da costa escarpada*, que, por sua vez, não é *Fora do povoado de Malbork*, o qual é coisa completamente diversa de *Se um viajante numa noite de inverno*. Só nos resta remontar às origens de toda essa confusão.

— É. Foi a editora que nos submeteu a tais frustrações; portanto, ela é que nos deve uma reparação. Temos todo o direito de exigir isso.

— E se Ahti e Viljandi forem a mesma pessoa?

— Antes de mais nada, é preciso obter um exemplar completo de *Se um viajante numa noite de inverno* e outro igualmente completo de *Fora do povoado de Malbork*. Isto é, os romances que começamos a ler acreditando que tivessem esses títulos; se afinal seus verdadeiros títulos e autores são outros, eles que nos expliquem que mistério existe por trás dessas páginas que passam de um volume a outro.

— E assim — você acrescenta —, talvez encontremos uma pista que nos leve a *Debruçando-se na borda da costa escarpada*, completo ou não, pouco importa...

— Não posso negar — diz Ludmilla — que me deixei iludir pela notícia de que a continuação fora descoberta.

— ... e também a *Sem temer o vento e a vertigem*, que agora estou mais impaciente para continuar.

— Eu também, embora deva reconhecer que não é meu romance ideal...

Aí estamos, não saímos do mesmo lugar. Quando você pensa que está no caminho certo, logo se vê bloqueado por uma interrupção ou reviravolta: nas leituras, na caça ao livro perdido, na identificação dos gostos de Ludmilla.

— O romance que mais gostaria de ler neste momento —

ela explica — é aquele que deveria ter como força motriz o desejo de contar, de acumular história sobre história, sem pretender impor uma visão do mundo, mas apenas fazer você assistir ao crescimento do romance, como uma planta, um entrelaçado de ramos e folhas...

Nisso você concorda imediatamente com ela: deixando para trás as páginas dilaceradas pela análise intelectual, você sonha reencontrar uma condição de leitura natural, inocente, primitiva.

— Precisamos achar o fio da meada — você diz. — Vamos logo à editora.

E ela:

— Não é preciso que nos apresentemos em dupla. Você vai e me conta depois.

Você fica contrariado. Essa caçada o apaixona porque é feita com ela, porque podem vivê-la juntos e comentá-la enquanto a vivem. Exatamente agora que lhe parecia ter logrado um entendimento, uma confiança — não tanto porque já se tratam por "você", mas porque têm a sensação de ser cúmplices de um empreendimento que talvez ninguém mais possa entender.

— E por que você não quer vir?
— Por princípio.
— Como assim?
— Há uma linha limítrofe: de um lado estão aqueles que fazem os livros, do outro, aqueles que os leem. Quero continuar sendo parte dos que leem e, por isso, fico alerta para manter-me sempre aquém dessa linha. Caso contrário, o prazer desinteressado de ler acaba ou se transforma em outra coisa, que não é o que desejo. Trata-se de uma linha fronteiriça aproximativa, que tende a desaparecer: o mundo daqueles que se relacionam profissionalmente com livros é sempre mais populoso e tende a identificar-se com o mundo dos leitores. Certamente, também os leitores são cada vez mais numerosos, mas pode-se dizer que o número daqueles que usam os livros para produzir outros

livros cresce mais depressa que o daqueles que se satisfazem em lê-los e amá-los. Sei que, se ultrapassar esse limite, mesmo ocasionalmente, correrei o risco de confundir-me com essa maré que avança; por isso, eu me recuso a entrar numa editora, mesmo que por alguns minutos.

— E quanto a mim? — você contesta.

— Você, eu não sei. Decida. Cada um reage a seu modo.

Não há jeito de fazer essa mulher mudar de ideia. Você realizará sua expedição sozinho e a reencontrará ali, no café, às seis horas.

— O senhor veio por causa dos originais? Estão sendo lidos, não, enganei-me, foram lidos com interesse, é claro que me lembro! Uma notável mistura linguística, denúncia sofrida, não recebeu a carta? Lamentamos ter que anunciar-lhe, na carta está tudo explicado, faz algum tempo que a expedimos, o correio está sempre atrasado, o senhor acabará por recebê-la, nossa programação editorial está sobrecarregada, a conjuntura é pouco favorável, viu como a recebeu? O que mais dizia? Agradecemos ter nos permitido a leitura, logo o restituiremos, ah, veio aqui para retirar os originais? Não, não os encontramos, tenha um pouco mais de paciência, vão aparecer, não tenha medo, aqui não se perde nada, acabamos de encontrar originais que procurávamos havia dez anos, oh, não dentro de dez anos, os seus podem ser encontrados antes, é o que esperamos, temos tantos originais, pilhas enormes, se quiser ver, entendemos que deseje os seus, e não outros, só faltava isso, queria dizer que conservamos ali tantos originais que não interessam, imagine se jogaríamos fora logo os seus, que apreciamos tanto, não, não para publicá-los, são guardados para ser restituídos.

Quem fala assim é um homenzinho ressequido e curvado que parece ficar mais ressequido e curvado toda vez que alguém o chama ou puxa pela manga, submete-lhe um problema, descarrega-lhe nos braços uma pilha de provas: "Senhor Cavedagna!", "Ouça, senhor Cavedagna!", "Vamos perguntar ao senhor Cavedagna!", e ele, sempre, concentra-se na pergunta do último interlocutor, olhos fixos, queixo vibrante, pescoço curvado pelo esforço de tentar armazenar na memória todas as questões ainda não resolvidas, com a paciência desconsolada dos demasiado nervosos e com o nervosismo ultrassônico dos demasiado pacientes.

Quando você entrou na sede da editora e explicou aos porteiros o problema dos volumes mal paginados que gostaria de trocar, disseram-lhe primeiro para ir ao Departamento Comercial; depois, dado que acrescentou que não era só a troca dos volumes o que lhe interessava, mas, antes, uma explicação sobre o que acontecera, mandaram-no ao Departamento Técnico; e, quando especificou que o mais importante para você era a sequência dos romances interrompidos, disseram-lhe:

— Então é melhor que o senhor fale com o senhor Cavedagna — concluíram. — Acomode-se na sala de espera; há outras pessoas lá, aguarde sua vez.

Assim, abrindo espaço entre outros visitantes, você ouviu o senhor Cavedagna recomeçar várias vezes a lenga-lenga dos originais que não se consegue encontrar, dirigindo-se sempre a pessoas diferentes, entre as quais se incluía você, sendo ele sempre, antes mesmo de perceber o equívoco, interrompido por visitantes, outros editores ou empregados. Você entende logo que o senhor Cavedagna é aquela personagem indispensável em qualquer corpo empresarial, nas costas de quem os colegas tendem instintivamente a descarregar todas as tarefas mais complicadas e espinhosas. Você está prestes a falar com o senhor Cavedagna quando chega alguém que entrega a ele o cronograma editorial dos próximos cinco anos para atualização, ou um índice dos nomes cujos números de páginas precisam ser trocados, ou uma edição de Dostoiévski a ser recomposta do princípio ao fim porque toda vez que aparece escrito Maria é agora necessário escrever Marja e toda vez que aparece Pjotr é preciso trocar por Pëtr. Ele dá atenção a todos, embora sempre angustiado pela ideia de ter deixado no meio a conversa com outro requerente; assim que pode, trata de apaziguar os mais impacientes garantindo-lhes que não os esqueceu, que tem o problema deles bem presente:

— Apreciamos muito a atmosfera fantástica...

— Como? — sobressalta-se um historiador das cisões trotskistas na Nova Zelândia.

— Talvez conviesse atenuar as imagens escatológicas...

— O que está dizendo?! — protesta um estudioso da macroeconomia dos oligopólios.

De repente o senhor Cavedagna some. Os corredores da editora estão cheios de insídias: por ali circulam grupos teatrais de clínicas psiquiátricas, pessoas que se dedicam à psicanálise de grupo, comandos de feministas. A cada passo, Cavedagna se arrisca a ser capturado, assediado, engolido.

Você chegou a este lugar num momento em que gravitam em torno das editoras não apenas os aspirantes a poetas e romancistas ou as candidatas a poetas e escritoras, como ocorria antigamente; este é o momento (na história da cultura ocidental) em que aqueles que buscam a realização por meio do papel não são apenas indivíduos isolados, mas também coletividades: seminários de estudo, grupos operacionais, equipes de pesquisa, como se o trabalho intelectual fosse demasiado desolador para ser enfrentado solitariamente. A figura do autor se tornou plural e se desloca sempre em grupo, porque ninguém pode ser delegado a representar ninguém: quatro ex-presos, dos quais um é fugitivo; três ex-internos de hospital com seu enfermeiro e os originais deste último. Ou então chegam casais, não necessária mas tendencialmente marido e mulher, como se a vida a dois não oferecesse maior conforto que a produção de manuscritos.

Cada uma dessas personagens pediu para falar com o responsável de outro setor ou com o funcionário competente de outro departamento, mas acabam todos sendo recebidos pelo senhor Cavedagna. Ondas de falas a que afluem os léxicos de disciplinas e de escolas de pensamento as mais especializadas e exclusivas desabam sobre esse veterano editor que ao primeiro olhar você definiu como "homenzinho ressequido e curvado", não porque seja mais homenzinho, mais ressequido ou mais curvado que tantos outros, nem porque as palavras "homenzinho ressequido e curvado" façam parte do modo dele de exprimir a si mesmo, mas porque ele parece ter vindo de um mundo onde ainda... Não: de um livro em que ainda se encontram... Aí está: ele parece ter surgido de um mundo em que ainda se leem livros nos quais se encontram "homenzinhos ressequidos e curvados".

Sem se deixar transtornar, ele permite que as problemáticas escorram sobre sua calvície, sacode a cabeça e trata de restringir a questão a seus aspectos mais práticos:

— Mas o senhor não poderia, de algum jeito, incorporar as notas de rodapé no texto e concentrar um pouquinho o texto, talvez, quem sabe, introduzindo-o como nota de rodapé?

— Sou leitor, apenas leitor, não autor — você se apressa em declarar, como quem se lança em socorro de alguém que está para dar um passo em falso.

— Ah, é!? Bravo, muito bem, fico feliz! — O olhar que lhe dirige é mesmo de simpatia e agradecimento. — É um prazer. Leitores verdadeiros, eu os encontro cada vez menos.

Ele se põe a fazer confidências; deixa-se transportar; esquece as outras incumbências; chama-o de lado:

— Há tantos anos trabalho em editoras... Tantos livros passam por minhas mãos... Mas posso dizer que os leio? Não é isso que chamo leitura... Em minha cidade havia poucos livros, mas eu lia, como eu lia naquela época!... Penso sempre que, quando me aposentar, voltarei a minha cidade e tornarei a ler como antes. De vez em quando, separo um livro e digo a mim mesmo: "Este eu vou ler quando estiver aposentado". Mas depois penso que não será mais a mesma coisa... Esta noite sonhei que estava em minha cidade, no galinheiro de minha casa, procurava alguma coisa ali, no cesto em que as galinhas botam ovos, e o que encontro? Um livro, um dos livros que li quando era jovem, uma edição popular, as páginas todas rotas, as gravuras em preto e branco que eu colori com giz de cera... Acredita? Quando moço, eu me escondia no galinheiro para ler.

Você trata de explicar o motivo da visita. Ele entende num segundo, tanto que nem o deixa continuar:

— Também o senhor, os cadernos misturados, já sabemos, os livros que começam e não continuam, nos últimos tempos toda a produção desta casa está de pernas para o ar. Dá para entender uma coisa dessas? Nós não entendemos mais nada, meu senhor. — Traz nos braços uma pilha de provas de impressão; deposita-a delicadamente, como se uma mínima oscilação pudesse perturbar a ordem dos caracteres tipográficos. — Uma editora é um organismo frágil, caro senhor. Basta que num ponto qualquer alguma coisa saia do lugar e a desordem se alastra, o caos se abre sob nossos pés. Desculpe-me, quando penso nisso chego a ter vertigens. — E cobre os olhos, como se estivesse sendo perseguido pela visão de milhões de páginas, de linhas, de palavras que redemoinham na poeira.

— Vamos, coragem, senhor Cavedagna, não fique assim. — É preciso consolá-lo. — O que me trouxe aqui foi uma simples curiosidade de leitor... Mas, se o senhor não pode dizer nada...

— O que sei lhe direi de boa vontade — responde o editor. — Escute só. Tudo começou quando se apresentou aqui na editora um jovem que afirmava ser tradutor de... Como é que se diz?...

— Polonês?

— Não, não de polonês! Uma língua difícil, que é conhecida por poucos.

— Cimério?

— Não, não, mais para lá, como se diz mesmo? Ele se fazia passar por um poliglota extraordinário, não havia idioma que não conhecesse, inclusive o címbrico, é, o címbrico. Trouxe um livro escrito nessa língua, um romance volumoso, denso, como se chamava? O *Viajante*... Não: o *Viajante* é daquele outro, o *Fora do povoado*.

— De Tatius Bazakbal?

— Não, Bazakbal não, desse era o *Despenhadeiro*. Deixe-me ver, do...

— Ahti?

— Bravo! Exatamente, Ukko Ahti.

— Desculpe, Ukko Ahti não é autor cimério?

— Bom, sabe-se que no princípio ele era cimério. Mas durante a guerra, ou depois da guerra, os acertos de fronteira, a Cortina de Ferro, o resultado é que agora, onde outrora existia a Ciméria está a Címbria, e a Ciméria foi deslocada para mais adiante. Assim, nas indenizações de guerra, também a literatura ciméria foi tomada pelos címbrios.

— Essa é a tese do professor Galligani, desmentida pelo professor Uzzi-Tuzii.

— Imagine, na universidade, a rivalidade entre os departamentos, duas cátedras em concorrência, dois professores que não podem ver a cara um do outro, imagine se Uzzi-Tuzii vai admitir que a obra-prima de sua língua precisa ser lida na língua daquele seu colega.

— Permanece o fato — você insiste — de que *Debruçando-se na borda da costa escarpada* é um romance inacabado, ou melhor, apenas iniciado... Eu vi o original...

— *Debruçando-se*... Não me confunda, é um título parecido, mas não é esse, é algo como *Vertigem*, isso, é a *Vertigem*, de Viljandi.

— *Sem temer o vento e a vertigem*? Diga-me: foi traduzido? Vocês o publicaram?

— Espere. O tradutor, um tal Ermes Marana, parecia ter tudo em ordem: enviou-nos um projeto da tradução, selecionamos o título, ele foi pontual na entrega das páginas traduzidas, cem de cada vez, recebeu um adiantamento, começamos a passar o texto para a gráfica, mandamos fazer a composição para não perder tempo... Mas eis que, ao corrigirmos as provas, observamos alguns contrassensos, umas coisas estranhas... Convocamos Marana, fizemos perguntas, ele se contradisse, confundiu-se... Nós o apertamos um pouco, abrimos o texto original na frente dele e pedimos que traduzisse um trecho em voz alta... Foi então que confessou não saber nem uma palavra sequer de címbrico!

— E a tradução que ele trouxe?

— Os nomes próprios ele tinha colocado em címbrico, não, em cimério, já nem sei, mas o texto tinha sido traduzido de um outro romance.

— Qual romance?

— "Qual romance?", perguntamos. E ele: um romance polonês (eis o polonês!) de Tatius Bazakbal...

— *Fora do povoado de Malbork...*

— Muito bem. Mas espere. Isso era o que ele dizia, e na hora nós acreditamos. O livro já estava sendo impresso. Mandamos parar tudo, mudar o frontispício, a capa. Foi um prejuízo considerável para nós, mas, de qualquer modo, com um título ou com outro, de um autor ou de outro, o romance existia, traduzido, composto, impresso... Não calculávamos que todo esse tira e põe na impressão, na montagem, a substituição dos primeiros cadernos, que tinham o frontispício errado, por outros novos... Em suma, surgiu daí uma confusão que se estendeu a todos os lançamentos que tínhamos em operação, tiragens inteiras a ser inutilizadas, volumes já distribuídos a ser recolhidos.

— Há uma coisa que não entendi: agora o senhor está falando de qual romance? Daquele da estação ou daquele do rapaz que sai da fazenda? Ou, então, daquele...

— Calma. O que lhe contei não é nada ainda. Porque a partir daí, é natural, não confiávamos mais naquele senhor, queríamos entender tudo, cotejar a tradução com o texto original.

E, aí, o que aconteceu? Tampouco se tratava de Bazakbal, era um romance traduzido do francês, de um autor belga pouco conhecido, Bertrand Vandervelde, intitulado... Espere que eu lhe mostrarei. — Cavedagna se afasta e retorna com um calhamaço de fotocópias. — Aí está, chama-se *Olha para baixo onde a sombra se adensa*. Temos aqui o texto em francês desde as primeiras páginas. Veja com seus próprios olhos, que fraude, não? Ermes Marana traduziu este romancezinho ordinário, palavra por palavra, e o fez passar por cimério, por címbrico, por polonês...

Você folheia as fotocópias e já na primeira olhada percebe que esse *Regarde en bas dans l'épaisseur des ombres*, de Bertrand Vandervelde, nada tem a ver com nenhum dos quatro romances que você foi obrigado a interromper. Gostaria de avisar logo Cavedagna, mas ele está puxando uma folha anexa ao calhamaço, que insiste em mostrar-lhe:

— Quer ver o que Marana teve a coragem de responder quando contestamos suas mistificações? Aqui está a carta dele.

Cavedagna lhe indica um parágrafo para que você o leia:

"Que importa o nome do autor na capa? Vamos nos transportar pela imaginação para daqui a três mil anos. Sabe-se lá quais livros de nossa época terão sobrevivido e quais autores ainda serão lembrados. Haverá livros que continuarão célebres, mas que serão considerados obras anônimas, como é para nós a epopeia de Gilgamesh; haverá autores cujo nome permanecerá célebre, mas dos quais não restará nenhuma obra, como é o caso de Sócrates; ou talvez todos os livros remanescentes sejam então atribuídos a um único e misterioso autor, como Homero".

— O senhor vê que belo raciocínio? — exclama Cavedagna. Depois acrescenta: — E ele poderia até ter razão, isso é o que mais impressiona...

Cavedagna sacode a cabeça, como se tomado por uma ideia; ri um pouco, depois suspira. Essa ideia, Leitor, você pode ler como se estivesse escrita na testa dele. Há tantos anos Cavedagna está por trás dos livros enquanto são fabricados, etapa por etapa, vê livros nascerem e morrerem diariamente, e, no entanto, o que ele considera verdadeiros livros são outros, aqueles do tempo em que, para ele, eram como mensagens de outros mundos. Assim também com os autores: trabalha com eles todos os dias, conhece suas obsessões, suas incertezas, sua suscetibilidade, seu egocentrismo, e todavia os verdadeiros autores, para ele, são aqueles que não passam de um nome na capa, uma palavra anexada ao título, autores que partilhavam a mesma realidade das personagens e dos lugares mencionados nos livros, que existiam e, ao mesmo tempo, não existiam, como aquelas personagens e aqueles lugares. O autor era um ponto invisível do qual se originavam os livros, um vazio percorrido por fantasmas, um túnel subterrâneo que punha os outros mundos em comunicação com o galinheiro de sua infância...

Alguém chama o senhor Cavedagna. Ele hesita um instante entre pegar as fotocópias e deixá-las com você.

— Saiba que este é um documento importante, não pode sair daqui, é o corpo de delito, pode levar a um processo por plágio. Se quiser examiná-lo, sente-se aqui, a esta escrivaninha, e depois se lembre de restituí-lo a mim, mesmo que eu tenha me esquecido dele, ai de mim se isso for perdido...

Você poderia dizer-lhe que não tem importância, que não é esse o romance que procurava, mas, seja porque o começo não lhe desagrada, seja porque o senhor Cavedagna, cada vez mais ocupado, foi de novo tragado pelo turbilhão de suas atividades editoriais, só resta a você iniciar a leitura de *Olha para baixo onde a sombra se adensa*.

OLHA PARA BAIXO ONDE A SOMBRA SE ADENSA

Puxei em vão a boca do saco plástico: ela mal chegava ao pescoço de Jojo, e a cabeça ficava de fora. A outra opção era ensacá-lo pela cabeça, mas isso não resolvia o problema, pois os pés ficavam de fora. O jeito seria fazê-lo dobrar os joelhos; no entanto, por mais que eu tentasse ajudá-lo a pontapés, suas pernas enrijecidas resistiam, e, quando por fim consegui, pernas e saco dobrados juntos, descobri que o transporte ficava ainda mais difícil que antes, quando a cabeça se projetava para fora.

— Jojo, quando conseguirei livrar-me de você para valer? — eu lhe perguntava.

Toda vez que o girava, eu via pela frente aquela cara obtusa, os bigodes de galã, os cabelos grudados com brilhantina, o nó da gravata que saía do saco como se de um pulôver de uma época cuja moda ele continuara a seguir. Talvez Jojo tivesse chegado atrasado à moda daqueles anos, quando ela já não estava na moda em lugar nenhum, mas ele, que na juventude invejara os tipos vestidos e penteados assim, desde a brilhantina até os sapatos de verniz preto com gáspea de camurça, identificara aquela aparência com a fortuna e, uma vez que a sorte lhe sorrira, estava deslumbrado demais com o próprio sucesso para olhar em volta e perceber que, agora, aqueles com quem desejava parecer-se tinham aparência completamente diversa.

A brilhantina se aguentava bem; mesmo após eu lhe ter

comprimido o crânio para afundá-lo no saco, a calota de cabelos permanecia esférica, apenas segmentando-se em algumas mechas compactas que se erguiam em arco. O nó da gravata ficara meio deslocado; endireitei-o instintivamente, como se um cadáver com a gravata torta pudesse dar mais na vista que um cadáver bem-posto.

— A gente precisava de um segundo saco para enfiar na cabeça dele — disse Bernadette, e uma vez mais tive de reconhecer que a inteligência daquela moça era superior ao que se podia esperar de sua condição social.

O problema era que não tínhamos conseguido encontrar outro saco plástico de bom tamanho. Só havia o da lixeira da cozinha, um saquinho alaranjado, que podia muito bem servir para esconder-lhe a cabeça, mas não para esconder que se tratava de um corpo humano envolto num saco, com a cabeça embrulhada num saco menor.

De qualquer modo, não podíamos continuar naquele subsolo por mais tempo, precisávamos ficar livres dele antes do amanhecer, havia duas horas o carregávamos de um lado para outro como se estivesse vivo, como um terceiro passageiro em meu conversível, e já tínhamos atraído a atenção de muitas pessoas. Como, por exemplo, daqueles dois policiais de bicicleta que se acercaram sorrateiros e pararam para observar-nos no momento em que estávamos prestes a jogá-lo no rio (apenas um momento antes, a ponte de Bercy nos parecera deserta). Então, imediatamente, Bernadette e eu começamos a dar-lhe tapas nas costas. Jojo estava prostrado, com a cabeça e as mãos pendentes do parapeito.

— Vomite até a alma, meu velho, assim suas ideias ficarão mais claras! — exclamei, e nós dois, segurando-o com os braços sobre nossos ombros, o transportamos até o carro. Naquele momento, o gás que expande o ventre dos cadáveres saiu ruidosamente; os dois policiais caíram na gargalhada. Pensei então que Jojo morto assumira uma personalidade diferente da que tivera em vida, com suas maneiras delicadas, embora eu soubesse que ele jamais teria sido assim tão generoso, vindo socorrer dois amigos que se arriscavam à guilhotina por tê-lo assassinado.

Foi aí que começamos a procurar o saco plástico e um galão de gasolina, e agora só nos faltava encontrar um lugar. Parece impossível, mas, numa metrópole como Paris, podem perder-se horas à procura de um lugar adequado para queimar um cadáver.

— Não há uma floresta em Fontainebleau? — pergunto a Bernadette enquanto ligo o motor; ela voltara a sentar-se a meu lado. — Ensine-me o caminho, você é quem conhece a estrada.

Eu pensava que, talvez quando o sol já houvesse tingido o céu de cinza, nós estaríamos chegando de volta à cidade, na fila dos caminhões de verdura, e que de Jojo não teria sobrado mais que um refugo queimado e fétido numa clareira, entre bordos. Não restaria nada nem de Jojo nem de meu passado — sim, dessa vez daria certo, eu poderia ter certeza de que todos os meus passados estariam queimados e esquecidos, como se nunca tivessem existido.

Quantas vezes, quando percebi que meu passado começava a pesar-me, que gente demais achava ter comigo um crédito ilimitado, moral e material, como, por exemplo, em Macau, os pais das moças do Jardim de Jade — falo deles porque não há nada pior que uma família chinesa para grudar em você, muito embora eu estabelecesse com as moças e com suas famílias um acordo claro quando as contratava, e pagasse em dinheiro, para não ter que vê-los por perto, mães e pais mirrados, com suas meias brancas, sua cestinha de vime que cheirava a peixe, aquele ar perdido, como se viessem do campo, ainda que morassem todos no bairro do porto... Em suma, quantas vezes, quando o passado me pesava demais, eu me apegava à esperança de suprimi-lo radicalmente: mudar de ofício, de mulher, de cidade, de continente — um continente depois do outro, até dar a volta completa —, de hábitos, de amigos, de negócios, de clientela. Era um erro, mas, quando me dei conta disso, já era tarde demais.

Porque, dessa maneira, não fiz outra coisa senão acumular sobre mim passados e mais passados, multiplicá-los, e, se uma vida já me parecia demasiado densa, ramificada e atrapalhada para levar adiante, imaginem-se então muitas vidas, cada uma com seu passado, mais os passados das outras vidas que não param de interligar-se. Inútil dizer toda vez: "Que alívio!", fazer o hodômetro voltar a zero, passar o apagador no quadro-negro. Já na manhã seguinte ao dia em que eu chegava a uma nova cidade, o zero se tornava um número de tantos algarismos que não cabia mais no marcador e ocupava o quadro de uma ponta a outra: pessoas, lugares, simpatias, antipatias, passos em falso. Como naquela noite em que procurávamos um lugar adequado para carbonizar Jojo, com os faróis que vasculhavam entre os troncos e barrancos, quando, de repente, Bernadette apontou para o painel do carro:

— Olhe, não vá me dizer que estamos sem gasolina!

Era verdade. Com tanta coisa na cabeça, não me lembrara de encher o tanque, e agora nos arriscávamos a ficar naquele fim de mundo com o carro sem gasolina, num horário em que os postos estão fechados. Por sorte, ainda não havíamos incinerado Jojo: imagine se tivéssemos ficado parados a pouca distância da fogueira, sem nem sequer podermos fugir a pé, deixando ali um carro tão fácil de reconhecer como o meu. Enfim, só nos restava despejar no tanque o galão de gasolina destinado a ensopar o terno azul de Jojo, a camisa de seda com monograma, e voltar à cidade o mais rápido possível, tentando conceber outro plano para nos desfazermos dele.

Inútil dizer que sempre saí de todas as trapalhadas em que me envolvi, tanto das bem-sucedidas quanto das malfadadas. O passado é como uma tênia, cada vez mais longa, que carrego enrolada dentro de mim e que não perde seus anéis, por mais que eu me esforce para esvaziar as tripas em todos os banheiros, à inglesa e à turca, nas fedorentas privadas das prisões, nos penicos dos hospitais, nas latrinas dos acampamentos ou, simplesmente, nas moitas, olhando bem para que dali não salte uma cobra, como ocorreu certa vez na Venezuela. Não é possível trocar o passado, como não é possível trocar de nome, pois, por mais passaportes que eu tenha conseguido, com nomes dos quais nem sequer me recordo, todo mundo sempre me chamou Ruedi, o Suíço: aonde quer que eu fosse, como quer que me apresentasse, havia sempre alguém que sabia quem eu era e o que fizera, mesmo com as mudanças de aparência trazidas pelo decorrer dos anos, especialmente desde que meu crânio se tornou calvo e amarelo como um grapefruit — isso aconteceu na epidemia de tifo a bordo do *Stjärna*, quando, em função do carregamento que levávamos, não podíamos nos aproximar da costa tampouco pedir socorro pelo rádio.

A conclusão a que levam todas essas histórias é que a vida de toda pessoa é única, uniforme e compacta como um cobertor enfeltrado cujos fios não podem ser separados. E assim, se por acaso ocorrer de deter-me num detalhe qualquer de uma jornada qualquer, como a visita de um cingalês que pretendia vender-me uma ninhada de crocodilos recém-nascidos numa bacia de zinco, posso ter a certeza de que nesse episódio insignificante está implícito tudo aquilo que vivi, todo o meu passado, os múltiplos passados que tentei inutilmente deixar para trás, todas as vidas que no final se consolidam numa só — a minha, que continua também neste lugar, o qual resolvi não mais deixar, esta casinha com quintal no subúrbio parisiense, onde instalei meu viveiro de peixes tropicais, um comércio tranquilo, que me obriga a uma vida estável como eu nunca tive, pois os peixes não podem ser negligenciados nem um dia sequer, e quanto às mulheres, na idade em que estou, tenho o direito de não querer meter-me em novas confusões.

Bernadette é uma história completamente diferente. Eu poderia afirmar que com ela fiz as coisas sem nenhum erro: desde que soube que Jojo voltara a Paris e estava em meu encalço, eu me pus imediatamente na pista dele, e foi assim que descobri Bernadette, e logo tratei de trazê-la para meu lado, e combinamos o golpe juntos, sem que ele suspeitasse de nada. No momento exato, afastei a cortina, e a primeira coisa que vi dele — após todos os anos em que estivemos perdidos de vista um do outro — foi o movimento de pistão de seu grande traseiro peludo apertado entre os brancos joelhos dela; depois a nuca bem penteada, sobre o travesseiro, seu rosto de frente para o de Bernadette, que, meio lívida, deslocou-se noventa graus para permitir que eu o acertasse. Tudo aconteceu da maneira mais rápida e adequada, sem ter dado a ele tempo de virar-se e reconhecer-me, de ter sabido que eu chegara para estragar sua festa, talvez nem sequer de ele ter percebido que já ultrapassava a fronteira entre o inferno dos vivos e o inferno dos mortos.

E o melhor foi isto: revê-lo de frente só depois que ele já estava morto.

— Acabou o jogo, velho bastardo.

Eu me espantei de dizer-lhe isso em tom quase afetuoso, enquanto Bernadette o vestia completamente, sem esquecer-se dos sapatos de verniz e camurça, porque era preciso levá-lo para fora fingindo que estava bêbado a ponto de não aguentar-se em pé. Veio-me à cabeça nosso primeiro encontro, fazia muitos anos, em Chicago, no armazém da velha senhora Mikonikos, cheio de bustos de Sócrates: naquele momento eu percebera que investira nos caça-níqueis enferrujados de Jojo todo o dinheiro recebido do seguro pelo incêndio proposital e que eu estava à mercê dele e daquela velha paralítica e ninfômana. No dia anterior, olhando das dunas o lago gelado, eu saboreara a liberdade que me chegava após tantos anos, mas, no intervalo de vinte e quatro horas, o espaço a meu redor se fechara outra vez, e tudo se decidia nesse grupo de casas fedorentas, entre o bairro grego e o bairro polonês. Reviravoltas daquele tipo, minha vida conheceu muitas, tanto num sentido como em outro, mas foi a partir desse momento que não mais parei de tentar ir à desforra contra Jojo, e desde então a conta de minhas derrotas só fizera aumentar. Mesmo agora, quando o cheiro de cadáver começava a atravessar o perfume de sua colônia barata, eu sabia que a partida contra ele ainda não estava ganha e que Jojo morto podia destruir-me ainda uma vez, como fizera com tanta frequência quando vivo.

Conto muitas histórias ao mesmo tempo porque desejo que em torno desse relato sinta-se a presença de outras histórias, até o limite da saturação; histórias que eu poderia contar ou que talvez venha a fazê-lo, ou quem sabe já tenha contado em outras ocasiões; um espaço cheio de histórias, que talvez não seja outra coisa senão o tempo de minha vida, no qual é possível movimentar-se em todas as direções, como no espaço sideral, encontrando sempre novas histórias, que para narrar seria preciso antes narrar outras, de modo que, partindo de qualquer momento ou lugar, encontre-se sempre a mesma densidade de matéria para relatar. De fato, pondo em perspectiva tudo o que deixo fora da narrativa principal, vejo uma espécie de floresta que se estende por todos os lados e que, de tão densa, não deixa a luz atravessá-la, uma matéria, em suma, muito mais rica que aquela que decidi pôr em primeiro plano desta vez, de maneira que não está excluída a possibilidade de que aquele que acompanhar meu relato se sinta um tanto frustrado ao ver que a corrente se perde em tantos riachos e que a ele chegam tão somente os últimos ecos e reflexos dos fatos essenciais; no entanto, não é impossível que seja exatamente esse o efeito que eu buscava ao iniciar meu relato, ou que se trate, digamos, de um expediente da arte de contar que estou tentando adotar, uma regra de minha escolha que consiste em colocar-me um pouco mais abaixo das possibilidades de narrar das quais disponho.

E isso, pesando-se os fatos, é o sinal de uma verdadeira riqueza, vasta e sólida, pois, se hipoteticamente tivesse somente uma história para contar, eu me desdobraria por ela e, na ânsia de valorizá-la, acabaria por consumi-la, ao passo que, tendo um estoque praticamente ilimitado de substâncias narráveis, estou em condições de manipulá-la com desprendimento e tranquilidade, deixando transparecer até um ligeiro enfado e permitindo-me o luxo de demorar-me em episódios secundários e detalhes insignificantes.

Toda vez que o portãozinho range — estou no fundo do quintal, na garagem onde ficam os aquários —, pergunto a mim mesmo de qual de meus passados chega a pessoa que vem procurar-me aqui: quem dera seja simplesmente o passado de ontem e deste mesmo subúrbio, o gari árabe, baixinho, que já em outubro começa a circular a lista de gorjetas pelas comemorações de fim de ano, casa por casa, com o cartão de boas-festas, porque em dezembro, segundo ele, seus colegas embolsam tudo e não lhe dão nem um centavo; mas podem ser também passados mais remotos que perseguem o velho Ruedi e encontraram, enfim, o portãozinho aqui no beco: contrabandistas do Valais, mercenários de Catanga, crupiês do cassino de Varadero dos tempos de Fulgencio Batista.

Bernadette nada tinha a ver com nenhum de meus passados; desconhecia completamente as velhas histórias entre mim e Jojo, que me obrigaram a eliminá-lo daquele jeito; disso ela não sabia nada; talvez pensasse que eu o fizera por ela, pelo que me contara acerca da vida a que ele a submetia. E pelo dinheiro, naturalmente, que não era pouco — embora eu ainda não pudesse dizer que já o sentia no bolso. Era o interesse comum o que nos unia; Bernadette é o tipo de moça que compreende de imediato as situações: ou nos safávamos ambos dessa trapalhada, ou nos danaríamos os dois. Mas na certa Bernadette tinha outra ideia na cabeça: uma mulher como ela, para orientar-se no mundo, precisa contar com alguém que conheça as manhas; se ela me chamou para livrá-la de Jojo, era para que eu assumisse o lugar dele. De histórias como essas, meu passado estava repleto, e nenhuma encerrada com balanço positivo; por isso eu saíra dos negócios e não queria mais voltar a eles.

Assim, quando íamos começar nossos vaivéns noturnos — Jojo estava sentado no banco de trás do conversível, completamente vestido, e ela, na frente, a meu lado, com um braço esticado para segurá-lo —, no instante em que eu ia dar a partida, eis que ela joga a perna esquerda por cima da alavanca do câmbio e a coloca sobre minha perna direita.

— Bernadette — eu exclamo —, o que está fazendo? Acha que é hora para isso?

E ela me explica que, quando irrompi no quarto, eu a interrompera num momento impróprio e, não importava se com um ou com outro, ela precisava retomar daquele ponto exato e prosseguir até o fim. Aí, com uma das mãos ela segurou o morto e com a outra desabotoou minhas roupas, apertados os três naquele carro minúsculo, num estacionamento público do Faubourg Saint-Antoine. Ela, contorcendo as pernas em movimentos — devo reconhecer — harmoniosos, instalou-se a cavaleiro em meus joelhos e quase me sufocou em seus seios, como numa avalanche. Enquanto isso, Jojo ia caindo sobre nossas costas, mas ela estava atenta para afastá-lo, com o rosto a poucos centímetros do rosto do morto, o qual a encarava com o branco daqueles seus olhos arregalados. Quanto a mim, apanhado assim de surpresa — com minhas reações físicas manifestando-se por conta própria, preferindo evidentemente obedecer a Bernadette a seguir meu aterrorizado estado de espírito —, sem sequer precisar mexer-me, porque era ela quem cuidava disso... Bom, compreendi naquele momento que o que realizávamos ali, sob os olhos do morto, era uma cerimônia a que ela atribuía significado especial; senti que uma morsa, suave mas tenaz, fechava-se, e que eu não já não conseguia mais escapar dela.

"Você está enganada, mocinha", eu queria dizer-lhe, "este morto está morto por causa de outra história, não da sua, uma história que ainda não acabou." Gostaria de contar-lhe que, naquela história inacabada, havia outra mulher entre mim e Jojo, e que, se continuo a pular de uma história para outra, é porque continuo a girar em torno da mesma história e a fugir dela, como no primeiro dia em que compreendi que ambos tinham se aliado contra mim. É uma história que, cedo ou tarde, acabarei por contar, mas no meio de outras, sem dar-lhe mais importância que a nenhuma outra, sem dedicar-lhe nenhuma paixão particular, somente o prazer de contar e de lembrar, porque mesmo a lembrança do mal pode ser um prazer quando o mal já está misturado, não digo ao bem, mas ao variado, ao mutável, ao movimentado, em suma, ao que posso enfim denominar o bem e que é o prazer de ver as coisas à distância e narrá-las como fatos do passado.

— Esta história também será boa de contar, quando estiver terminada — eu dizia a Bernadette, enquanto entrávamos no elevador carregando Jojo naquele saco plástico.

Nosso projeto era atirá-lo do terraço do último andar num pátio muito estreito, onde, no dia seguinte, quem o encontrasse pensaria em suicídio ou num passo em falso durante uma tentativa de arrombamento. E se alguém entrasse no elevador num andar intermediário e nos visse com o saco? Eu diria que o elevador fora chamado enquanto descíamos com o lixo. Aliás, dali a pouco amanheceria.

— Você sabe prever todas as situações — disse Bernadette.

E de que outro modo eu conseguiria safar-me, gostaria de perguntar-lhe, tendo durante tantos anos de defender-me de Jojo, que tinha seus homens em todos os centros do grande tráfico? Mas para isso eu precisaria explicar o lado oculto da história de Jojo e da outra mulher, que continuaram esperando que eu os fizesse recuperar o que diziam ter perdido por minha culpa, e nunca desistiram de querer recolocar em meu pescoço essa corrente de chantagens que mais uma vez me obriga a passar a noite procurando um lugar seguro para um velho amigo que está num saco plástico.

No caso do cingalês, também achei que havia alguma coisa por trás daquilo.

— Não pego crocodilos, meu jovem — disse a ele. — Vá ao jardim zoológico. Eu trabalho com outros artigos, forneço para as lojas do centro, aquários de apartamento, peixes exóticos, no máximo tartarugas. De vez em quando me pedem iguanas, mas eu não tenho, são muito delicadas.

O jovem — que teria uns dezoito anos — ficou ali parado, com bigodes e cílios que pareciam penas negras sobre as faces coradas.

— Estou curioso. Quem o mandou aqui? — perguntei, pois, quando se trata do Sudeste Asiático, sempre fico desconfiado, e tenho boas razões para isso.

— Mademoiselle Sibylle.

— O que minha filha tem a ver com os crocodilos? — gritei. Reconheço que depois de certa idade ela tenha se tornado independente, mas fico apreensivo toda vez que me chegam notícias suas. Não sei por quê, pensar nos filhos sempre me causa uma espécie de remorso.

Assim, fiquei sabendo que Sibylle fazia um número com jacarés numa boate da place Clichy; na hora, a coisa me provocou um efeito tão desagradável que eu nem quis saber outros detalhes. Sabia que ela trabalhava em casas noturnas, mas essa de apresentar-se em público com um crocodilo me pareceu a última coisa que um pai desejaria como futuro para a única filha mulher; pelo menos um pai como eu, que teve educação protestante.

— Como se chama esse belo lugar? — perguntei, lívido. — Estou com vontade de ir até lá para dar uma olhada.

O rapaz me entregou um cartão, e de imediato um suor frio me percorreu a espinha: aquele nome, Novo Titânia, pareceu-me familiar, demasiado familiar, embora se trate de lembranças relacionadas a outra parte do globo.

— E quem dirige esse lugar? — insisti. — Quem é o gerente, o dono?

— Ah, o senhor está falando de madame Tatarescu?

Ele levantou a bacia de zinco para levar a ninhada de volta. Eu olhava aquele rebuliço de escamas verdes, patas, caudas, bocas escancaradas, e era como se tivessem me acertado uma pancada no crânio. Eu já não ouvia mais que um zumbido grave, um ronco, a trombeta do além, depois que ecoara o nome daquela mulher de cuja influência devastadora eu conseguira afastar Sibylle, apagando nossos rastros através de dois oceanos e construindo para mim e para a menina uma vida tranquila e silenciosa. Tudo inútil: Vlada encontrara a filha e, por meio de Sibylle, tinha-me de novo nas mãos, com a capacidade que só ela possui de despertar em mim a aversão mais feroz e a atração mais sombria. Ela já me enviava uma mensagem na qual eu bem podia reconhecê-la: aquela agitação de répteis, para lembrar que o mal era seu elemento vital, que o mundo era um fervilhante poço de crocodilos de onde eu não podia escapar.

Do mesmo modo eu observava, debruçando-me no peitoril do terraço, o fundo daquele pátio leproso. O céu já clareava, mas lá embaixo a escuridão ainda era densa, e mal se conseguia distinguir a mancha irregular que Jojo se tornara após ter girado no vazio, com as aberturas do paletó alçadas como se fossem asas, e ter quebrado os ossos com um ribombar de arma de fogo.

O saco plástico ficara em minha mão. Podíamos tê-lo deixado ali, mas Bernadette temia que alguém, encontrando-o, pudesse reconstituir a sequência dos fatos; portanto, o melhor era levá-lo e dar-lhe sumiço.

No térreo, quando a porta do elevador se abriu, havia três homens com as mãos no bolsos.

— Oi, Bernadette.

— Oi.

Não me agradou que ela os conhecesse, tanto mais que o modo de se vestirem, embora mais atualizado que o de Jojo, levava-me a ver neles algo que me fazia lembrá-lo.

— O que você leva nesse saco? Deixe-me ver — diz o mais gordo dos três.

— Pode olhar. Está vazio — digo calmamente.
Ele enfia a mão lá dentro.
— E o que é isto?
Retira do saco um pé de sapato de verniz preto com gáspea de camurça.

CAPÍTULO 6

As páginas fotocopiadas acabam neste ponto, mas o que lhe interessa agora é continuar a leitura. Deve haver em algum lugar o volume completo; você olha em volta, procurando-o, mas logo desanima; neste escritório, os livros figuram na forma de matéria bruta, peças sobressalentes, engrenagens para desmontar e remontar. Agora você compreende por que Ludmilla se recusou a acompanhá-lo; assalta-o o receio de também ter passado para "o outro lado", de ter perdido esta relação privilegiada com o livro que só é possível ao leitor: o poder de considerar aquilo que é escrito algo acabado e definitivo, ao qual nada pode ser acrescentado nem suprimido. Mas, apesar de tudo, reconforta-o a confiança de Cavedagna de que, mesmo neste ambiente, seja possível uma leitura inocente.

Eis que o velho editor reaparece na porta envidraçada. Agarre-o pela manga, diga-lhe que deseja continuar a ler *Olha para baixo onde a sombra se adensa*.

— Ah, quem sabe onde foi parar?... Todos os papéis do caso Marana sumiram. As cópias datilografadas, os textos originais, címbrico, polonês, francês. Ele desapareceu, tudo desapareceu, de um dia para o outro.

— E não se soube mais dele?

— Sim, ele escreveu... Recebemos tantas cartas... Histórias que não têm nenhum sentido... Não lhe conto porque não saberia por onde começar. Levaria horas para ler toda a correspondência.

— Eu poderia dar uma olhada?

Vendo que você está decidido a ir até o fim, Cavedagna consente em trazer-lhe do arquivo o dossiê "Marana, senhor Ermes".

— O senhor tem algum tempo disponível? Então, sente-se aqui e leia. Depois me diga o que achou. Quem sabe consegue entender alguma coisa.

Para escrever a Cavedagna, Marana tem sempre razões práticas: justificar seus atrasos na remessa das traduções, solicitar adiantamentos, dar notícia de lançamentos editoriais estrangeiros que ninguém deve perder. Mas, entre esses temas normais da correspondência profissional, despontam alusões a intrigas, complôs, mistérios, e, para explicar essas alusões ou os motivos que tem para não dizer mais nada, Marana acaba por lançar-se em fabulações cada vez mais frenéticas e rocambolescas.

No cabeçalho das cartas figuram nomes de localidades dispersas nos cinco continentes, e, no entanto, parece que elas nunca são confiadas ao correio regular, e sim a mensageiros ocasionais que então as remetem de outros lugares: assim, os carimbos postais que aparecem nos envelopes não correspondem ao país de proveniência. A cronologia também é incerta: há cartas que fazem referência a missivas precedentes, as quais, porém, descobre-se terem sido escritas mais tarde; há outras que prometem esclarecimentos ulteriores, que, ao contrário, aparecem em folhas datadas de uma semana antes.

"Cerro Negro", nome — ao que parece — de uma cidade perdida na América do Sul, é a indicação que figura em suas últimas cartas; mas onde fica exatamente essa cidade, seja encarapitada na cordilheira dos Andes, seja escondida nas florestas do Orinoco, não se consegue saber, devido às paisagens contraditórias evocadas nos trechos. Essa que você tem diante dos olhos parece uma carta comercial comum; mas como diabos foi parar naquele lugar do mundo uma casa editora em língua ciméria? E, se essas edições são destinadas ao limitado mercado constituído pelos emigrantes cimérios nas duas Américas, como conseguem publicar as traduções em cimério das "últimas novidades" dos autores mais cotados em nível internacional, dos quais possuem "exclusividade mundial" até na língua original do escritor? O fato é que Ermes Marana, que parece ter se tornado o gerente dessa editora, oferece a Cavedagna a opção sobre o novo e tão esperado romance *Numa rede de linhas que se entrelaçam*, do famoso escritor irlandês Silas Flannery.

Outra carta, também de Cerro Negro, é escrita em tom diferente, inspirado, lírico: aparentemente aludindo a uma lenda local, o texto fala de um velho índio chamado "Pai das Histórias", longevo de idade imemorial, cego e analfabeto, que narra ininterruptamente histórias que ocorrem em terras e épocas de todo desconhecidas dele. O fenômeno atraiu ao local expedições de antropólogos e parapsicólogos: apurou-se que muitos dos romances publicados por autores famosos haviam sido narrados, palavra por palavra, pela voz catarrosa do "Pai das Histórias", vários anos antes de terem sido publicados. Segundo alguns, o velho índio seria a fonte universal da matéria narrativa, o magma primordial de que se originam as manifestações individuais de cada escritor; segundo outros, o velho seria um vidente que, sob o efeito de cogumelos alucinógenos, consegue comunicar-se com o mundo interior dos mais fortes temperamentos visionários e captar-lhes as ondas psíquicas; na opinião de outros ainda, ele seria a reencarnação de Homero, do narrador das *Mil e uma noites*, do autor do Popol Vuh, bem como de Alexandre Dumas e James Joyce; outros objetam, entretanto, que Homero não tem nenhuma necessidade da metempsicose, pois não morreu coisa nenhuma e continua a viver e compor através dos milênios, sendo autor, além de alguns poemas que normalmente lhe atribuem, de grande parte das mais notáveis narrativas que já se escreveram. É Ermes Marana quem se aproxima com um gravador da entrada da gruta onde o velho se esconde...

Mas, de acordo com uma carta anterior, esta de Nova York, a origem dos inéditos oferecidos por Marana parece ser bem outra:

"A sede da OEPHLW, conforme os senhores podem ler no cabeçalho, está situada no velho bairro da Wall Street. Depois que o mundo dos negócios abandonou esses edifícios solenes, com a aparência de igreja que herdaram dos bancos ingleses, eles se tornaram ainda mais sinistros. Declaro ao interfone: 'É Ermes quem está aqui. Eu lhes trago o início do romance de Flannery'. Eles me aguardavam já havia algum tempo, desde que telegrafara da Suíça avisando que conseguira convencer o velho escritor de thrillers a confiar-me o princípio do romance, que ele não conseguia levar adiante e que nossos computadores estariam em condições de completar facilmente, programados como estão para desenvolver todos os elementos de um texto com perfeita fidelidade aos modelos estilísticos e conceituais do autor".

Transportar aquelas páginas até Nova York não foi fácil, a crermos no que Marana escreve de uma capital da África negra, dando livre curso a sua veia aventurosa:

"Prosseguíamos mergulhados, o avião num mar cremoso de nuvens, eu na leitura do texto inédito de Silas Flannery — *Numa rede de linhas que se entrelaçam*, precioso manuscrito ambicionado pelo mundo editorial internacional e afortunadamente subtraído por mim ao autor —, quando, de repente, a boca de uma submetralhadora de cano curto pousa na armação de meus óculos.

"Um comando de jovens armados assumiu o controle do avião; o cheiro de suor é desagradável; não tardo a compreender que o principal objetivo deles é a captura de meu manuscrito. São jovens da APO, certamente, mas a última geração de militantes me é completamente desconhecida; rostos graves e barbudos, atitude altiva, não são traços suficientes para que eu possa distinguir a qual das duas alas do movimento eles pertencem...

"Não cabe relatar em detalhes as peregrinações incertas de nosso aparelho, desviado continuamente de uma torre de controle a outra, dado que nenhum aeroporto se dispôs a receber-nos. Finalmente, o presidente Butamatari, ditador com propensões humanistas, permite que o avião, já quase sem combustível, aterre nas acidentadas pistas de seu aeroporto, à beira da *brousse*, e assume o papel de mediador entre o comando de extremistas e as chancelarias aterrorizadas das grandes potências. Para nós, reféns, os dias se arrastam e se desfiam frouxamente sob um telheiro de zinco no deserto poeirento. Abutres azulados bicam o chão para pegar minhocas".

Que entre Marana e os piratas da APO existe alguma ligação, disso não resta dúvida, pelo modo que os interpela tão logo se encontram cara a cara:

"'Voltem para casa, crianças, e digam a seu chefe que da próxima vez mande espiões mais atentos se quiser atualizar a bibliografia dele...' Olham-me com aquela cara de sono e resfriado que têm as pessoas quando são apanhadas de surpresa. Essa seita, dedicada ao culto e à pesquisa de livros secretos, caiu nas mãos de garotos que têm uma ideia apenas superficial de sua missão. 'Mas quem é você?', perguntam-me. Ao ouvirem meu nome, enrijecem-se. Novatos na organização, não podiam mesmo conhecer-me pessoalmente, de mim sabiam apenas as difamações que circularam após minha expulsão: agente duplo, triplo ou quádruplo, a serviço sabe-se lá de quem e do quê. Todos ignoram que a Organização do Poder Apócrifo foi fundada por mim e que teve sentido enquanto minha autoridade pôde impedir que caísse sob a influência de gurus pouco confiáveis. 'Diga a verdade, você está nos confundindo com o pessoal da Wing of Light!', dizem-me. 'Para sua informação, somos da Wing of Shadow e não caímos em suas armadilhas!' Era tudo que eu desejava saber. Limitei-me a sorrir e sacudir os ombros. Wing of Shadow ou Wing of Light, para uns e outros sou um traidor a ser eliminado, mas aqui não podem me fazer nada, pois, a partir do momento em que o presidente Butamatari lhes garantiu o direito de asilo, ele me colocou sob sua proteção...".

Mas para que os piratas da APO queriam apoderar-se daquele manuscrito? Você percorre o texto procurando uma explicação, mas encontra sobretudo as bravatas de Marana, que atribui a si o mérito de ter conduzido diplomaticamente o acordo pelo qual Butamatari, após ter desarmado o comando e se apossado do manuscrito de Flannery, garantiu a restituição desse escrito ao legítimo autor, solicitando em contrapartida que Flannery se comprometesse a escrever um romance dinástico capaz de justificar as ambições imperiais dele, Butamatari, seu coroamento e suas pretensões expansionistas relacionadas aos territórios limítrofes.

"Quem propôs a fórmula do acordo e conduziu as negociações fui eu. A partir do momento em que declarei ser o representante da agência Mercúrio & as Musas, especializada na exploração publicitária de obras literárias e filosóficas, a situação tomou outro rumo. Após ter conquistado a confiança do ditador africano e reconquistado a do escritor celta (tendo roubado o manuscrito, eu o pusera a salvo dos planos de captura preparados por várias organizações secretas), foi fácil persuadir as partes a chegarem a um acordo vantajoso para ambas..."

Uma carta ainda anterior, do Liechtenstein, permite reconstituir os antecedentes das relações entre Flannery e Marana: "Não se deve acreditar nos boatos que circulam por aí, segundo os quais este principado alpino abrigaria somente a sede administrativa e fiscal da sociedade anônima que detém os copyrights e assina os contratos do fecundo autor de best-sellers, pessoa que ninguém sabe onde se encontra tampouco se de fato existe... Devo dizer que meus primeiros contatos — secretários que me remetiam a procuradores, os quais por sua vez me enviavam a agentes — pareciam confirmar as informações dos senhores... A sociedade anônima que explora a interminável produção verbal de calafrios, crimes e amplexos do veterano autor tem a estrutura de um eficiente banco comercial. Mas a atmosfera que ali reinava era de mal-estar e ansiedade, como às vésperas de uma quebra...

"Não tardei a descobrir as razões: já faz alguns meses que Flannery entrou em crise, não escreve mais uma só linha; os numerosos romances que começou e pelos quais recebeu adiantamentos de editores do mundo inteiro, envolvendo financiamentos bancários internacionais, esses romances, nos quais as localidades turísticas frequentadas, os modelos de alta-costura, as marcas dos licores bebidos pelas personagens, das peças de decoração, das engenhocas sofisticadas, já foram fixados por contrato através de agências de publicidade especializadas, permanecem inacabados, à mercê de uma crise espiritual inexplicável e imprevista. Uma equipe de ghost-writers, especialistas em imitar o estilo do mestre em todas as nuances e maneirismos, mantém-se pronta para intervir a fim de cobrir as falhas, arrematar e completar os textos semirredigidos, de modo que nenhum leitor consiga distinguir as partes escritas por uma ou outra mão... (Parece que essa equipe já teve participação considerável no último trabalho de nosso Amigo.) Mas agora Flannery diz a todos que esperem, adia os prazos, anuncia mudanças no programa, promete voltar ao trabalho o mais rápido possível, recusa ofertas de ajuda. Segundo os boatos mais pessimistas, ele começara a escrever um diário, um caderno de reflexões, no qual nada acontece e apenas se registram seus estados de ânimo e a descrição da paisagem que, da varanda, Flannery contempla por horas a fio através de uma luneta."

Mais eufórica é a mensagem que, alguns dias depois, Marana remete da Suíça: "Anotem isto: onde todos fracassam, Ermes Marana triunfa! Consegui falar pessoalmente com Flannery: ele estava no terraço de seu chalé, regando vasos de zínias. É um velhote bem-arrumado e tranquilo, de maneiras afáveis, pelo menos enquanto não é tomado por um de seus rompantes nervosos... Eu poderia dar aos senhores muitas informações a respeito dele, preciosas para vossa atividade editorial, coisa que farei tão logo receba algum sinal de vosso interesse, por telex, junto ao banco em que tenho conta-corrente, cujo número é o seguinte...".

As razões que levaram Marana a visitar o velho romancista não ficam muito claras no conjunto da correspondência: às vezes, parece que ele se teria anunciado como representante da OEPHLW (Organization for the Electronic Production of Homogenized Literary Works), de Nova York, e oferecido a Flannery assistência técnica para terminar o romance ("Flannery estava pálido, tremia, apertava o manuscrito contra o peito. 'Não, isso não', dizia, 'não permitirei jamais...'"); às vezes, parece ter ido lá para defender os interesses de um escritor belga, Bertrand Vandervelde, plagiado descaradamente por Flannery... Mas, se remontarmos ao que Marana escrevia a Cavedagna, pedindo-lhe que o colocasse em contato com o inacessível escritor, descobrimos que seu objetivo era propor-lhe que escolhesse como cenário para os episódios culminantes de seu próximo romance, *Numa rede de linhas que se entrelaçam*, uma ilha do oceano Índico "cujas praias cor de ocre se destacam na imensidão do mar cor de cobalto". A proposta era feita em nome de uma empresa milanesa de negócios imobiliários, visando a lançar um loteamento na ilha, um balneário de bangalôs vendidos a prestações pagas por correspondência.

As tarefas de Marana nessa última empresa diziam respeito às "relações públicas para o desenvolvimento dos países em desenvolvimento, com especial atenção para os movimentos revolucionários antes e depois da tomada do poder, de modo a assegurar os alvarás de construção no decorrer das várias mudanças de regime". Nessa qualidade, sua primeira tarefa foi executada num sultanato do golfo Pérsico, onde deveria dirigir a empreitada de construção de um arranha-céu. Um incidente fortuito, ligado a seu trabalho de tradutor, abrira-lhe portas normalmente fechadas a um europeu... "A última esposa do sultão é uma conterrânea nossa, mulher de temperamento sensível e inquieto, que se ressente do isolamento a que está constrangida pela localização geográfica, pelos costumes locais e pela etiqueta da corte, mas que encontra consolo na insaciável paixão pela leitura..."

Obrigada a interromper o romance *Olha para baixo onde a sombra se adensa* por um defeito de fabricação em seu exemplar, a jovem sultana escreveu ao tradutor para protestar. Marana acorreu para a Arábia. "Uma velha de olhos remelentos, coberta por um véu, fez-me sinal para segui-la. Num jardim coberto, entre bergamotas, aves-liras e chafarizes, a sultana veio a meu encontro, com um manto índigo, uma máscara de seda verde salpicada de ouro branco sobre o rosto, um fio de águas-marinhas sobre a testa..."

Você gostaria de saber mais sobre a sultana; seus olhos percorrem com impaciência as folhas de papel aéreo muito fino, como se esperasse vê-la surgir de um momento para outro... Ora, parece que Marana, ao ter enchido páginas e páginas, foi movido pelo mesmo desejo: persegui-la enquanto ela se esconde... De uma carta para outra, a história se revela cada vez mais complicada: escrevendo a Cavedagna "de uma suntuosa residência nos confins do deserto", Marana busca justificar seu súbito desaparecimento, contando que os emissários do sultão o obrigaram (ou o convenceram por meio de um aliciante contrato?) a transferir-se para lá, para continuar seu trabalho, tal e qual... A esposa do sultão nunca pode ficar desprovida de livros de seu agrado — trata-se de uma cláusula do contrato matrimonial, uma condição que a esposa impôs ao augusto pretendente antes de ter consentido com as núpcias... Após uma plácida lua de mel, durante a qual a jovem soberana recebia os lançamentos das principais literaturas do Ocidente nas línguas originais, que lê fluentemente, a situação se tornou difícil... O sultão teme, aparentemente com razão, um complô revolucionário. Seus serviços secretos descobriram que os conjurados recebem mensagens cifradas escondidas em páginas impressas em nosso alfabeto. Desse momento em diante, ele decretou o embargo e o confisco dos livros ocidentais em seu território. Até as remessas para a biblioteca pessoal de sua consorte foram interrompidas. Uma desconfiança inata — confirmada, ao que parece, por indícios precisos — levou o sultão a suspeitar que sua própria esposa tinha conivência com os revolucionários. Mas o não cumprimento da famosa cláusula do contrato matrimonial conduziria a uma ruptura muito onerosa para a dinastia reinante, como a sultana não se furtou a ameaçar durante o turbilhão de ira que dela se apossou quando os guardas lhe arrancaram das mãos um romance recém-iniciado, justamente o de Bertrand Vandervelde...

Foi aí que os serviços secretos do sultão, sabendo que Ermes Marana estava traduzindo aquele romance na língua materna da sultana, persuadiram-no, com toda sorte de argumentos convincentes, a transferir-se para a Arábia. A sultana recebe todas as noites, regularmente, a quantidade combinada de prosa romanesca, não mais nas edições originais, mas sim nas páginas datilografadas recém-saídas das mãos do tradutor. Se uma mensagem codificada foi escondida na sucessão das palavras ou das letras do original, já não é possível encontrá-la...

"O sultão mandou chamar-me para perguntar quantas páginas do livro ainda restam por traduzir. Compreendi que, com suas suspeitas de infidelidade político-conjugal, o momento que ele mais teme é a queda do suspense que se seguiria ao final do romance, quando sua mulher, antes de começar a leitura de outro livro, seria de novo assaltada pela angústia de sua condição. Ele sabe que os conjurados aguardam um sinal da sultana para acenderem o pavio da revolta, mas que ela deu ordens para não ser perturbada enquanto estiver lendo, mesmo que o palácio esteja a ponto de voar pelos ares... Também eu tenho minhas razões para temer esse momento, que poderia significar a perda de meus privilégios na corte..."

Por isso, Marana propõe ao sultão um estratagema inspirado na tradição literária do Oriente: interromper a tradução no ponto mais apaixonante e começar a traduzir outro romance, inserindo-o no primeiro por meio de alguns expedientes rudimentares, como, por exemplo, uma personagem do primeiro romance que abre um livro e começa a lê-lo... Também o segundo romance irá interromper-se e dar lugar a um terceiro romance, que não seguirá muito adiante sem desaguar no quarto romance, e por aí vai...

Diversos sentimentos o agitam enquanto você folheia essas cartas. O livro cuja continuação você já antegozava através de um intermediário interrompe-se mais uma vez... Ermes Marana lhe aparece como uma serpente que insinua seus malefícios no paraíso da leitura... No lugar do vidente índio que narra todos os romances do mundo, vê-se um romance-armadilha, engendrado pelo tradutor desleal, com os inícios de romances que permanecem em suspenso... Assim como permanece em suspenso a revolta, já que os conspiradores esperam em vão comunicar-se com sua ilustre cúmplice e o tempo pesa imóvel sobre o plano litoral da Arábia... Você está lendo ou delirando? As fabulações de um grafômano têm tamanho poder sobre você? Será que também você sonha com a sultana petrolífera? Será que tem inveja da sorte do traficante de romances nos serralhos da Arábia? Gostaria de estar no lugar dele, de estabelecer essa ligação exclusiva, essa comunhão de ritmo interior que se alcança quando duas pessoas leem ao mesmo tempo o mesmo livro, como lhe pareceu possível com Ludmilla? Você não pode deixar de dar à leitora sem rosto evocada por Marana os traços da Leitora que conhece, já vê Ludmilla sob um mosquiteiro, deitada de lado, com uma mecha de cabelos sobre a página, na enervante estação das monções, e, enquanto os conjurados do palácio afiam suas lâminas em silêncio, ela se abandona ao fluxo da leitura como o único ato de vida possível num mundo em que não resta nada senão a árida areia sobre estratos de betume oleaginoso e o risco de morte pelas razões de Estado e pela partilha das fontes de energia...

De novo você folheia o dossiê buscando notícias mais recentes da sultana... Vê aparecerem e desaparecerem outras figuras de mulher:

na ilha do oceano Índico, uma banhista "usa um par de óculos escuros e uma camada de bronzeador de nogueira e interpõe entre sua própria pessoa e os raios de um sol canicular o exíguo escudo de uma popular revista nova-iorquina". O número que ela está lendo publicou com exclusividade o primeiro capítulo do novo thriller de Silas Flannery. Marana lhe explica que a publicação do trecho na revista é sinal de que o escritor irlandês está pronto para aceitar contratos com empresas interessadas em fazer figurar no romance marcas de uísque ou champanhe, modelos de carro, localidades turísticas. "Parece que a imaginação dele é estimulada pela quantidade de comissões publicitárias que recebe." A mulher está desiludida: é leitora apaixonada de Silas Flannery. "Os romances que prefiro", diz ela, "são os que transmitem uma sensação de mal-estar desde a primeira página..."

do terraço do chalé suíço, Silas Flannery observa com uma luneta montada em tripé uma jovem que numa espreguiçadeira em outro terraço, duzentos metros abaixo, no vale, concentra-se na leitura de um livro. "Ela está ali todos os dias", diz o escritor. "Toda vez que estou para sentar à escrivaninha, sinto necessidade de olhá-la. Quem sabe o que ela lê... Sei que não é um livro meu, e sofro instintivamente, sinto o ciúme de meus livros que gostariam de ser lidos como ela lê. Não me canso de observá-la: parece habitar uma esfera suspensa em outro tempo e outro espaço. Sento à escrivaninha, mas nenhuma história que invento corresponde à que desejaria escrever." Marana pergunta se é por isso que ele não consegue mais trabalhar. "Oh, não, estou escrevendo agora", responde Flannery. "Só depois que a vejo eu começo a escrever. Não faço outra coisa senão acompanhar a leitura daquela mulher que vejo daqui, dia após dia, hora após hora. Em seu rosto leio que ela deseja ler, e escrevo fielmente." "Até demais", interrompe-o Marana, com frieza. "Como tradutor e representante dos interesses de Bertrand Vandervelde, autor do romance que aquela mulher está lendo, *Olha para baixo onde a sombra se adensa*, eu intimo o senhor a parar de plagiá-lo!" Flannery empalidece; uma única preocupação parece ocupar sua mente: "Então, segundo o senhor, aquela leitora... os livros que ela devora com tanta paixão... seriam romances de Vandervelde? Não posso suportar isso...".

num aeroporto africano, entre os reféns do sequestro que esperam abanando-se e deitados no chão, ou encolhidos sob os cobertores distribuídos pelas aeromoças por causa da brusca queda de temperatura à noite, Marana admira a calma imperturbável de uma jovem encostada a um canto, com os braços cingindo os joelhos flexionados sob a saia comprida, os cabelos caindo sobre o livro que lhe esconde o rosto, a mão despreocupada virando as páginas como se tudo que é essencial fosse decidido ali, no próximo capítulo. "Na degradação que o cativeiro prolongado e promíscuo impõe à aparência e ao comportamento de cada um de nós, essa mulher me parece protegida, isolada, preservada como se habitasse um planeta distante..." É aí que Marana pensa: devo convencer os piratas da APO de que o livro pelo qual valia a pena montar toda essa arriscada operação não é o que eles me tomaram, mas o que essa moça está lendo.

em Nova York, na sala de controle, a leitora está presa à poltrona pelos pulsos, com os tensiômetros e o cinto estetoscópico, as têmporas apertadas na coroa dos fios espiralados do encefalógrafo que marca a intensidade de sua concentração e a frequência dos estímulos. "Todo o nosso trabalho depende da sensibilidade da cobaia de que dispomos para as provas de controle; ademais, deve ser uma pessoa com visão e nervos resistentes o bastante para podermos submetê-la à leitura ininterrupta de romances, e variantes de romances, à medida que vão sendo produzidos pelo computador. Se a concentração na leitura atinge certo nível com certa continuidade, o produto é válido e pode ser lançado no mercado; se, ao contrário, a concentração diminui e oscila, a combinação é descartada, e seus elementos são decompostos e reutilizados em outros contextos." O homem de avental branco arranca uma após a outra as folhas do encefalograma, como se fossem páginas de um calendário. "De mal a pior", constata. "Daí não sai nem mais um romance que preste. Ou é o programa que precisa de revisão, ou é a leitora que está ultrapassada." Contemplo os traços delicados, entre os antolhos e a viseira, impassíveis também por causa dos tampões nos ouvidos e da barbela que lhe imobiliza o queixo. Qual será o destino da leitora?

Nenhuma resposta a essa pergunta, que Marana deixou escapar quase com indiferença. Segurando o fôlego, você acompanhou de uma carta a outra as transformações das leitoras, como se sempre se tratasse da mesma pessoa... Mas, mesmo que fossem muitas pessoas, a todas você atribui os traços de Ludmilla... Não é ela quem sustenta que só se pode pedir ao romance que desperte um fundo de angústia esquecida, como última condição de verdade que venha resgatá-lo do destino de produto feito em série, ao qual não pode mais escapar? A imagem de seu corpo nu ao sol do equador já lhe parece mais plausível que por trás de um véu de sultana, mas bem poderia tratar-se de uma verdadeira Mata Hari que, distraída, atravessa as revoluções extraeuropeias para abrir caminho aos buldôzeres de uma empresa de concreto... Você afasta essa imagem e acolhe aquela da espreguiçadeira, que vem a seu encontro através do límpido ar alpino. E de repente está pronto para largar tudo ali, para partir, para localizar o refúgio de Flannery, desde que possa mirar através da luneta a mulher que lê, ou para buscar seus rastros no diário do escritor em crise... (Ou será que o atrai a ideia de poder retomar a leitura de *Olha para baixo onde a sombra se adensa*, mesmo que sob outro título e outra assinatura?) Agora, entretanto, Marana transmite notícias mais angustiantes sobre ela: ei-la refém num sequestro de avião, depois prisioneira num cortiço de Manhattan... Como foi parar lá, acorrentada a um instrumento de tortura? Por que é obrigada a sofrer como um suplício aquela que é sua condição natural, a leitura? E que desígnio oculto faz que os caminhos destas personagens se cruzem continuamente: ela, Marana, a seita misteriosa que rouba manuscritos?

    Pelo que você pôde entender das referências dispersas nessas cartas, o Poder Apócrifo, dilacerado por lutas intestinas e subtraído ao controle de seu fundador, Ermes Marana, cindiu-se em duas facções: uma seita de iluminados seguidores do Arcanjo da Luz e uma seita de niilistas seguidores do Arconte da Sombra. Os primeiros estão convencidos de que, entre os livros falsos que pululam pelo mundo, é talvez possível encontrar alguns poucos livros portadores de uma verdade sobre-humana ou extraterrestre... O segundo grupo considera que só a contrafação, a mistificação, a mentira intencional podem representar num livro o valor absoluto, uma verdade que não pode ser contaminada pelas pseudoverdades dominantes.

"Eu acreditava estar sozinho no elevador", escreve Marana, ainda de Nova York, "quando uma figura se ergueu subitamente a meu lado: um jovem com uma cabeleira de comprimento arbóreo estivera agachado num canto, envolto em trapos de lona crua. Isto não é um elevador convencional, é uma espécie de monta-cargas gigante, fechado por uma grade sanfonada. A cada andar, vejo aparecer uma sequência de lugares vazios, paredes desbotadas nas quais ainda se enxergam as marcas de móveis que outrora ocuparam aqueles espaços e de canos que foram arrancados, um deserto de pisos e forros mofados. Usando suas mãos rubras, de longos punhos, o jovem faz o elevador parar entre dois andares.

"'Entregue-me o manuscrito. Foi para nós que o trouxe, não para os outros — mesmo que você pense o contrário. Esse é um livro *verdadeiro*, ainda que seu autor tenha escrito muitos outros livros falsos. Esse, portanto, fica conosco.'

"Com um golpe de judô, ele me atira ao chão e agarra o manuscrito. Aí compreendo que o jovem fanático está convencido de ter nas mãos o diário da crise espiritual de Silas Flannery, e não o esboço de um daqueles seus thrillers de sempre. É extraordinário ver como as seitas secretas se mostram rápidas em captar toda informação, verdadeira ou falsa, que seja de seu interesse. A crise de Flannery criara rebuliço nas duas facções rivais do Poder Apócrifo, que, com expectativas opostas, dispersaram seus informantes pelos vales ao redor do chalé do romancista. Os militantes da Ala da Sombra, sabendo que o grande fabricante de romances em série não conseguia mais acreditar em seus próprios artifícios, convenceram-se de que no romance seguinte ele registraria sua passagem pessoal da má-fé ordinária e relativa para a má-fé essencial e absoluta e que o livro seria a obra-prima da falsidade como processo de conhecimento — em suma, o livro que havia tanto buscavam. Os ativistas da Ala da Luz pensavam, ao contrário, que uma crise em semelhante profissional da mentira só poderia produzir um cataclismo de verdade, e assim reputavam que se tratasse do diário do escritor, trabalho do qual tanto se falava... Diante do boato, posto em circulação por Flannery, de que eu lhe roubara um manuscrito importante, uns e outros identificaram esse manuscrito com o objeto de suas buscas e se puseram em meu encalço, a Ala da Sombra tendo se encarregado do sequestro do avião, e a Ala da Luz, do sequestro do elevador...

"O jovem arbóreo, após ter escondido o manuscrito sob o casaco, escapou do elevador, fechou-me a grade na cara e agora aperta todos os botões para fazer-me descer ao térreo. Antes, porém, lançou-me uma última ameaça: 'O jogo com você ainda não terminou, Agente da Mistificação! Ainda nos falta libertar nossa irmã acorrentada na máquina dos Falsários!'.

"Eu sorrio enquanto vou lentamente descendo. 'Não há nenhuma máquina, frangote! É o Pai das Histórias quem nos dita os livros!'

"Ele torna a chamar o elevador. 'Você disse o Pai das Histórias?'

"Ele empalideceu. Há anos os discípulos daquela seita procuram o velho cego por todos os continentes onde sua lenda se espalha através de um sem-número de variantes locais.

"'Sim, vá dizer isso ao Arcanjo da Luz! Diga-lhe que encontrei o Pai das Histórias! Diga que o tenho nas mãos e que é para mim que ele trabalha! Computador coisa nenhuma!'

"Dessa vez sou eu quem aperta o botão para descer."

Neste ponto, três desejos simultâneos se enfrentam em sua alma. Você estaria pronto para partir imediatamente, atravessar o oceano, explorar o continente sob o Cruzeiro do Sul, até localizar o último esconderijo de Ermes Marana, para arrancar-lhe a verdade ou pelo menos obter dele a continuação dos romances interrompidos. Você quer pedir a Cavedagna que o deixe ler imediatamente *Numa rede de linhas que se entrelaçam*, do pseudo (ou autêntico?) Flannery, que poderia talvez ser a mesma coisa que *Olha para baixo onde a sombra se adensa*, do autêntico (ou pseudo?) Vandervelde. E, por outro lado, você não vê a hora de correr até o café onde tem um encontro com Ludmilla, para relatar-lhe os confusos resultados de sua pesquisa e para convencer-se, ao vê-la, de que não pode haver nada em comum entre ela e as leitoras encontradas mundo afora pelo tradutor mitômano.

Seus dois últimos desejos são fáceis de realizar e não se excluem mutuamente. No café, enquanto espera Ludmilla, você começa a ler o livro enviado por Marana.

NUMA REDE
DE LINHAS QUE
SE ENTRELAÇAM

A primeira sensação que este livro deveria transmitir é aquela que experimento quando ouço a campainha do telefone, digo "deveria" porque duvido que as palavras escritas possam dar uma ideia disso, mesmo que parcial: não basta declarar que minha reação é rechaçar, fugir a esse chamado agressivo e ameaçador, e, ao mesmo tempo, sentir-me constrangido pela urgência, pela insustentabilidade, pela coerção que me obriga a obedecer à imposição daquele som, precipitando-me a responder, mesmo sabendo que com certeza isso só me trará sofrimento e mal-estar. Ademais, não acredito que uma tentativa de descrever meu estado de ânimo caberia numa metáfora — por exemplo, a dilaceração ardente causada por uma flecha que penetre a carne nua de minha ilharga. Não é porque não se possa recorrer a uma sensação imaginária para restituir uma sensação conhecida, pois, embora hoje ninguém saiba como é, todos julgam imaginar facilmente o que se experimenta quando se é atingido por uma flecha — a sensação de estar indefeso, desprotegido diante de algo que possa surgir de espaços desconhecidos, coisa que se aplica muito bem ao toque do telefone —, mas antes porque a flecha, em seu curso peremptório, inexorável, sem modulações, exclui todas as intenções, as implicações, as hesitações que pode ter a voz de alguém que não vejo, caso eu pudesse prever o que esse alguém me diria ou, ao menos, a reação que suas palavras suscitariam em mim. O ideal seria que o começo do livro desse a sensação de um espaço ocupado inteiramente por minha presença, porque em torno de mim só há objetos inertes, entre os quais se inclui o telefone, um espaço que, aparentemente, não possa conter outra coisa além de mim, isolado que estou em meu tempo interior; depois que a continuidade do tempo for interrompida, o espaço não será mais aquele de antes porque estará ocupado pela campainha do telefone, e minha presença não será mais aquela de antes porque estará condicionada à vontade desse objeto que chama. Seria preciso que o livro pudesse transmitir isso desde o princípio, não de uma única vez, mas como uma disseminação no espaço e no tempo dessas campainhas telefônicas que rompem a continuidade do espaço, do tempo e da vontade.

O erro talvez consista em supor que no princípio estamos, o telefone e eu, num espaço finito, como minha casa, por exemplo, quando, na verdade, o que eu deveria transmitir é minha situação diante de diversas campainhas de telefones, telefones que talvez não chamem a mim, que não tenham nenhuma relação comigo, mas basta a possibilidade de que eu seja chamado a um telefone para que se torne possível, ou pelo menos concebível, que eu possa ser chamado a todos os telefones. Por exemplo, quando o telefone toca numa casa vizinha, durante um momento pergunto a mim mesmo se não seria em minha casa que ele toca, hipótese que logo se revela infundada, mas que deixa um vestígio, pois ainda poderia ser que a chamada fosse mesmo para mim e que apenas por erro de número ou mau contato entre os fios tenha acabado no vizinho, tanto mais que naquela casa não há ninguém para atender; o telefone continua tocando, e, com a lógica irracional que a campainha nunca deixa de despertar em mim, eu penso: talvez a chamada seja de fato para mim, talvez o vizinho esteja em casa mas não se preocupe em atender porque sabe que é para mim, talvez quem fez a chamada saiba que discou o número errado e o fez de propósito para deixar-me neste estado, sabendo que eu não posso responder, embora eu saiba que deveria.

Há também aquela angústia quando acabo de sair e ouço um toque de telefone, que poderia ser em minha casa ou em outro apartamento; eu retorno precipitadamente, chego ofegante a meu andar após ter subido as escadas correndo, o telefone silencia, e fico sem jamais saber se a chamada era ou não para mim.

Ou quando estou na rua e ouço tocar os telefones em casas desconhecidas; ou até quando estou em cidades distantes, onde minha presença é ignorada por todos; mesmo nessas situações, quando escuto a campainha, todas as vezes meu primeiro pensamento durante uma fração de segundo é que aquele telefone chama por mim, e na fração de segundo seguinte sou tomado pelo alívio de saber que por enquanto estou a salvo de toda chamada, inacessível, protegido, mas esse alívio não dura mais que outra fração de segundo, porque logo penso que aquele telefone desconhecido não está tocando sozinho, que a muitos quilômetros dali, centenas, milhares de quilômetros, em minha casa, naquele exato momento, o telefone certamente está tocando também, tocando sem parar nos cômodos desertos, e de novo fico dilacerado entre a necessidade e a impossibilidade de atender.

Todas as manhãs, antes da aula, faço uma hora de jogging, ou seja, visto um agasalho esportivo e saio correndo porque sinto necessidade de mexer-me, porque os médicos recomendaram isso para combater a obesidade que me oprime e, também, para acalmar um pouco os nervos. Aqui, durante o dia, se não vamos ao campus, à biblioteca, aos cursos dos colegas ou à cafeteria da universidade, não há aonde ir; portanto, a única coisa a fazer é correr para cima e para baixo na colina, entre bordos e salgueiros, como fazem muitos de meus alunos e também de meus colegas. Encontramo-nos entre trilhas crepitantes de folhas caídas, às vezes nos cumprimentamos com um *"Hi!"*, às vezes não dizemos nada porque precisamos poupar o fôlego. Esta é mais uma vantagem do jogging sobre os outros esportes: cada um corre por conta própria e não tem que dar satisfações a ninguém.

A colina é toda povoada, e ao correr eu passo diante de casas de madeira de dois andares com jardim, todas diferentes e todas similares, e de vez em quando ouço tocar um telefone. Isso me enerva; involuntariamente, reduzo a velocidade; aguço a audição para saber se alguém irá atender e me impaciento quando o telefone continua a tocar. Continuo meu percurso, passo por outra casa em que um telefone toca e penso: "Há uma chamada telefônica me seguindo, alguém está procurando no catálogo todos os números da Chestnut Lane e ligando a cada uma das casas para tentar localizar-me".

Algumas vezes, as casas estão todas silenciosas e desertas, esquilos correm pelos troncos, agácias pousam e comem os grãos ali deixados para elas em vasilhas de madeira. Enquanto corro, experimento uma vaga sensação de alarme, e, antes mesmo que o som seja captado por meus ouvidos, minha mente já registra a possibilidade do ruído, quase o conjura, faz esse som surgir da ausência, e eis que de uma casa me chega, primeiro sufocado, depois alto e claro, o toque de uma campainha de telefone, cujas vibrações talvez já há algum tempo tivessem sido captadas por uma antena dentro de mim, muito antes que meus ouvidos as percebessem, e então mergulho num frenesi absurdo, prisioneiro de um círculo em cujo centro está o telefone tocando dentro daquela casa, e eu corro sem afastar-me, retardo-me sem diminuir minhas passadas.

"Se ninguém respondeu até agora, é sinal de que não há ninguém em casa... Mas então por que continuam a chamar? O que esperam? Talvez quem mora ali seja um surdo e achem que insistindo ele acabará escutando... Talvez seja um paralítico e precisem dar-lhe tempo para arrastar-se até o aparelho... Ou talvez a casa seja habitada por um suicida e, enquanto continuam a chamá-lo, reste a esperança de detê-lo, de evitar o gesto extremo..." Penso que talvez eu devesse tratar de tornar-me útil, prestar um auxílio, socorrer o surdo, o paralítico, o suicida... E ao mesmo tempo, em razão da lógica absurda que se elabora dentro de mim, penso que, fazendo isso, eu me certificaria se, por acaso, não é a mim que chamam...

Sem parar de correr, empurro o portão, entro no jardim, circundo a casa, exploro os fundos do quintal, contorno a garagem, o quartinho de ferramentas, a casinha do cachorro. Tudo parece deserto, vazio. Por uma janela aberta na parte dos fundos, vejo um quarto desarrumado onde, sobre uma mesinha, o telefone continua a tocar. A persiana bate; o caixilho da vidraça se prende na cortina esfarrapada.

Já dei três voltas ao redor da casa; continuo a fazer os movimentos do jogging, levantando cotovelos e calcanhares, respirando no ritmo da corrida para que fique claro que minha intrusão não é a de um gatuno; se me surpreendessem nesse momento, seria difícil explicar que entrei porque ouvi o telefone tocar. Um cachorro late, não aqui, ele está em outra casa, que não consigo ver; mas por um momento o sinal "cachorro que late" é mais forte que o sinal "telefone que toca", e isso basta para abrir uma passagem no círculo que me mantinha prisioneiro: volto a correr entre as árvores da rua, deixando extinguir-se pouco a pouco o ruído às minhas costas.

Corro até um lugar onde não há mais casas. Detenho-me num prado para recuperar o fôlego. Faço flexões, massageio os músculos das pernas para que não esfriem. Vejo as horas. Estou atrasado, devo voltar se não quiser que meus alunos fiquem esperando por mim. Só faltava isto: espalhar-se por aí o boato de que corro pelos bosques na hora em que deveria estar dando aulas... Eu me lanço ao caminho de volta sem importar-me com nada, não seria sequer capaz de reconhecer aquela casa, passarei por ela sem notá-la. De resto é uma casa em tudo similar às outras, e o único modo de distingui-la seria se o telefone continuasse a tocar, coisa impossível.

Quanto mais reviro essas ideias na cabeça enquanto desço a colina, mais me parece tornar a ouvir o telefone tocar, ouço-o sempre mais claramente, mais distintamente, e eis que de novo estou diante da casa e o telefone ainda toca. Entro no jardim, vou até os fundos, corro para a janela. Basta esticar a mão para pegar o fone. Ofegante, digo:

— Aqui não há...

Do aparelho uma voz meio exasperada — na verdade só um pouco exasperada, porque o que mais impressiona nessa voz é a frieza, a calma — diz:

— Ouça bem: Marjorie está aqui, dentro em pouco vai acordar, mas está amarrada e não pode fugir. Anote o endereço direito: Hillside Drive, 115. Se vier apanhá-la, perfeito; do contrário, há um tanque de querosene no porão e uma carga de explosivo plástico ligada a um detonador. Em meia hora, tudo irá pelo ares.

— Mas eu não...

Desligaram.

E agora, o que faço? Poderia evidentemente chamar a polícia, os bombeiros, usando este mesmo telefone, mas como vou explicar o fato de que eu... Enfim, como posso estar aqui, eu que não tenho nada a fazer neste lugar? Começo a correr de novo, dou mais uma volta em torno da casa, depois ganho a rua.

Lamento por essa Marjorie, mas, para ter se metido em tamanha enrascada, deve estar envolvida em sabe-se lá que histórias e, se eu fizer alguma coisa para salvá-la, ninguém vai acreditar que não a conhecia, a coisa provocaria um escândalo, sou professor de outra universidade, estou aqui como convidado, como professor visitante, isso afetaria o prestígio de ambas as universidades.

Certamente, quando há uma vida em perigo, tais considerações devem ficar em segundo plano... Diminuo o ritmo. Poderia entrar em qualquer dessas casas, pedir que me deixem telefonar para a polícia, mas primeiro é preciso deixar bem claro que não conheço essa Marjorie, que não conheço nenhuma Marjorie.

Para dizer a verdade, aqui na universidade há uma estudante que se chama Marjorie, Marjorie Stubbs: eu a distingui de imediato entre as moças que frequentam meus cursos. É uma jovem que, admito, me agrada bastante, fato que me criou uma situação embaraçosa quando certa vez a convidei para ir a minha casa para emprestar-lhe uns livros. Esse convite foi um erro; eram meus primeiros dias nesta universidade, ninguém sabia ainda que tipo de homem eu era, ela podia interpretar mal minhas intenções, disso surgiu um equívoco, um desagradável equívoco, que ainda hoje não está muito bem esclarecido: essa moça tem sempre um modo irônico de encarar-me, a mim, que não consigo dirigir-lhe a palavra sem gaguejar, e as outras moças também me olham com um sorriso irônico.

De qualquer modo, eu não gostaria que esse mal-estar despertado em mim pelo nome Marjorie bastasse para impedir-me de sair em socorro de outra Marjorie que corre risco de vida... A menos que seja a mesma Marjorie... A menos que aquela chamada se dirigisse a mim... Um poderoso bando de gângsteres me mantém sob sua mira, eles sabem que todas as manhãs corro naquela rua, talvez tenham um observatório na colina com um telescópio para seguir meus passos, quando me aproximo daquela casa deserta fazem tocar aquele telefone, é a mim que chamam, porque sabem do papelão que fiz com Marjorie naquele dia em minha casa e querem chantagear-me...

Quase sem perceber, encontro-me na entrada do campus, sempre correndo, de agasalho e tênis, não passei em casa para trocar de roupa e pegar os livros, o que faço agora? Continuo a correr pelo campus, encontro moças que caminham em pequenos grupos pelo gramado, são minhas alunas que já se dirigem para nossa aula, olham-me com aquele sorriso irônico que não consigo suportar.

Sempre fazendo os movimentos do jogging, detenho Lorna Clifford e lhe pergunto:

— A Stubbs está aí?

A Clifford pisca os olhos:

— Marjorie? Faz dois dias que não aparece. Por quê?

Saí correndo, já estou longe do campus. Sigo pela Grosvenor Square, depois pela Cedar Street, pela Maple Road. Estou completamente sem fôlego, se ainda consigo correr é porque já não sinto o chão sob meus pés, nem os pulmões em meu peito. Eis a Hillside Drive. 11, 15, 27, 51; por sorte, os números avançam rapidamente, saltando de uma dezena para outra. Eis o 115. A porta está aberta, subo a escada, entro num quarto mergulhado na penumbra. Marjorie está ali, amarrada a um divã, amordaçada. Desato os nós. Ela vomita. Olha-me com desprezo e diz:

— Bastardo.

CAPÍTULO 7

Você está sentado à mesa de um café, esperando Ludmilla e lendo o romance de Silas Flannery que lhe foi emprestado pelo senhor Cavedagna. Seu espírito está simultaneamente ocupado por duas esperas: uma é interior e ligada à leitura, a outra é a espera por Ludmilla, que está uma hora atrasada. Você se concentra na leitura, tentando transferir para o livro a espera da moça, quase na expectativa de que Ludmilla saia das páginas e venha a seu encontro. Você não consegue mais ler, o romance fica bloqueado na página que você tem diante dos olhos, como se apenas a chegada de Ludmilla pudesse fazer a cadeia dos acontecimentos retomar seu curso.

Alguém o chama. É seu o nome que o garçom vai repetindo de mesa em mesa. Levante-se, estão chamando você ao telefone. É Ludmilla? É.

— Depois eu explico. Agora não posso ir.

— Escute: estou com o livro! Não, não aquele, nenhum daqueles: um novo. Ouça...

Você não vai querer contar o livro pelo telefone, vai? Primeiro ouça o que ela tem para dizer.

— Venha você, então — propõe ela. — É, venha para minha casa. Agora estou fora, mas não demoro a chegar lá. Se chegar primeiro, pode entrar e esperar. A chave está debaixo do tapete de entrada.

Um modo de vida simples e desenvolto, a chave sob o capacho, a confiança no próximo, certamente também não há muito que roubar. Você corre ao endereço que ela lhe deu. Aperta inutilmente a campainha. Ela não está em casa, conforme anunciado. Você encontra a chave. Entra na penumbra das persianas baixadas.

É a casa de uma moça sozinha, a casa de Ludmilla. É isto: ela mora sozinha. E é isso o que você quer saber em primeiro lugar? Se há ou não sinais de uma presença masculina? Ou prefere, tanto quanto possível, evitar sabê-lo, permanecer na ignorância, na dúvida? Na certa alguma coisa o impede de bisbilhotar (suspendeu um pouco as persianas, mas não muito). Talvez seja o escrúpulo de não merecer o gesto de confiança de Ludmilla aproveitando-se para fazer uma investigação minuciosa. Ou talvez você acredite que sabe muito bem como é o apartamento de uma moça sozinha e que, antes mesmo de olhar em volta, consegue fazer um inventário de tudo o que há nele. Vivemos numa civilização uniforme, com modelos culturais bem definidos: a mobília, a decoração, as encadernações dos livros, o toca-discos, tudo é escolhido dentro de certo número limitado de possibilidades. O que poderiam essas coisas revelar-lhe sobre como realmente Ludmilla é?

Como é você, Leitora? Já está na hora de que este livro na segunda pessoa se dirija não apenas a um genérico você masculino, talvez irmão ou sósia de um eu hipócrita, mas também se volte diretamente para você, que fez sua entrada no fim do segundo capítulo como a Terceira Pessoa necessária para que este romance seja um romance, para que entre a Segunda Pessoa masculina e a Terceira Pessoa feminina algo aconteça, tome forma, afirme-se ou deteriore, seguindo as fases da aventura humana. Ou antes: seguindo os modelos mentais através dos quais vivemos a aventura humana. Ou ainda: seguindo os modelos mentais por meio dos quais atribuímos à aventura humana significados que nos permitem vivê-la.

Até agora este livro tomou o cuidado de deixar aberta ao Leitor que lê a possibilidade de identificar-se com o Leitor que é lido; por isso, não se deu a esse último um nome que automaticamente o teria equiparado a uma Terceira Pessoa, a uma personagem (ao passo que a você, como Terceira Pessoa, foi necessário atribuir um nome, Ludmilla), e ele foi mantido na abstrata condição de pronome, disponível para todo atributo e toda ação. Vejamos se este livro consegue traçar um retrato verdadeiro de você, Leitora, partindo do cenário para pouco a pouco concentrar-se em você e estabelecer os contornos de sua imagem.

Você apareceu pela primeira vez ao Leitor numa livraria, foi destacando-se de um fundo de estantes e tomou forma, como se a quantidade de livros fizesse necessária a presença de uma Leitora. Sua casa, sendo o lugar em que você lê, pode dizer-nos qual é o lugar que os livros ocupam em sua vida, se eles constituem uma defesa para manter distante o mundo exterior, se são um sonho no qual você mergulha como numa droga ou se, ao contrário, são pontes que você lança para fora, rumo ao mundo que tanto lhe interessa, a ponto de você pretender multiplicá-lo e dilatar-lhe as dimensões por meio dos livros. Para entender isso, o Leitor sabe que a primeira coisa a fazer é visitar a cozinha.

A cozinha é a parte da casa que mais coisas pode dizer sobre você: se faz a comida ou não (daria para dizer que sim, se não todos os dias, ao menos com bastante regularidade), se a faz só para você ou também para outros (frequentemente só para você, mas com cuidado, como se a fizesse também para outros; e algumas vezes também para outros, mas com desenvoltura, como se a fizesse só para você), se tende ao mínimo indispensável ou se guarda pendor para a gastronomia (a despensa e os utensílios fazem pensar em receitas complicadas e caprichosas, ao menos nas intenções; não é certo que seja gulosa, mas a ideia de jantar dois ovos fritos não lhe é convidativa), se, para você, ficar diante do fogão representa uma necessidade penosa ou um prazer (a cozinha minúscula está equipada e disposta de modo a permitir que você se movimente confortavelmente sem maiores esforços, com a finalidade de não demorar-se demais nem permanecer ali a contragosto). Os eletrodomésticos desempenham sua função de animais úteis, cujos méritos não podem ser esquecidos, sem que, no entanto, você lhes dedique um culto especial. Na escolha dos utensílios, nota-se algum esteticismo (uma panóplia de facas semicirculares de tamanho decrescente, quando uma só já bastaria), mas em geral os elementos decorativos são também objetos úteis, com poucas concessões ao gratuito. São as provisões, sobretudo, que podem dizer-nos algo sobre você: um sortimento de ervas aromáticas, algumas certamente de uso habitual, outras que parecem estar ali apenas para completar uma coleção; o mesmo se pode dizer das conservas; mas, acima de tudo, é a guirlanda de cabeças de alho pendurada ao alcance da mão o que indica uma convivência nem descuidada nem vaga com os alimentos. Uma rápida olhada na geladeira pode fornecer outros dados preciosos: nos recipientes para ovos, só resta um; limão, apenas uma metade, ainda assim meio seca; enfim, nota-se certa negligência com os produtos essenciais. Em compensação, há creme de castanha, azeitonas pretas, um potinho de *salsifis* ou armorácia; fica evidente que, ao fazer as compras, você é atraída mais pelas mercadorias que vê expostas do que pela lembrança do que falta em casa.

Portanto, observando sua cozinha, pode-se obter uma imagem de você como mulher extrovertida e lúcida, sensual e metódica, que põe o senso prático a serviço da fantasia. Poderia alguém apaixonar-se por você só de ver-lhe a cozinha? Talvez. Quiçá o Leitor, que já estava favoravelmente predisposto.

O Leitor prossegue o reconhecimento da casa cujas chaves você lhe deu. Você acumula uma quantidade de coisas a seu redor: leques, postais, frascos, colares presos à parede. Mas, visto de perto, cada um dos objetos se revela especial e, de alguma maneira, inesperado. Sua relação com os objetos é confidencial e seletiva: torna suas somente as coisas que sente ser suas; é uma relação com a materialidade das coisas, e nenhuma ideia — intelectual ou afetiva — substitui o ato de vê-las e tocá-las. Uma vez associados a sua personalidade, marcados por sua posse, os objetos não mais parecem estar ali por acaso, eles assumem significado como partes de um discurso, como memória feita de sinais e símbolos. Você é possessiva? Talvez não haja ainda elementos suficientes para afirmá-lo; por enquanto, pode-se dizer que é possessiva em relação a si mesma, que se prende aos signos nos quais identifica algo de seu, temendo perder-se junto com eles.

Num canto de parede, há uma porção de fotos em molduras, todas penduradas uma bem perto da outra. Fotografias de quem? De você, em diferentes idades, e de tantas outras pessoas, homens e mulheres, incluindo-se aí fotos muito antigas, que parecem tiradas de um álbum de família, mas que, colocadas lado a lado, parecem ter menos a função de lembrar determinadas pessoas que a de constituir uma montagem das estratificações da existência. As molduras são diferentes entre si, linhas florais do século xix, de prata, cobre, esmalte, lasca de mármore, couro, madeira lavrada: a intenção talvez fosse valorizar aqueles fragmentos de vida passada, mas também pode ser que isso não passe de uma coleção de molduras e que as fotos estejam ali apenas para preenchê-las; tanto é verdade que algumas molduras estão ocupadas por figuras recortadas de jornais, uma delas enquadra a folha ilegível de uma velha carta, outra está vazia.

No restante da parede não há mais nada pendurado, nem há nenhum móvel encostado a ela. Toda a casa é mais ou menos assim: paredes nuas aqui e sobrecarregadas acolá, como se para responder a uma necessidade de concentrar os signos numa espécie de escrita densa e conservar o vazio em volta, onde se encontra descanso e alívio.

A disposição dos móveis e bibelôs nunca é simétrica. A ordem que você procura estabelecer (o espaço de que dispõe é restrito, mas percebe-se certa deliberação em seu uso, para fazê-lo parecer mais amplo) não é a aplicação de um esquema, mas sim um acordo entre as coisas que ali se encontram.

Em suma, você é organizada ou desorganizada? Sua casa não responde nem com sim nem com não às perguntas diretas. Você tem certa ideia de ordem, é verdade, uma ideia até exigente, mas a ela não corresponde na prática uma aplicação metódica. Vê-se que seu interesse pela casa é intermitente, seguindo as dificuldades de seu dia a dia e os altos e baixos de seu humor.

Você é depressiva ou eufórica? A casa, sabiamente, parece ter se aproveitado dos momentos de euforia pelos quais você passou para preparar-se a acolhê-la nos momentos de depressão.

Você é de fato hospitaleira, ou será sinal de indiferença permitir que pessoas que mal conhece entrem em sua casa? O Leitor está procurando um lugar cômodo para sentar-se e ler sem invadir aqueles espaços que são nitidamente reservados a você: a ideia que se está consolidando é a de que o hóspede pode sentir-se muito bem em sua casa, desde que saiba adaptar-se às normas estabelecidas por você.

O que mais? As plantas nos vasos parecem não ser regadas há muitos dias; mas talvez você as tenha escolhido de propósito entre aquelas que não requerem muitos cuidados. De resto, nestes cômodos, não há indício de cães, gatos, pássaros: você é uma mulher que tende a não multiplicar as obrigações, e isso pode ser sinal tanto de egoísmo quanto de concentração em outras preocupações menos extrínsecas, ou, ainda, sinal de que não tem necessidade de substitutos simbólicos para os impulsos naturais que a levam a ocupar-se dos outros, a participar de suas histórias, seja na vida, seja nos livros...

Vejamos os livros. A primeira coisa que se nota, pelo menos observando os que estão mais visíveis, é que a função dos livros para você é a da leitura imediata, não a dos instrumentos de estudo ou de consulta, nem a dos componentes de uma biblioteca disposta segundo determinada ordem. É provável que algum dia você tenha procurado dar uma aparência de ordem a suas estantes, mas toda tentativa de classificação foi rapidamente solapada por aquisições heterogêneas. O princípio pelo qual dois volumes são colocados lado a lado — afora o fator tamanho, conforme as dimensões deles — é de natureza cronológica, ou seja, a ordem de aquisição dos livros. De qualquer modo, você sempre sabe onde encontrá-los, dado que não são tantos assim (em fases anteriores de sua existência, deve ter deixado outras estantes em outras casas) e que talvez não lhe ocorra com frequência ter que procurar um livro que já leu.

Em resumo, você não parece ser uma Leitora Que Relê. Lembra-se perfeitamente de tudo que já leu (essa é uma das primeiras coisas que fez saber a seu respeito); talvez cada livro se identifique para você com a leitura que, uma única e derradeira vez, fez dele num momento determinado. E, quando os guarda na memória, agrada-lhe conservá-los como objetos familiares.

Entre seus livros, neste conjunto que não forma uma biblioteca, pode-se, porém, distinguir uma parte morta ou adormecida, isto é, o depósito dos volumes postos de lado, que leu e raramente releu, ou que não leu nem nunca lerá, e que, entretanto, são conservados (e espanados), e uma parte viva, isto é, os livros que está lendo, ou que tem a intenção de ler, ou que sente prazer em manipular, em ter por perto. Ao contrário das provisões na cozinha, aqui é a parte viva, de consumo imediato, a que diz mais coisas sobre você. Por toda parte há volumes espalhados, alguns abertos, outros com marcadores improvisados ou com um canto de página dobrado. Vê-se que tem o hábito de ler vários livros ao mesmo tempo, que escolhe leituras diversas para as diferentes horas do dia, para os vários lugares de sua pequena moradia: há livros que se destinam ao criado-mudo, outros que encontram lugar junto à poltrona, na cozinha ou no banheiro.

Isso pode ser um traço importante a ser acrescentado a seu retrato: seu espírito tem paredes internas que permitem separar tempos diversos para pausas ou retomadas, concentrar-se alternadamente em canais paralelos. Será que basta isso para que se diga que você gostaria de viver outras vidas simultaneamente? Ou que de fato as vive? Será que você separa o que vive com uma pessoa ou num ambiente daquilo que vive com outras pessoas em outros lugares? Será que sabe que, em toda experiência, é inevitável uma insatisfação que só é compensada pela soma de todas as insatisfações?

Leitor, fique de ouvidos alertas. Uma suspeita se insinua em você e alimenta essa sua ansiedade de homem ciumento que ainda não se aceita como tal. Ludmilla, leitora de vários livros ao mesmo tempo, tende a viver simultaneamente também outras histórias, para não deixar-se surpreender pela desilusão que cada história pode reservar-lhe...

(Não pense que o livro o perde de vista, Leitor. O "você" que se transferiu à Leitora pode, de uma frase para outra, tornar a referir-se a você. Você permanece sempre um dos vocês possíveis. Quem se atreveria a condená-lo pela perda do você, catástrofe não menos terrível que a perda do eu? Para que um discurso na segunda pessoa se torne romance, é necessário ao menos dois vocês distintos e concomitantes, que se destaquem da multidão dos ele, ela, eles.)

Contudo, o espetáculo dos livros na casa de Ludmilla propicia um alento. A leitura é solidão. Ludmilla lhe aparece protegida pelas valvas do livro aberto qual uma ostra em sua concha. A sombra de outro homem, provável e até mesmo certo, está, se não anulada, ao menos relegada à margem. Lê-se sozinho, mesmo quando se está a dois. Mas então o que você procura aqui? Gostaria você de penetrar na concha de Ludmilla, insinuando-se nas páginas dos livros que ela está lendo? Ou a relação entre Leitor e Leitora consistiria na relação de duas conchas separadas, que conseguem comunicar-se apenas mediante confrontos parciais de duas experiências exclusivas?

Você traz consigo o livro que lia naquele café e que está impaciente por continuar, para poder passá-lo a ela, para comunicar-se ainda uma vez através do canal escavado pelas palavras alheias, palavras que, justamente por serem pronunciadas por uma voz estranha, a voz silenciosa de uma ausência feita de tinta e espacejamento tipográfico, podem tornar-se a voz de vocês dois, uma linguagem, um código entre ambos, um meio de trocarem sinais e reconhecerem-se.

Uma chave gira na fechadura. Você se cala, como se quisesse fazer-lhe uma surpresa, como se para afirmar, a si mesmo e a ela, que você estar aqui é coisa perfeitamente natural. Mas esses passos não são os dela. Lentamente um homem assoma à entrada, você vê sua sombra entre as cortinas, ele usa um casaco de couro, seus passos estão familiarizados com o local, mas por várias vezes ele se detém, são hesitações próprias de quem procura alguma coisa. Você o reconhece. É Irnerio.

Você precisa decidir de imediato qual atitude assumir. O desapontamento por ver Irnerio entrar na casa de Ludmilla como se estivesse na própria casa é mais forte que o incômodo de você encontrar-se ali quase escondido. De resto, você bem sabe que a casa de Ludmilla está aberta aos amigos dela: a chave fica sob o capacho. Desde que você entrou, parece-lhe que vultos sem rosto vêm roçá-lo. Irnerio é ao menos um fantasma conhecido. Assim como você o é para ele.

— Ah, você está aí?

É ele quem vê você, mas não se espanta. Essa naturalidade, que há pouco você desejava impor, agora não o alegra.

— Ludmilla não está em casa — você diz, querendo estabelecer uma precedência na informação e mesmo na ocupação do território.

— Eu sei — ele responde, indiferente. Vasculha ao redor, maneja os livros.

— Posso ajudá-lo? — você continua, como se quisesse provocá-lo.

— Estou procurando um livro — diz Irnerio.

— Pensei que você não lesse nunca.

— Não é para ler. É para fazer. Eu faço coisas com os livros. Alguns objetos. É, obras: esculturas, quadros, como quiser chamá-los. Já fiz até uma exposição. Fixo os livros com resina, assim eles ficam do jeito que estiverem, fechados ou abertos. Ou então lhes dou formas, os esculpo, abro buracos por dentro. Os livros são ótimo material para ser trabalhado, dá para fazer muitas coisas com eles.

— E Ludmilla? Ela concorda com isso?

— Meus trabalhos lhe agradam. Ela dá conselhos. Os críticos dizem que o que faço é importante. Em breve reunirei todas as minhas obras num livro. Marcaram-me uma entrevista com o senhor Cavedagna. Um livro com fotos de todos os meus livros. Quando esse livro for impresso, eu o usarei para fazer outra obra, muitas obras. Depois será feito outro livro, e assim por diante.

— O que eu perguntei foi se Ludmilla aceita que você leve embora os livros dela.

— Tem tantos... Às vezes, é ela mesma que me oferece livros para ser trabalhados, livros que não lhe servem de nada. Não quero dizer que qualquer livro me sirva. Uma obra só me vem se eu a sinto. Há livros que me dão logo a ideia do que fazer com eles; há outros que não, deles não me vem nada. Algumas vezes me vem a ideia, mas não consigo realizá-la enquanto não encontro o livro adequado. — Ele desarruma os volumes numa prateleira; sopesa um, observa-o de frente e de lado e o deixa ali. — Há livros com que simpatizo e outros que não consigo suportar, e estes sempre me caem nas mãos.

Eis que a Grande Muralha dos livros, que, pelo que você esperava, deveria manter longe de Ludmilla esse invasor bárbaro, não passa de um brinquedo que Irnerio desmonta com absoluta confiança. Você ri, amargo:

— Pode-se dizer que você conhece de cor a biblioteca de Ludmilla.

— Ah, em geral é sempre a mesma coisa... Mas é bonito ver estes livros todos juntos. Adoro livros...

— Como assim?

— É, gosto de ter livros a minha volta. É por isso que a gente se sente bem aqui na casa de Ludmilla. Não acha?

A abundância de páginas escritas envolve o ambiente como a espessura das folhas num bosque denso, não, como as estratificações da rocha, as placas de ardósia, as lâminas de xisto: é assim que você procura ver através dos olhos de Irnerio o fundo contra o qual deve destacar-se a pessoa viva de Ludmilla. Se você ganhar a confiança dele, Irnerio lhe revelará o segredo que o intriga, a relação entre o Não Leitor e a Leitora. Rápido, pergunte-lhe alguma coisa.

— Mas — é a única pergunta que lhe vem à cabeça — o que você faz enquanto ela lê?

— Não me desagrada vê-la ler — diz Irnerio. — Afinal, é preciso que alguém leia os livros, não é? Ao menos posso tranquilizar-me com o fato de que não precisarão ser lidos por mim.

Há pouco com que alegrar-se, Leitor. O segredo que lhe foi revelado, a intimidade deles, consiste na complementaridade de seus ritmos vitais. Para Irnerio só conta o que se vive instante a instante; a arte conta para ele como dispêndio de energia vital, não como obra que permanece, não como essa acumulação de vida que Ludmilla procura nos livros. Mas, de certo modo, essa energia acumulada, ele também a reconhece, sem ter necessidade de ler, e sente que é preciso fazê-la voltar à circulação, usando os livros de Ludmilla como suporte material para obras nas quais ele possa investir a própria energia ao menos por um instante.

— Este me serve — decide Irnerio, e faz o movimento de pôr um volume sob o casaco.

— Não, esse não, deixe-o aí. É o livro que estou lendo. Além do mais, não é meu, tenho que restituí-lo a Cavedagna. Escolha outro. Olhe este aqui, é parecido.

Você pegou um volume envolto por uma cinta vermelha — O ÚLTIMO SUCESSO DE SILAS FLANNERY —, e isso já basta para explicar a semelhança, dado que toda a série de romances de Flannery se apresenta com uma mesma apresentação gráfica característica. Mas não é só a apresentação gráfica; o título que aparece na sobrecapa é *Numa rede de linhas que...* São dois exemplares do mesmo livro! Você não esperava por isso e diz:

— Que coisa mais estranha! Nunca pensei que Ludmilla já o tivesse...

Irnerio afasta as mãos.

— Esse aí não é de Ludmilla. Não quero me meter, não tenho nada a ver com isso. Eu achava que não houvesse mais nenhum desses em circulação.

— Por quê? De quem é? O que é que você está dizendo?

Irnerio pega o volume entre dois dedos, dirige-se para uma portinha, abre-a, joga o livro lá dentro. Você o segue; enfia a cabeça num cubículo escuro; vê uma mesa com máquina de escrever, gravador, dicionários, um calhamaço de papéis. Você pega a folha que serve de frontispício, leva-a até a luz, lê: "Tradução de Ermes Marana".

Você parece fulminado por um raio. Lendo as cartas de Marana, a todo momento lhe parecia encontrar Ludmilla... Uma vez que não conseguia deixar de pensar nela, você explicava a coisa assim: era uma prova de que estava apaixonado por ela. E agora, circulando pela casa de Ludmilla, tropeça na pista de Marana. Será uma obsessão que o persegue? Não, desde o princípio você pressentia que havia uma relação entre eles... O ciúme, que até parecia uma brincadeira sua consigo mesmo, agora o invade sem restrições. E não se trata só do ciúme: é a suspeita, a desconfiança, o sentimento de que não pode estar seguro de nada nem de ninguém. A sequência do livro interrompido, que lhe comunicava uma excitação especial porque você a procurava ao lado da Leitora, não é outra coisa senão a busca por Ludmilla, que lhe escapa num sem-número de mistérios, de enganos, de disfarces...

— Mas... O que Marana tem a ver com isso? — você pergunta. — Ele mora aqui?

Irnerio sacode a cabeça.

— Morou. Agora isso é passado. Ele não deve voltar. Mas todas as histórias dele estão de tal modo impregnadas de falsidade que qualquer coisa que se diga sobre ele é falso. Ao menos isso ele conseguiu. Os livros que ele trouxe para cá por fora parecem iguais aos outros, mas eu os reconheço de imediato, à distância. E pensar que não deveria mais haver papéis dele fora daquela saleta. Mas, de vez em quando, aparece algum vestígio. Às vezes desconfio que é ele quem os espalha, que vem quando não há ninguém em casa e continua a fazer as trocas habituais, às escondidas...

— Que trocas?

— Eu não sei... Ludmilla diz que tudo que ele toca, se já não era falso, passa a ser. Sei apenas que, se eu tentasse fazer algum trabalho com os livros que eram dele, os resultados seriam falsificações, mesmo que parecessem iguais aos que faço sempre...

— Mas por que Ludmilla mantém as coisas dele nesse cubículo? Espera que ele volte?

— Ludmilla era infeliz quando ele estava aqui. Ela nem lia mais. Aí ela fugiu... Foi a primeira a ter ido embora... Depois foi ele...

A sombra se afasta. Você respira. O passado está encerrado.

— E se ele voltasse?
— Ela iria embora de novo...
— Para onde?
— Sei lá... Para a Suíça... Como vou saber?...
— Há alguém mais na Suíça? — Instintivamente, você pensou no escritor com a luneta.
— Digamos alguém mais... É uma história completamente diferente... O velho dos romances policiais...
— Silas Flannery?
— Ludmilla dizia que, depois que Marana a convenceu de que a diferença entre o verdadeiro e o falso não passa de um preconceito nosso, ela sente a necessidade de ver alguém que faz livros tal como uma aboboreira faz abóboras, foi o que ela disse...

A porta se abre de repente. Ludmilla entra, joga o casaco numa poltrona, os pacotes.
— Ah, que bom! Todo mundo aqui! Desculpem o atraso!

Vocês sentam-se para tomar chá. Irnerio também deveria estar ali, mas sua poltrona está vazia.
— Ele estava aí. Aonde terá ido?
— Ora, deve ter saído. Ele vai e vem sem dizer nada.
— Entra e sai como se estivesse na casa dele?
— Por que não? Você entrou como?
— Eu e tantos outros!
— Mas o que é isso? Uma cena de ciúme?
— E que direito eu teria?
— Você acha que em algum momento passaria a ter esse direito? Se for assim, é melhor nem começar.
— Começar o quê?

Você põe a xícara sobre a mesinha. Desloca-se da poltrona para o divã onde ela está sentada.

(Começar. Foi você quem o disse, Leitora. Mas como determinar o momento exato em que começa uma história? Tudo começou desde sempre, a primeira linha da primeira página de todo romance remete a alguma coisa que já sucedeu fora do livro. Ou então a verdadeira história é aquela que começa dez ou cem páginas adiante, e tudo que a precede não é mais que um prólogo. As vidas dos indivíduos da espécie humana formam um enredo contínuo, no qual toda tentativa de isolar um pedaço do vivido que tenha sentido desligado do resto — por exemplo, um encontro de duas pessoas que se tornará decisivo para ambas — deve levar em conta que cada um dos dois carrega consigo uma trama de fatos lugares outras pessoas e que desse encontro derivarão por sua vez outras histórias que se desligarão da história comum a eles.)

Vocês estão juntos na cama, Leitor e Leitora. É chegado, enfim, o momento de tratá-los no plural, tarefa muito comprometedora, pois equivale a considerá-los um só sujeito. É a vocês que falo, volume não bem discernível sob esse lençol amarrotado. Quem sabe depois seguirão cada qual para seu lado, e a narrativa terá que extenuar-se manobrando alternadamente a alavanca de câmbio para mudar do você feminino ao você masculino; mas agora, em vista do fato de que seus corpos procuram encontrar, entre pele e pele, a adesão mais pródiga de sensações, transmitir e receber vibrações e movimentos ondulantes, ocupar os cheios e os vazios, dado que na atividade mental vocês também concordaram em buscar a máxima concordância, agora se pode dirigir a vocês um discurso coerente que os considere uma pessoa una e bicéfala. Em primeiro lugar, é preciso determinar o campo de ação ou o modo de ser dessa entidade dupla que vocês constituem. A que leva essa identificação entre vocês? Qual é o tema central que retorna em suas variações e modulações? Uma tensão que se concentra em não perder nada do próprio potencial, prolongar um estado de reatividade, aproveitar-se da acumulação do desejo do outro para multiplicar a própria carga? Ou, ao contrário, o abandono mais flexível, o explorar a imensidão dos espaços acariciáveis e reciprocamente acariciantes, a dissolução do ser num lago dessa superfície infinitamente tátil? Em ambas as situações, certamente vocês só existem um em função do outro; mas, para tornar tudo possível, seus respectivos eus devem não tanto anular-se quanto ocupar sem resíduos todo o vazio do espaço mental, poupar-se cada um à máxima taxa de juro ou gastar-se até o último centavo. Enfim, o que vocês fazem é muito bonito, mas gramaticalmente não muda nada. No momento em que mais parecem um vocês unitário, são dois vocês separados e mais fechados em si que antes.

(Isso é certo mesmo agora, quando ainda estão ocupados exclusivamente um com a presença do outro. Imaginemos como será daqui a algum tempo, quando outros fantasmas que não convergem frequentarem seus espíritos, acompanhando os encontros de seus corpos experimentados pelo hábito.)

Leitora, eis que agora você está sendo lida. Seu corpo está sendo submetido a uma leitura sistemática, mediante canais de informação táteis, visuais, olfativos, e não sem intervenções das papilas gustativas. Também o ouvido teve participação, atento a seus arquejos e trinados. Em você, o corpo não é apenas um objeto de leitura: faz parte de um conjunto complicado de elementos, que não são todos visíveis nem estão todos presentes, mas que se manifestam em acontecimentos visíveis e imediatos: o anuviar-se de seus olhos, seu sorriso, as palavras que diz, seu jeito de juntar e separar os cabelos, de tomar a iniciativa e retrair-se, e todos os signos que estão nos confins dos usos e costumes, da memória, da pré-história, da moda, todos os códigos, todos os pobres alfabetos por meio dos quais um ser humano acredita em certos momentos estar lendo outro ser humano.

Também você, ó Leitor, é entrementes um objeto de leitura: a Leitora ora lhe passa o corpo em revista como se percorresse o sumário, ora o consulta como se tomada por uma curiosidade rápida e precisa, ora se demora interrogando-o e deixando que uma resposta muda chegue a ela, como se toda inspeção parcial só a interessasse à luz de um reconhecimento espacial mais amplo. Às vezes, ela se fixa em detalhes desprezíveis: talvez pequenos defeitos estilísticos, por exemplo o pomo de adão saliente ou o jeito que você tem de enfiar a cabeça na cavidade do colo da Leitora, e ela usa isso para estabelecer uma margem de distanciamento, reticência crítica ou intimidade brincalhona; algumas vezes, ao contrário, um detalhe descoberto por acaso é valorizado em demasia, por exemplo a forma de seu queixo ou um jeito especial de morder o ombro da Leitora, e ela toma impulso nesse seu gesto, percorre (vocês percorrem juntos) páginas e páginas de cima a baixo, sem saltar nem uma vírgula. Todavia, em meio à satisfação que você encontra no modo como ela o lê, em todas essas citações textuais de sua objetividade física, uma dúvida se insinua: que ela não o leia inteiro como é, mas que o use, que utilize fragmentos de você destacados do contexto para construir um parceiro imaginário, conhecido apenas por ela, na penumbra da semiconsciência, e que o que ela esteja decifrando não seja você, mas sim o visitante apócrifo dos sonhos dela.

Ao contrário da leitura das páginas escritas, a leitura que os amantes fazem de seus corpos (essa concentração de corpo e mente de que os amantes se valem para ir juntos para a cama) não é linear. Começa de um ponto qualquer, salta, repete-se, retrocede, insiste, ramifica-se em mensagens simultâneas e divergentes, torna a convergir, enfrenta momentos de tédio, vira a página, retoma o fio da meada, perde-se. Pode-se reconhecer aí uma direção, um percurso dirigido na medida em que tende a um clímax, e, em vista desse objetivo, preparam-se as fases rítmicas, as escansões, as recorrências de motivos. Mas será o clímax o verdadeiro alvo? Ou a corrida para esse fim não será antes contrariada por outro impulso que se esforça contra a corrente para retardar os instantes, para recuperar o tempo?

Caso se quisesse representar graficamente o conjunto, todo o episódio com seu ápice, seria necessário um modelo em três dimensões, talvez em quatro — não há modelo, nenhuma experiência é passível de repetir-se. É neste aspecto que o abraço e a leitura mais se assemelham: o fato de que abrem em seu interior tempos e espaços diferentes do tempo e do espaço mensuráveis.

Na improvisação confusa do primeiro encontro, já se pode ler o possível futuro de uma convivência. Hoje vocês são cada um o objeto de leitura do outro, cada um lê no outro sua história não escrita. Amanhã, Leitor e Leitora, se estiverem juntos, se deitarem-se na mesma cama como um casal estável, cada um de vocês acenderá o abajur em sua respectiva cabeceira e mergulhará em seu respectivo livro; duas leituras paralelas acompanharão a chegada do sono; primeiro você, depois você, apagará a luz; retornando de universos separados, vocês se encontrarão fugazmente no escuro, onde todas as distâncias se anulam, antes que sonhos divergentes os arrastem outra vez cada um para um lado. Mas não debochem dessa perspectiva de harmonia conjugal: que imagem de casal mais afortunada vocês poderiam contrapor a ela?

Você fala a Ludmilla sobre o romance que lia enquanto a esperava:

— É um livro daqueles que você gosta: transmite uma sensação de mal-estar desde a primeira página.

Um clarão interrogativo passa pelo olhar de Ludmilla. Uma dúvida sobrevém a você: essa frase sobre mal-estar, talvez você não a tenha ouvido dela, talvez a tenha escutado em outro lugar... Ou quem sabe Ludmilla tenha deixado de acreditar na angústia como condição da verdade... Alguém talvez lhe tenha demonstrado que também a angústia é um mecanismo, que não há nada de mais falsificável que o inconsciente....

— A mim — ela diz — agradam os livros em que todos os mistérios e todas as angústias sejam passados por uma mente exata e fria, sem sombras, como a de um jogador de xadrez.

— Seja como for, essa é a história de um indivíduo que fica nervoso quando ouve tocar um telefone. Certo dia, quando está fazendo jogging...

— Não me conte mais nada. Deixe-me ler.

— Eu também não fui muito mais longe. Já lhe trago o livro.

Você sai da cama, vai procurar o livro no outro quarto, onde a brusca mudança em sua relação com Ludmilla interrompeu o curso normal dos acontecimentos.

Você não o acha mais.

(Você poderá tornar a achá-lo numa exposição de arte: é a última obra do escultor Irnerio. A página cujo canto você dobrara para marcá-la se estende sobre um dos lados de um paralelepípedo compacto, colado, envernizado com uma resina transparente. Uma sombra chamuscada, como a de uma chama que escapa do interior do livro, faz ondular a superfície da página e abre uma sucessão de camadas como nós num corte de madeira.)

— Não estou achando o livro, mas não tem importância. Eu vi que você tem outro exemplar. Pensei até que você já o tivesse lido...

Sem que ela tivesse percebido, você entrou no cubículo e pegou o livro de Flannery que traz a cinta vermelha.

— Aqui está.

Ludmilla o abre na dedicatória: "Para Ludmilla... Silas Flannery".

— É, este é meu exemplar.

— Mas então você conhece Flannery? — você exclama, como se não soubesse de nada.

— Conheço... E ele me dedicou este livro... Mas estava certa de que tinha sido roubado antes que eu pudesse lê-lo...

— ... Roubado por Irnerio?

— É...

É hora de abrir o jogo:

— Não foi Irnerio, e você sabe disso. Irnerio, quando viu esse livro, jogou-o no quarto escuro, onde você guarda...

— Quem o autorizou a vasculhar minha casa?

— Irnerio falou de alguém que roubava seus livros e que agora volta às escondidas para substituí-los por outros falsos.

— Irnerio não sabe de nada.

— Mas eu sei: Cavedagna me deu as cartas de Marana para ler.

— Tudo que Ermes conta é sempre mentira.

— Há uma coisa que é verdadeira: aquele homem continua a pensar em você, a vê-la em todas as histórias que inventa, ele está obcecado por sua imagem de leitora...

— Pois foi justamente isso que ele nunca conseguiu suportar.

Pouco a pouco você acabará por entender melhor as origens das maquinações do tradutor: a mola secreta que as desencadeou foi o ciúme despertado pelo rival invisível que se interpunha continuamente entre ele e Ludmilla, a voz misteriosa que lhe fala através dos livros, esse fantasma sem rosto que tem mil faces e, portanto, é ainda mais fugidio, pois para Ludmilla os autores não se materializam nunca em indivíduos de carne e osso, para ela só existem nas páginas publicadas, vivos ou mortos, lá estão, sempre ali prontos a comunicar-se com ela, a maravilhá-la, a seduzi-la, e Ludmilla sempre pronta a segui-los, com a leviandade das relações com pessoas incorpóreas. Como fazer para derrotar não os autores, mas a função do autor, a ideia de que atrás de cada livro há alguém que garante a verdade daquele mundo de fantasmas e ficções pelo simples fato de nele ter investido sua própria verdade, de ter se identificado com essa construção de palavras? Ermes Marana — desde sempre, porque seu gosto e talento o impeliam a isso, mais ainda depois que sua relação com Ludmilla entrou em crise — sonhava com uma literatura composta exclusivamente de obras apócrifas, de falsas atribuições, de imitações, contrafações e pastiches. Se essa ideia conseguisse impor-se, se uma incerteza sistemática quanto à identidade de quem escreve impedisse o leitor de abandonar-se com confiança — confiança não tanto no que é contado, mas na voz misteriosa que conta —, talvez nada mudasse no exterior do edifício da literatura... Mas, por baixo, nos alicerces, lá onde se estabelece a relação entre leitor e texto, algo mudaria para sempre. Então Ermes Marana não mais haveria de sentir-se abandonado por Ludmilla quando ela estivesse absorta na leitura: entre o livro e ela sempre se insinuaria a sombra da mistificação, e ele, identificado com cada uma das mistificações, teria confirmada sua presença.

Você pousa o olhar no início do livro.
— Mas este não é o livro que eu estava lendo... Tem o mesmo título, a mesma capa, tudo igual... Mas é outro livro! Um dos dois é falso.
— Claro que é falso — Ludmilla diz em voz baixa.
— Você diz que é falso porque passou pelas mãos de Marana? Mas aquele que eu estava lendo, também foi ele que o enviou a Cavedagna! Serão ambos falsos?
— Há somente uma pessoa que pode nos dizer a verdade: o autor.

— Você pode perguntar, visto que é amiga dele...
— Era.
— Era ele quem você procurava quando fugia de Marana?
— Você sabe tanta coisa! — ela diz, num tom irônico que o enerva mais que tudo.

Leitor, você decidiu: vai ao encontro do escritor. Mas, enquanto não o faz, dá as costas a Ludmilla e começa a ler o novo livro que se encontra sob uma capa igual.

(Igual até certo ponto. A cinta o ÚLTIMO SUCESSO DE SILAS FLANNERY encobre a última palavra do título. Basta que você a levante para perceber que este volume, ao contrário do outro, não se intitula *Numa rede de linhas que se entrelaçam,* mas sim *Numa rede de linhas que se entrecruzam.*)

NUMA REDE
DE LINHAS
QUE SE
ENTRECRUZAM

Especular, refletir: toda atividade do pensamento me remete aos espelhos. Segundo Plotino, a alma é um espelho que cria as coisas materiais refletindo as ideias de uma razão superior. Talvez seja por isso que eu preciso de espelhos para pensar: só consigo concentrar-me quando em presença de imagens refletidas, como se minha alma tivesse necessidade de um modelo para imitar toda vez que exercita sua virtude especulativa. (O adjetivo assume aqui todos os seus significados: sou ao mesmo tempo um homem que pensa e um homem que tem negócios, além de ser colecionador de aparelhos ópticos.)

Tão logo levo um caleidoscópio ao olho, sinto que minha mente, ao ver os fragmentos de cores e linhas heterogêneas agruparem-se e comporem figuras regulares, encontra imediatamente o procedimento a ser seguido — mesmo que seja apenas a revelação peremptória e lábil de uma construção rigorosa que se desfaz à menor batida de unha nas paredes do tubo, para ser substituída por outra em que os mesmos elementos convergem num conjunto diferente.

Ainda adolescente, quando percebi que a contemplação dos jardins esmaltados que remoinham no fundo de um poço de espelhos aumentava minha capacidade para as decisões práticas e previsões arriscadas, eu comecei a colecionar caleidoscópios. A história desses objetos, relativamente recente (o caleidoscópio foi patenteado em 1817 pelo físico escocês sir David Brewster, autor, entre outras coisas, de um *Treatise on New Philosophical Instruments*), circunscreveu minha coleção a limites cronológicos estreitos. Entretanto, não tardei a direcionar minhas pesquisas para um tipo de objeto antigo bem mais ilustre e sugestivo: as máquinas catóptricas do século XVII, pequenos teatros de vários tipos em que se vê uma figura multiplicar-se segundo a variação do ângulo formado pelos espelhos. Meu projeto consiste em reconstruir o museu criado pelo jesuíta Athanasius Kircher, autor de *Ars magna lucis et umbrae* (1646) e inventor do "teatro políptico", no qual uns sessenta espelhinhos que forram o interior de uma grande caixa transformam um galho em floresta, um soldadinho de chumbo em exército, um livrinho em biblioteca.

Os homens de negócios aos quais mostro a coleção antes das reuniões dirigem a esses aparelhos bizarros olhares de uma curiosidade superficial. Não sabem que construí meu império financeiro sobre o mesmo princípio dos caleidoscópios e das máquinas catóptricas, multiplicando como num jogo de espelhos as sociedades sem capital, inflando os créditos, fazendo sumir os passivos desastrosos no ângulo morto das perspectivas ilusórias. Meu segredo, o segredo de minhas ininterruptas vitórias financeiras numa época que assistiu a tantas crises, quedas na Bolsa, bancarrotas, foi sempre este: jamais pensava diretamente no dinheiro, nos negócios, nos lucros, mas apenas nos ângulos de refração que podem formar-se entre superfícies brilhantes com inclinações diferentes.

É minha imagem o que desejo multiplicar, mas não por narcisismo ou por megalomania, como se poderia facilmente pensar. Ao contrário: é para esconder, em meio a tantas imagens ilusórias de mim mesmo, o verdadeiro eu que as faz mover-se. Por isso, se não tivesse receio de ser mal interpretado, não me oporia a reconstruir em minha casa um cômodo inteiramente forrado de espelhos, conforme o projeto de Kircher, onde eu me veria caminhar no teto, de cabeça para baixo, e levantar voo das profundezas do assoalho.

As páginas que estou escrevendo deveriam também elas evocar a fria luminosidade de uma galeria de espelhos onde um número limitado de figuras se refrata, reverte-se, multiplica--se. Se minha figura parte em todas as direções e desdobra-se em todos os ângulos, é para desencorajar aqueles que me perseguem. Sou um homem com muitos inimigos, dos quais preciso esquivar-me continuamente. Quando acreditam apanhar--me, eles apenas golpeiam uma superfície de vidro sobre a qual aparece e se dissipa um reflexo entre tantos de minha presença ubíqua. Sou também um homem que persegue seus numerosos inimigos, ameaça-os, avança sobre eles em falanges inexoráveis e lhes bloqueia as saídas para onde quer que se voltem. Num mundo catóptrico, também os inimigos podem pensar que me cercam por todos os lados, mas sou o único a conhecer a disposição dos espelhos e consigo tornar-me incapturável, ao passo que eles terminam por entrechocar-se e agarrar-se reciprocamente.

Gostaria que meu relato exprimisse tudo isso por meio de detalhes de operações financeiras, lances teatrais em reuniões do conselho administrativo, telefonemas dramáticos de corretores da Bolsa, e depois também pedaços do mapa da cidade, apólices de seguro, a boca de Lorna quando deixou escapar aquela frase, o olhar de Elfrida como se absorta num de seus cálculos implacáveis, uma imagem que se sobrepõe a outra, o quadriculado do mapa da cidade com sua constelação de cruzinhas e setas, motos que se afastam para desaparecer nos ângulos dos espelhos, motos que convergem para minha Mercedes.

Desde o dia em que ficou claro para mim que meu sequestro seria o golpe mais sonhado não apenas pelas várias quadrilhas especializadas, mas também por meus mais importantes sócios e concorrentes no mundo das finanças, compreendi que apenas multiplicando-me, multiplicando minha pessoa, minha presença, minhas saídas e retornos, enfim, multiplicando as ocasiões para as ciladas, eu conseguiria tornar improvável minha queda em mãos inimigas. Encomendei então cinco Mercedes iguais à minha, que saem e entram a toda hora pelo portão blindado de minha *villa*, escoltadas por motociclistas de minha guarda pessoal, levando a bordo uma sombra embuçada, vestida de negro, que tanto poderia ser a minha como a de qualquer dublê. As empresas a que presido consistem em siglas por trás das quais não existe nada e que estão sediadas em salas vazias e permutáveis; assim, minhas reuniões de negócios podem ocorrer em locais sempre diferentes, que todas as vezes, para maior segurança, mando trocar no último instante. Problemas mais delicados comporta a relação extraconjugal que mantenho com uma dama divorciada de vinte e nove anos, chamada Lorna, a quem dedico dois e até três encontros semanais de duas horas e quarenta e cinco minutos. Para proteger Lorna, eu precisava tornar impossível sua localização, e o sistema ao qual recorri foi ostentar uma multiplicidade de ligações amorosas simultâneas, de modo que não se pudesse saber quais são minhas amantes fictícias e qual a verdadeira. Todo dia, um de meus sósias e eu chegamos em horários sempre diferentes a diversos *pied--à-terre* espalhados por toda a cidade e habitados por mulheres de aspecto atraente. Essa rede de falsas amantes me permite esconder os verdadeiros encontros com Lorna também a minha mulher, Elfrida, à qual apresentei essa encenação alegando tratar-se de mais uma medida de segurança. No que se refere a Elfrida, eu a aconselhei a que desse máxima publicidade a suas movimentações, com o objetivo de frustar eventuais planos criminosos, mas ela não se mostrou disposta a atender-me. Elfrida sempre teve tendência a ocultar-se, motivo pelo qual evita os espelhos de minha coleção como se temesse ver sua própria imagem ser despedaçada e destruída por eles, atitude cujas motivações profundas me escapam e que muito me contraria.

    Gostaria que todos os detalhes que escrevo concorressem para evocar não só um mecanismo muitíssimo preciso, mas também, e ao mesmo tempo, uma sequência de deslumbramentos que remetam a algo que permanece fora do alcance da vista. Por isso, não posso esquecer de inserir de vez em quando, nos pontos onde a história se torna mais densa, algumas citações de textos antigos, por exemplo uma passagem do *De magia naturale*, de Giovanni Battista della Porta, no qual ele diz que o mago, ou seja, o "ministro da Natureza", deve (cito da tradução italiana de Pompeo Sarnelli, 1577) saber "as razões pelas quais os olhos são enganados pelas imagens que se formam sob a água e nos espelhos feitos de diversas formas, os quais, algumas vezes, projetam imagens de outros espelhos pendentes no ar, de modo que se podem ver claramente as coisas que acontecem em lugares distantes".

Depressa percebi que a incerteza criada pelas idas e vindas de carros idênticos não bastaria para afastar o perigo de uma emboscada criminosa; pensei então em aplicar o poder multiplicador dos mecanismos catóptricos aos próprios bandidos, organizando emboscadas falsas e sequestros forjados à custa de um falso eu, seguidos de falsas libertações após o pagamento de falsos resgates. Tive, por isso, de assumir a tarefa de montar uma organização criminosa paralela e manter contatos cada vez mais estreitos com o mundo dos marginais. Assim, cheguei a dispor de grande número de informações sobre os verdadeiros sequestros em preparação, o que me permitiu intervir a tempo, fosse para proteger-me, fosse para aproveitar-me das desgraças de meus adversários nos negócios.

Nesta altura, a narrativa poderia lembrar que, entre as virtudes dos espelhos sobre as quais tratam os livros antigos, inclui-se a de mostrar coisas distantes e ocultas. Os geógrafos árabes da Idade Média, em suas descrições do porto de Alexandria, mencionam a coluna que se ergue na ilha de Faros, coroada por um espelho de aço no qual se viam a longa distância os navios avançarem de Chipre, de Constantinopla e de todas as terras dos romanos. Concentrando os raios, os espelhos curvos podem captar uma imagem do todo. "O próprio Deus, que não pode ser visto nem em corpo nem em alma", escreve Porfírio, "deixa-se contemplar num espelho." Junto com a irradiação centrífuga que projeta minha imagem ao longo de todas as dimensões do espaço, eu gostaria que estas páginas reproduzissem também o movimento oposto, pelo qual me chegam dos espelhos as imagens que o olho nu não consegue abraçar. De espelho em espelho — acontece-me às vezes sonhar — a totalidade das coisas, o universo inteiro, a sapiência divina poderiam concentrar enfim seus raios luminosos num único. Ou talvez o conhecimento do todo esteja sepultado na alma e um sistema de espelhos que multiplicasse minha imagem até o infinito e restituísse sua essência numa imagem única me revelasse a alma do todo que se esconde na minha.

Seria este, e não outro, o poder dos espelhos mágicos de que tanto se fala nos tratados de ciências ocultas e nos anátemas dos inquisidores: o poder de obrigar o deus das trevas a manifestar-se e a conjuminar sua imagem com aquela que se reflete no espelho. Assim, eu precisava estender minha coleção a um novo setor: os antiquários e as casas de leilão do mundo inteiro foram advertidos para colocar-me à disposição os raríssimos exemplares de espelhos da Renascença que, pela forma ou pela tradição escrita, pudessem ser classificados como mágicos.

Aquele era um jogo difícil, em que cada erro podia custar-me muito caro. O primeiro movimento em falso foi ter convencido meus rivais a associarem-se a mim para fundar uma seguradora contra os sequestros. Confiante em minha rede de informantes entre os marginais, acreditei que poderia controlar todas as eventualidades. Não demorei a descobrir que meus sócios mantinham com as quadrilhas de sequestradores um relacionamento mais estreito que o meu. O resgate pedido para o próximo sequestro seria o capital inteiro da seguradora; ele depois viria a ser dividido entre a organização criminosa e seus cúmplices, os acionistas da seguradora, tudo isso à custa do sequestrado, naturalmente. Com relação à identidade da vítima, não havia dúvida: era eu.

O plano da emboscada previa que entre as motos Honda que me escoltavam e o automóvel blindado em que eu viajava se introduziriam três motos Yamaha conduzidas por falsos policiais, que freariam bruscamente antes da curva. Segundo meu contragolpe, três motos Suzuki deveriam bloquear minha Mercedes quinhentos metros antes, simulando um sequestro. Quando vi meu carro acuado por três motos Kawasaki num cruzamento que precedia os outros dois, compreendi que meu contragolpe fora posto em xeque por um contracontragolpe cujo autor eu desconhecia.

Como num caleidoscópio, as hipóteses que eu gostaria de registrar nestas linhas se refratam e divergem, tal qual o mapa da cidade segmentou-se diante de meus olhos quando eu o decompus trecho por trecho para localizar o cruzamento onde, segundo meus informantes, seria montada a cilada contra mim e para definir o ponto em que eu poderia ganhar tempo e reverter a situação em meu benefício. Tudo já me parecia seguro, o espelho mágico canalizava todos os poderes maléficos e os colocava a meu serviço. Eu não previra um terceiro plano de sequestro preparado por desconhecidos. Mas quem?

Para minha grande surpresa, os sequestradores, em vez de terem me conduzido a um esconderijo secreto, levaram-me para minha casa e me trancaram na câmara catóptrica que eu tão cuidadosamente reconstruíra com base nos projetos de Athanasius Kircher. As paredes espelhadas devolviam minha imagem infinitas vezes. Teria eu sido sequestrado por mim mesmo? Uma das imagens minhas que eu projetara para o mundo teria tomado meu lugar e me relegara ao papel de imagem refletida? Teria eu evocado o Senhor das Trevas e este agora se apresentava diante de mim sob minhas próprias feições?

No chão de espelhos jaz, amarrado, um corpo de mulher. É Lorna. Ao fazer o menor movimento, sua carne nua se multiplica em imagens por todos os espelhos. Lanço-me sobre ela, para livrá-la das cordas e da mordaça, para abraçá-la, mas ela se volta contra mim, furiosa:

— Você acha que me tem nas mãos? Pois se engana! — diz, e aí enfia as unhas em meu rosto. Seria ela prisioneira juntamente comigo? Seria ela minha prisioneira? Ou seria ela minha prisão?

Nesse meio-tempo, uma porta se abre. Elfrida entra.

— Eu sabia do perigo que o ameaçava e consegui salvá--lo — diz. — O método talvez tenha sido um tanto brutal, mas não tive escolha. Agora, porém, não encontro mais a porta desta jaula de espelhos. Diga-me depressa: como faço para sair?

Um olho e uma sobrancelha de Elfrida, uma perna metida na bota justa, o canto de sua boca de lábios finos e dentes demasiado brancos, a mão cheia de anéis que segura um revólver se reproduzem agigantados nos espelhos, e entre esses fragmentos despedaçados de sua imagem se interpõem retalhos da pele de Lorna, como se fossem paisagens feitas de carne. Já não consigo mais distinguir uma da outra, estou perdido, pareço ter perdido a mim mesmo, já não consigo ver meu reflexo, somente o delas. Num texto de Novalis, um iniciado que conseguiu alcançar a morada secreta de Ísis ergue o véu da deusa... Parece-me agora que tudo aquilo que me circunda é parte de mim, que enfim consegui tornar-me o todo...

CAPÍTULO 8

Do diário de Silas Flannery

Numa espreguiçadeira, no terraço de um chalé, no fundo de um vale, há uma mulher que lê. Todos os dias antes de começar a trabalhar, fico algum tempo olhando-a pela luneta. Nesse ar leve e transparente, eu julgo colher em sua figura imóvel os sinais desse movimento invisível que é a leitura, o correr do olhar e da respiração e, mais ainda, o percurso das palavras através de sua pessoa, o fluxo e as interrupções, os impulsos, as hesitações, as pausas, a atenção que se concentra ou se dispersa, os retrocessos, essa trajetória que parece uniforme, mas que é sempre mutante e acidentada.

Há quantos anos não me concedo uma leitura desinteressada? Há quantos anos não consigo abandonar-me a um livro escrito por outros sem nenhuma relação com o que eu mesmo preciso escrever? Viro-me e vejo a escrivaninha que me espera, a folha no carro da máquina de escrever, o capítulo a ser iniciado. Desde que me tornei escravo da escrita, o prazer da leitura se acabou para mim. Tudo o que faço tem por finalidade o estado de ânimo dessa mulher estendida na espreguiçadeira, que enquadro na lente de minha luneta, e esse estado de ânimo me é proibido.

Todos os dias, antes de mergulhar no trabalho, olho a mulher na espreguiçadeira; digo a mim mesmo que o resultado do esforço antinatural a que me submeto quando escrevo deve ser a respiração dessa leitora, a transformação da leitura em processo orgânico, a corrente que conduz as frases para a atenção dela como se para um filtro, no qual se detêm por um instante, absorvidas pelos circuitos de sua mente, para depois desaparecerem, transformando-se nos fantasmas interiores da leitora, no que ela tem de mais pessoal e incomunicável.

Às vezes sou tomado por um desejo absurdo: que a frase que estou a ponto de escrever seja a mesma que a mulher está lendo naquele exato momento. A ideia tanto me sugestiona que chego a convencer-me de que é verdadeira; escrevo a frase rapidamente, levanto-me, vou à janela, aponto a luneta para controlar o efeito de minha frase em seu olhar, na dobra de seus lábios, no cigarro que ela acende, nos movimentos de seu corpo na espreguiçadeira, nas pernas que se cruzam ou se distendem.

Às vezes me parece que a distância entre minha escrita e a leitura da jovem é intransponível, que qualquer coisa que eu escreva carrega a marca do artifício e da incongruência; se o que estou escrevendo surgisse sobre a superfície lisa da página que ela está lendo, pareceria o ruído de uma unha a raspar o vidro, e ela jogaria o livro longe, com um calafrio.

Às vezes me convenço de que a mulher está lendo meu *verdadeiro* livro, aquele que há tempos eu deveria escrever e que jamais conseguirei escrever, e que esse livro está lá, palavra por palavra — eu o vejo no fundo de minha luneta, mas não consigo ler o que está escrito, não posso saber aquilo que escreveu este eu que jamais consegui nem conseguirei ser. É inútil sentar de novo à escrivaninha, esforçar-me por adivinhar, por copiar esse meu verdadeiro livro que ela está lendo: qualquer coisa que eu escreva será falsa se comparada a meu livro verdadeiro, que ninguém exceto ela jamais lerá.

E se, assim como eu a observo enquanto lê, ela me mirasse com uma luneta enquanto escrevo? Sento à escrivaninha, de costas para a janela, e eis que sinto por trás de mim um olho que aspira o fluxo das frases, que conduz a narrativa em direções que me escapam. Os leitores são meus vampiros. Sinto uma multidão de leitores que olham por cima de meus ombros e se apropriam das palavras à medida que elas vão se depositando sobre a folha. Não sou capaz de escrever quando alguém me observa; sinto que aquilo que escrevo não me pertence mais. Gostaria de desaparecer, de entregar à expectativa ameaçadora desses olhos a folha posta na máquina, deixando no máximo meus dedos que batem nas teclas.

Como eu escreveria bem se não existisse! Se entre a folha branca e a efervescência das palavras e das histórias que tomam forma e se desvanecem sem que ninguém as escreva não se interpusesse o incômodo tabique que é minha pessoa! O estilo, o gosto, a filosofia, a subjetividade, a formação cultural, a experiência de vida, a psicologia, o talento, os truques do ofício: todos os elementos que tornam reconhecível como meu aquilo que escrevo me parecem uma jaula que limita minhas possibilidades. Se eu fosse apenas uma mão decepada que empunha a pena e escreve... Mas o que moveria essa mão? A multidão anônima? O espírito dos tempos? O inconsciente coletivo? Não sei. Não quereria anular a mim mesmo para tornar-me o porta-voz de alguma coisa definida. Só o faria para transmitir o escrevível que espera para ser escrito, o narrável que ninguém narra.

Talvez a mulher que observo pela luneta *saiba* o que eu deveria escrever; ou talvez *não o saiba*, porque espera de mim justamente que eu escreva aquilo que ela *não sabe*; tudo que ela sabe com certeza é sua espera, o vazio que minhas palavras deveriam preencher.

Às vezes penso no assunto do livro a ser escrito como algo que já existe: pensamentos já pensados, diálogos já proferidos, histórias já ocorridas, lugares e ambientes já vistos; o livro não deveria ser outra coisa senão o equivalente do mundo não escrito traduzido em escrita. Outras vezes, ao contrário, creio compreender que entre o livro a ser escrito e as coisas que já existem não pode haver mais que uma espécie de complementaridade: o livro deveria ser a contraparte escrita do mundo não escrito; sua matéria deveria ser aquilo que não existe nem poderia existir, exceto quando for escrito, e do qual se experimenta obscuramente a falta em sua própria incompletude.

Vejo que, de um modo ou de outro, continuo a girar em torno da ideia de uma interdependência entre o mundo não escrito e o livro que eu deveria escrever. É por isso que escrever representa para mim uma operação de tal peso que me esmaga. Ponho o olho na luneta e a aponto para a leitora. Entre seus olhos e a página, esvoaça uma borboleta branca. Seja o que for que ela esteja lendo, certamente a borboleta lhe capturou a atenção. O mundo não escrito culmina naquela borboleta. O resultado que tenho de esperar é algo de preciso, íntimo, leve.

Olhando a mulher em sua espreguiçadeira, vinha-me a necessidade de escrever "com base no verdadeiro", isto é, escrever não a mulher, mas sua leitura, escrever qualquer coisa, mas considerando que esse algo precisa passar pela leitura que essa mulher faz.

Agora, observando a borboleta que pousa sobre meu livro, gostaria de escrever "com base no verdadeiro", tendo em mente a borboleta. Relatar, por exemplo, um crime que, embora atroz, "assemelhe-se" de algum modo à borboleta, que seja leve e sutil como uma borboleta.

Poderia também descrever a borboleta, mas tendo em mente o crime, de modo que a borboleta se converta em algo terrificante, espantoso.

* * *

Projeto de história. Dois escritores, habitantes de dois chalés situados em vertentes opostas de um mesmo vale, observam-se reciprocamente. Um deles costuma escrever de manhã, o outro, de tarde. De manhã e de tarde, o escritor que não está escrevendo aponta sua luneta para o outro que escreve.

Um deles é um escritor produtivo, o outro, um escritor atormentado. O escritor atormentado observa o escritor produtivo encher de linhas uniformes as páginas e fazer crescer a pilha de folhas bem-arrumadas. Dentro em pouco, o livro estará concluído: certamente um novo romance de sucesso — é o que pensa o escritor atormentado, com uma ponta de desdém, mas também com inveja. Ele considera o escritor produtivo nada mais que um hábil artesão, capaz de confeccionar em série romances que atendem ao gosto do público; mas não consegue reprimir um forte sentimento de inveja por um homem que se exprime com tão metódica segurança. Não é apenas inveja o que sente, é também admiração, sim, admiração sincera: no modo com que aquele homem põe todas as suas energias no escrever, há certamente uma generosidade, uma confiança no ato de comunicar, de dar aos outros aquilo que esperam dele, sem interpor problemas de consciência. O escritor atormentado pagaria muito para parecer-se com o escritor produtivo; gostaria de tomá-lo por modelo; doravante sua maior aspiração é tornar-se igual a ele.

O escritor produtivo observa o escritor atormentado enquanto este se acomoda à escrivaninha, rói as unhas, tem comichões, arranca uma folha, levanta-se para ir à cozinha fazer café, depois chá preto, depois chá de camomila, lê um poema de Hölderlin (embora esteja claro que Hölderlin não tem nada a ver com o que ele está escrevendo), torna a copiar uma página já escrita e depois a risca linha por linha, telefona para a lavanderia (mesmo já sabendo que as calças azuis não ficariam prontas antes de quinta-feira), toma algumas notas que não serão úteis agora, talvez só mais tarde, vai consultar a enciclopédia no verbete "Tasmânia" (sendo óbvio que naquilo que escreve não há nenhuma alusão à Tasmânia), rasga duas folhas, põe na vitrola um disco de Ravel. O escritor produtivo jamais gostou das obras do escritor atormentado; quando as lê, sempre lhe parece estar prestes a chegar ao ponto decisivo, mas depois esse ponto lhe escapa, e sobra apenas uma sensação de mal-estar. Mas, no momento em que o vê escrever, sente que esse homem se debate com algo de obscuro, um emaranhado, um caminho a ser aberto que ele não sabe aonde conduz; às vezes, parece-lhe que o vê caminhar sobre uma corda suspensa no vazio, e é tomado por um sentimento de admiração. Não só admiração: de inveja também, porque sente que seu trabalho é limitado e superficial se comparado ao que o escritor atormentado está procurando.

No terraço de um chalé, no fundo de um vale, uma jovem lê um livro enquanto toma sol. Os dois escritores a observam através da luneta. "Como está absorta, com o fôlego suspenso! Com que gesto febril vira as páginas!", pensa o escritor atormentado. "Certamente lê um romance de grande efeito, como aqueles do escritor produtivo!" "Como está absorta, quase transfigurada pela meditação, como se assistisse à revelação de um mistério!", pensa o escritor produtivo. "Certamente lê um livro repleto de significados ocultos, como aqueles do escritor atormentado!"

O maior desejo do escritor atormentado seria ser lido como lê aquela jovem mulher; põe-se a escrever um romance como o que pensa que o escritor produtivo escreveria. Entretanto, o maior desejo do escritor produtivo seria ser lido como lê aquela mulher; põe-se a escrever um romance como o que pensa que o escritor atormentado escreveria.

Os dois escritores, primeiro um e depois o outro, abordam a jovem, e ambos lhe dizem que desejam que ela leia os romances que acabaram de escrever.

A mulher recebe os dois manuscritos. Alguns dias depois ela convida os autores a irem a sua casa, juntos, para grande surpresa deles.

— Mas que brincadeira é esta? — diz ela. — Os senhores me deram duas cópias do mesmo romance!

Ou então:

A mulher confunde os dois manuscritos. Devolve ao produtivo o romance que o atormentado escrevera à maneira do produtivo, e devolve ao atormentado o romance que o produtivo escrevera à maneira do atormentado. Ambos, ao verem-se plagiados, têm uma reação violenta e reencontram sua própria maneira de escrever.

Ou então:

Uma rajada de vento mistura as páginas dos dois manuscritos. A leitora tenta reorganizá-los. Daí resulta um único e belíssimo romance, que os críticos não sabem a quem atribuir. É o romance que ambos os escritores sempre sonharam escrever.

Ou então:

A mulher sempre fora uma leitora apaixonada do escritor produtivo e detestava o escritor atormentado. Lendo o novo romance do escritor produtivo, constata que é fajuto e compreende que tudo que ele escrevera antes também o era; então, lembrando-se das obras do escritor atormentado, considera-as naquele momento extraordinárias e se apressa a ler o novo romance dele. Mas o que encontra é algo completamente diferente daquilo que esperava, e ela manda ao diabo também o atormentado.

Ou então:

Idem, substituindo "produtivo" por "atormentado" e "atormentado" por "produtivo".

Ou então:

A jovem mulher era apaixonada etc. etc. pelo produtivo e detestava o atormentado. Ao ler o novo romance do produtivo, não se dá conta de que alguma coisa mudou; gosta do livro, sem maior entusiasmo. Quanto ao manuscrito do atormentado, ela o considera insípido, como tudo o mais que vem desse autor. Responde aos dois escritores com frases genéricas. Ambos se convencem de que não é uma leitora muito atenta e se desinteressam dela.

Ou então:

Idem, substituindo-se os etc.

Li num livro que a objetividade do pensamento pode ser expressa usando-se o verbo "pensar" na terceira pessoa impessoal: em vez de dizer "eu penso", diz-se "pensa" como se diz "chove". Existe pensamento no universo, e é dessa constatação que sempre devemos partir.

Poderei algum dia dizer "hoje escreve" assim como se diz "hoje chove", "hoje venta"? Apenas quando me for natural utilizar o verbo "escrever" no impessoal poderei esperar que através de mim se exprima algo menos limitado que a individualidade de uma única pessoa.

E para o verbo "ler"? Seria possível dizer "hoje lê" como se diz "hoje chove"? Pensando bem, a leitura é um ato necessariamente individual, muito mais que escrever. Supondo-se que a escrita consiga superar a limitação do autor, ela continuará a ter sentido só quando for lida por uma única pessoa e passar pelos circuitos mentais dessa pessoa. Só a possibilidade de ser lido por determinado indivíduo prova que o que está escrito participa do poder da escrita, um poder fundado sobre algo que ultrapassa o indivíduo. O universo se expressará a si mesmo na medida em que alguém puder dizer: "Leio, logo escreve".

É essa a beatitude especial que vejo aflorar na fisionomia da leitora e que a mim é negada.

Na parede diante de minha mesa está pendurado um pôster com que me presentearam. O cachorrinho Snoopy está sentado diante da máquina de escrever, e no balão se lê: "Era uma noite escura e tempestuosa...". Toda vez que sento aqui, leio "Era uma noite escura e tempestuosa...", e a impessoalidade desse *incipit* parece abrir-me a passagem de um mundo a outro, a passagem do tempo e espaço do aqui e agora ao tempo e espaço da página escrita; sinto a exaltação de um início ao qual poderão seguir-se desdobramentos múltiplos e inesgotáveis; convenço-me de que não há nada melhor que uma abertura convencional, nada melhor que uma abertura da qual se possa esperar tudo e não se possa esperar nada; sei também que esse cachorrinho mitômano nunca conseguirá acrescentar a essas seis primeiras palavras outras seis, ou doze, sem quebrar o encanto. A facilidade de acesso a outro mundo é uma ilusão. As pessoas se lançam a escrever porque antecipam a felicidade de uma leitura futura, e o vazio se abre na próxima página em branco.

Desde que tenho esse pôster diante dos olhos, não consigo mais terminar nem uma página. É preciso arrancar o mais depressa possível esse maldito Snoopy da parede; entretanto, não me decido; esse cachorro imbecil se tornou para mim um emblema de minha condição, uma advertência, um desafio.

A fascinação romanesca, tal como se dá em estado puro nas primeiras frases do primeiro capítulo de tantos romances, não tarda a perder-se na sequência da narrativa: é a promessa de um tempo de leitura que se estende diante de nós e que pode recolher todas as possibilidades de desdobramento. Eu gostaria de poder escrever um livro que não fosse mais que um *incipit*, que conservasse em toda a sua duração as potencialidades do início, uma expectativa ainda sem objeto. Mas como se poderia construir tal livro? Deveria ele interromper-se após o primeiro parágrafo? Prolongar indefinidamente as preliminares? Encadear uns aos outros os inícios de narração, como nas *Mil e uma noites*?

Hoje vou copiar as primeiras frases de um romance famoso, para ver se a carga de energia contida naquele início se comunica a minha mão, a qual, uma vez recebido o impulso certo, deveria correr por conta própria.

Num final de tarde extremamente quente do início de julho, um rapaz saiu da água-furtada que alugava na travessa S. e lentamente, como se estivesse indeciso, dirigiu-se à ponte K.

Vou copiar também o segundo parágrafo, indispensável para que o fluxo da leitura se apodere de mim:

Teve a felicidade de não deparar com a senhoria na escada. A água-furtada onde morava ficava precisamente debaixo do telhado de uma casa de cinco andares e parecia mais um armário que um quarto. E assim por diante até: *Devia bastante à senhoria e tinha medo de encontrá-la.*

Nesse ponto, fico de tal modo arrebatado pela frase seguinte que não posso deixar de copiá-la: *E isso não porque fosse covarde e tímido, muito pelo contrário; mas já fazia algum tempo que ele se encontrava num estado de irritabilidade semelhante à hipocondria.* Já que estou nesse ponto, poderia continuar pelo parágrafo inteiro, ou mesmo por algumas páginas, até que o protagonista se apresente à velha usurária. *"Raskolnikov, estudante; já estive aqui o ano passado", apressou-se o rapaz a murmurar, fazendo meia reverência, pois se lembrou de que era preciso ser mais delicado.*

Detenho-me antes de sucumbir à tentação de copiar todo o *Crime e castigo*. Por um instante, pensei compreender qual deve ser o sentido e o encanto de uma vocação até agora inconcebível para mim: a de copista. O copista vivia simultaneamente em duas dimensões temporais, a da leitura e a da escrita; podia escrever sem a angústia do vazio que se abre diante da pena; ler sem a angústia de que seu próprio ato não se concretize em algum objeto material.

Um homem, que afirma ser meu tradutor, veio procurar-me; desejava avisar-me de uma fraude que prejudica a mim e a ele: a publicação de traduções não autorizadas de meus livros. Mostrou-me um volume que folheei sem ter depreendido grande coisa: estava escrito em japonês, as únicas palavras em alfabeto latino eram meu nome e sobrenome no frontispício.

— Não consigo sequer saber de qual livro meu se trata — disse-lhe, devolvendo o volume. — Infelizmente, não sei japonês.

— Mesmo que conhecesse o idioma, não reconheceria o livro — disse-me o visitante. — Trata-se de um livro que o senhor nunca escreveu.

Explicou-me que a grande habilidade dos japoneses em fabricar equivalentes perfeitos dos produtos ocidentais estendia-se à literatura. Uma empresa de Osaka conseguiu apropriar-se da fórmula dos romances de Silas Flannery e chegou a produzir textos absolutamente inéditos, de primeira qualidade, a ponto de ter invadido o mercado mundial. Uma vez retraduzidos em inglês (ou melhor, traduzidos para o inglês, do qual fingiam ser traduzidos), nenhum crítico saberia distingui-los dos Flannery verdadeiros.

A notícia dessa fraude diabólica me desconcertou; não se tratava apenas da raiva, perfeitamente compreensível, pelos danos morais e financeiros; fui tomado também de uma atração inquieta por essas contrafações, esses enxertos de mim mesmo que brotam nos solos férteis de outra civilização. Imagino um velho japonês de quimono que passa sob uma ponte em arco: é meu eu nipônico, imaginando uma de minhas histórias, em vias de identificar-se comigo ao cabo de um itinerário espiritual que me é completamente estranho. Em razão disso, os falsos Flannery produzidos em série poderiam não ser meras contrafações, mas também conter uma sabedoria refinada e secreta da qual os Flannery autênticos estariam totalmente desprovidos.

Encontrando-me diante de um estranho, tive, naturalmente, de esconder a ambiguidade de minhas reações e mostrar-me interessado apenas em recolher os dados necessários para abrir processo contra esses fraudadores.

— Moverei processos contra os falsários e contra todas as pessoas que colaboram na difusão de livros falsificados! — eu disse, encarando deliberadamente o tradutor, pois me veio a suspeita de que aquele jovem não fosse alheio àquele negócio suspeito. Disse chamar-se Ermes Marana, nome que eu nunca ouvira. Tem a cabeça oblonga, no sentido horizontal, como um dirigível, e parece esconder muitas coisas por trás da convexidade de sua testa.

Perguntei-lhe onde morava.

— No momento, no Japão — respondeu.

Declarou-se indignado com o fato de que alguém pudesse fazer mau uso de meu nome e se mostrou pronto a ajudar-me a pôr fim à fraude, mas acrescentou que, afinal, não havia motivo para escandalizar-se, pois, segundo ele, a literatura vale por seu poder de mistificação e só na mistificação encontra sua verdade; assim, um produto falso, como mistificação de uma mistificação, equivale a uma verdade elevada à segunda potência.

Marana prosseguiu expondo suas teorias, segundo as quais o autor de cada livro não é mais que uma personagem fictícia que o autor real inventa transformar em autor de suas ficções. Concordo com muitas de suas afirmações, mas me contive para não deixar transparecer. Ele me disse que duas razões, sobretudo, o fizeram interessar-se por mim: primeiro, sou um autor falsificável; segundo, acha que tenho os dons necessários para ser um grande falsificador, para criar obras apócrifas perfeitas. Eu poderia, portanto, encarnar o que para ele era o autor ideal, isto é, o autor que se dissolve na nuvem das ficções que recobre o mundo com seu invólucro espesso. E, dado que para ele o artifício é a verdadeira substância do todo, um autor capaz de inventar um sistema perfeito de artifícios conseguiria identificar-se com o todo.

Não consigo deixar de pensar em minha conversa de ontem com Marana. Também eu gostaria de apagar-me e encontrar para cada livro um outro eu, uma outra voz, um outro nome — renascer; mas meu objetivo seria captar no livro o mundo ilegível, sem centro, sem eu.

Pensando bem, esse escritor total poderia ser uma pessoa muito modesta, aquilo que nos Estados Unidos chamam ghost-writer, um escritor-fantasma, um profissional de reconhecida utilidade, embora sem grande prestígio: o redator anônimo que dá forma de livro àquilo que outras pessoas têm para contar, mas que elas não sabem ou não dispõem de tempo para escrever; a mão escritora que dá palavra a existências demasiado ocupadas em existir. Talvez minha verdadeira vocação fosse essa e eu a tenha frustrado. Teria podido multiplicar meus eus, anexar a mim os eus alheios, simular toda espécie de eus opostos entre si ou opostos a mim mesmo.

Mas, se uma verdade individual é tudo que um livro pode encerrar, resta-me aceitar escrever a minha. O livro de minhas memórias? Não; se a memória é verdadeira, ela assim o é enquanto não for fixada, enquanto não for encerrada numa forma. O livro de meus desejos? Também estes só são verdadeiros quando seu impulso atua independentemente de minha vontade consciente. A única verdade que posso escrever é a do instante que vivo. Talvez o verdadeiro livro seja este diário no qual tento registrar a imagem da mulher na espreguiçadeira, em diferentes horas do dia, assim como a observo com as várias incidências da luz.

Por que não reconhecer que minha insatisfação revela uma ambição desmedida, talvez um delírio megalômano? Ao escritor que deseja anular-se para dar a palavra ao que está fora dele, existem dois caminhos: ou escrever um livro que possa ser o único livro, capaz de esgotar o todo em suas páginas; ou escrever todos os livros e perseguir o todo por meio de imagens parciais. O livro único, que contém o todo, só poderia ser o texto sagrado, a palavra totalmente revelada. Mas não creio que a totalidade possa estar contida na linguagem; meu problema é aquilo que fica de fora, o não escrito, o não escrevível. Não me resta outra saída senão escrever todos os livros, escrever os livros de todos os autores possíveis.

Se penso que devo escrever *um* livro, todos os problemas de como esse livro deve ser e como não deve ser me bloqueiam e me impedem de ir adiante. Se, ao contrário, penso que estou escrevendo uma biblioteca inteira, sinto-me imediatamente aliviado: sei que qualquer coisa que eu escreva será integrada, contradita, equilibrada, amplificada, sepultada nas centenas de volumes que me resta escrever.

O texto sagrado de que melhor se conhecem as condições em que foi escrito é o Corão. Entre a totalidade e o texto, os intermediários eram pelo menos dois: Maomé escutava a palavra de Alá e a ditava a seus escribas. Um dia — contam os biógrafos do Profeta — Maomé ditava ao escriba Abdullah quando interrompeu a frase no meio. O escriba, instintivamente, sugeriu-lhe a conclusão. Distraído, o Profeta aceitou como palavra divina o que dissera Abdullah. Esse fato escandalizou o escriba, que abandonou o Profeta e perdeu a fé.

Ele estava enganado. A organização da frase era, definitivamente, uma responsabilidade que lhe cabia; era incumbência sua controlar a coerência interna da língua escrita, da gramática e da sintaxe, para aí acolher a fluidez de um pensamento que se escoa exteriormente a todo e qualquer idioma antes de fazer-se palavra, mais ainda no caso de uma palavra sobremodo fluida como a de um profeta. A partir do momento em que decidira exprimir-se num texto escrito, Alá precisava da colaboração de um escriba. Maomé o sabia e deixava ao escriba o privilégio de arrematar as frases; Abdullah, porém, não tinha consciência do poder de que estava investido. Perdeu a fé em Alá porque lhe faltava a fé na escrita e a fé em si mesmo como operador da escrita.

Se a um infiel fosse permitido inventar variantes para as lendas sobre o Profeta, eu proporia esta: Abdullah perde a fé porque lhe escapara um erro enquanto redigia o ditado e porque Maomé, embora o tenha notado, decide não corrigi-lo, preferindo a versão equivocada. Também nesse caso, Abdullah teria errado em escandalizar-se. É na página, e não antes, que a palavra — até mesmo a palavra do arrebatamento profético — torna-se definitiva, isto é, transforma-se em escritura. É só pela limitação do ato da escrita que a imensidade do não escrito se torna legível, ou seja, pelas incertezas da ortografia, pelos equívocos, pelos lapsos, pelos saltos incontroláveis da palavra e da pena. Por outro lado, o que está fora de nós não pretende comunicar-se pela palavra, quer falada, quer escrita: ele envia suas mensagens por outros meios.

Eis que a borboleta branca atravessou todo o vale e voou do livro da leitora para vir pousar na folha que estou escrevendo.

Pessoas estranhas circulam por este vale: agentes literários que esperam meu novo romance, pelo qual já receberam adiantamentos dos editores do mundo inteiro; agentes publicitários que desejam que minhas personagens vistam certas roupas e bebam certos sucos de fruta; programadores que pretendem terminar com o auxílio de um computador meus romances inacabados. Tento sair o menos possível; evito o vilarejo; se quero passear, pego as trilhas da montanha.

Encontrei hoje uma comitiva de rapazes com aspecto de escoteiros, algo entre exaltados e meticulosos, que esticavam pedaços de tecido sobre a relva, formando figuras geométricas.

— Sinais para aviões? — perguntei.
— Para discos voadores — responderam. — Somos observadores de objetos não identificados. Este é um local de passagem, uma espécie de via aérea muito frequentada nos últimos tempos. Imagina-se que seja porque um escritor mora por aqui e os habitantes de outros planetas querem utilizar-se dele para estabelecer comunicação.
— O que os faz acreditar nisso?
— O fato de que há algum tempo esse escritor está em crise e não consegue mais escrever. Os jornais querem saber a razão. Segundo nossos cálculos, habitantes de outros mundos talvez o estejam mantendo inativo para que se despoje dos condicionamentos terrestres e se torne receptivo.
— Mas por que justamente ele?
— Os extraterrestres não podem dizer as coisas diretamente. Precisam exprimir-se de modo indireto, figurado; por exemplo, mediante histórias que provoquem emoções insólitas. Esse escritor, ao que parece, tem boa técnica e certa elasticidade de ideias.
— Mas vocês leram os livros dele?
— O que ele escreveu até agora não interessa. No livro que escreverá quando sair da crise é que poderá haver uma comunicação cósmica.
— Transmitida como?
— Mentalmente. Ele não deverá sequer dar-se conta disso. Acreditará que escreve por inspiração própria; mas, ao contrário, uma mensagem vinda do espaço, em ondas captadas por seu cérebro, se infiltrará no que ele escreve.
— E vocês conseguiriam decodificar a mensagem?
Não me responderam.

Ao pensar que a expectativa interplanetária desses jovens será frustrada, sinto certo desgosto. No fundo, eu poderia muito bem insinuar em meu próximo livro algo que possa parecer-

-lhes a revelação de uma verdade cósmica. Por enquanto, não tenho ideia do que poderia inventar, mas, se eu começar a escrever, alguma ideia me virá.

E se as coisas fossem como eles dizem? Se, quando acreditasse estar escrevendo uma ficção, estivesse na verdade escrevendo algo ditado pelos extraterrestres?

É inútil esperar uma revelação do espaço sideral; meu romance não progride. Se, de um momento para outro, eu recomeçasse a encher folhas e mais folhas, isso seria o sinal de que a galáxia direciona para mim suas mensagens.

Mas a única coisa que consigo escrever é este diário, a contemplação de uma jovem mulher que lê um livro que eu não conheço. A mensagem extraterrestre estará contida em meu diário? Ou em seu livro?

Recebi a visita de uma moça que está escrevendo uma tese sobre meus romances para um grupo de estudos universitários muito importante. Vejo que minha obra lhe serve perfeitamente para demonstrar suas teorias, o que decerto é um fato positivo, para meus romances ou para as teorias, não sei. Sua conversa, muito bem fundamentada, passa-me a impressão de que se trata de um trabalho conduzido com seriedade; mas meus livros, quando vistos pelos olhos dessa moça, são para mim irreconhecíveis. Não ponho em dúvida que essa Lotaria (assim se chama) os tenha lido conscienciosamente, mas creio que os leu apenas para encontrar neles o que já estava convencida de achar ali antes de tê-los lido.

Tentei dizer-lhe isso. Ela rebateu, um pouco ressentida:

— Por quê? O senhor gostaria que eu lesse em seus livros somente aquilo de que está convencido?

Respondi:

— Não é isso. Espero que meus leitores leiam em meus livros algo que eu não sabia, mas só posso esperar isso daqueles que esperam ler algo que eles não sabiam.

(Por sorte, posso olhar com a luneta aquela outra mulher que lê e convencer-me de que nem todos os leitores são como essa Lotaria.)

— O que o senhor deseja é uma forma de ler passiva, evasiva e regressiva — disse-me Lotaria. — Minha irmã lê assim. E foi vendo-a devorar os romances de Silas Flannery, um após o outro, sem propor nenhum questionamento, que me veio a ideia de tomá-los como tema de minha tese. Se lhe interessa saber, senhor Flannery, foi por isto que li suas obras: para demonstrar a minha irmã Ludmilla como é que se lê um autor. Mesmo quando se trata de Silas Flannery.

— Grato pelo "mesmo quando se trata". Mas por que não veio com sua irmã?

— Ludmilla afirma que é melhor não conhecer o autor pessoalmente, pois sua pessoa real nunca corresponde à imagem que se faz dele ao ler os livros.

Creio que essa Ludmilla bem poderia ser minha leitora ideal.

Ontem à noite, ao entrar em meu escritório, vi a sombra de um desconhecido que fugia pela janela. Tratei de segui-lo, mas perdi sua pista. Com frequência, parece-me perceber pessoas escondidas nas moitas ao redor da casa, sobretudo à noite.

Embora eu saia de casa o menos possível, tenho a impressão de que alguém mexe em meus papéis. Mais de uma vez descobri que algumas folhas de meus manuscritos tinham sumido. Dias depois, eu reencontrava as folhas no lugar em que as deixara. Frequentemente, porém, acontece-me não mais reconhecer meus manuscritos, como se tivesse esquecido o que escrevi ou como se de um dia para o outro eu tivesse mudado a ponto de não reconhecer-me no eu da véspera.

Perguntei a Lotaria se já lera algum dos livros que eu lhe emprestei. Respondeu que não, pois aqui ela não dispõe de computador.
Explicou-me que um computador devidamente programado pode ler um romance em poucos minutos e fazer uma lista de todos os vocábulos contidos no texto, por ordem de frequência.
— Assim, posso de imediato dispor de uma leitura completamente acabada — disse-me Lotaria —, com inestimável economia de tempo. O que é de fato a leitura de um texto senão o registro de certas recorrências temáticas, certas insistências de formas e significados? A leitura eletrônica me fornece uma lista das frequências, o que me basta para ter uma ideia dos problemas que o livro propõe a meu estudo crítico. Naturalmente, as frequências mais altas são as registradas pelas listas de artigos, pronomes, partículas; mas não é nisso que detenho minha atenção. Concentro-me logo nas palavras mais ricas de significado, aquelas que podem dar uma imagem bastante precisa do livro.
Lotaria me trouxe alguns romances transcritos eletronicamente na forma de listas de vocábulos por ordem de frequência.
— Num romance que tenha entre cinquenta mil e cem mil palavras — diz-me —, eu o aconselharia a deter-se inicialmente nos vocábulos que reapareçam umas vinte vezes. Veja só. Palavras que se repetem dezenove vezes:
... aranha, cinturão, comandante, dentes, faz, juntos, logo, responde, sangue, sentinela, lhe, têm, tiros, tua, vida, visto.
... Palavras que se repetem dezoito vezes:
... aqueles, até, basta, batatas, belo, boné, comer, francês, morto, noite, novo, passa, ponto, rapazes, vem, vou.
... O senhor já não faz uma ideia bem clara do que trata o livro? — pergunta Lotaria. — Não há dúvida de que é um roman-

ce de guerra, cheio de ação, uma escrita seca com certa carga de violência. Uma narração toda na superfície, poderíamos dizer; mas, para ter certeza, é sempre bom fazer uma sondagem na lista das palavras que, embora só apareçam uma vez, nem por isso são menos importantes. Esta sequência, por exemplo:

... *subcapa, subchefe, subempregado, submeter, submundo, sub-reptício, subsolo, subterrâneo, subterrâneos, subtrair.*

... Não, na verdade não é um livro todo na superfície, ao contrário do que parecia a princípio. Deve haver algo escondido; com tais indícios já posso encaminhar minhas pesquisas.

Lotaria me mostra outra série de listas:

— Este aqui já é um romance muito diferente. Dá para ver logo. Veja as palavras que ocorrem cerca de cinquenta vezes:

... *marido, pouco, Ricardo, seu, tido* (51) *coisa, diante, estação, foi, respondeu, tem* (48), *apenas, câmera, Mario, qualquer, todos, vez* (47), *foi, manhã, parecia, qual* (46), *devia* (45), *até, mão, sinta, tivesse* (43), *anos, Cecina, Delia, é, mãos, moça, noite* (42), *homem, janela, podia, quase, sozinha, voltou* (41), *mim, queria* (40), *vida* (39).

... O que o senhor acha? Narração intimista, sentimentos sutis, mal esboçados, um cenário modesto, o dia a dia na província... Para comprovar, levantemos uma amostra de palavras que surgem só uma vez:

... *ajoelhar-se, aumentava, enciumar, enganada, engenheiro, engenhoso, engolia, engoliu, engordar, ingênuas, ingerida, injustiça, resfriado.*

... E assim já entendemos qual é a atmosfera, o estado de ânimo, o contexto social... Podemos passar a um terceiro livro:

... *cabelos, conta, corpo, Deus, dinheiro, foi, segundo, sobretudo, vezes* (39), *alguém, chuva, estar, farinha, noite, provisões, razão, Vincenzo, vinho* (38), *doce, morte, ovos, pernas, portanto, suas, verde* (36), *até, bom, branco, chefe, carro, crianças, está, fazem, fiquei, jornada, negros, peito, tecidos, teríamos* (35).

... Eu diria que estamos diante de uma história densa, sanguínea, toda sólida, meio brutal, com uma sensualidade direta, sem refinamentos, um erotismo popular. Passemos também aqui para a lista das palavras que aparecem só uma vez:

... *envergonhada, envergonhando-se, envergonhar, envergonhar--se, envergonharíamos, envergonhasse, envergonhe, envergonhei, envergonho, verduras, vergonhas, verificar-se, vermute, virgens.*

... Viu? Isso é sentimento de culpa, e dos bons! Um indício precioso: o levantamento crítico pode partir daí, propor suas hipóteses de trabalho... O que acha? Não é um sistema rápido e eficaz?

A ideia de que Lotaria leia meus livros desse modo me cria problemas. Agora, toda vez que escrevo uma palavra, já a vejo submetida à centrífuga do cérebro eletrônico, classificada por frequência ao lado de outras palavras que não sei quais possam ser, e pergunto a mim mesmo quantas vezes a utilizei, sinto a responsabilidade da escrita pesar toda sobre essas sílabas isoladas, tento imaginar as conclusões que se podem extrair do fato de que utilizei essa palavra uma ou cinquenta vezes. Talvez seja melhor apagá-la... Mas não me parece que qualquer outra palavra que eu use para substituí-la consiga resistir à prova... Talvez, em lugar de um livro, eu pudesse escrever listas de palavras, na ordem alfabética, uma cascata de palavras isoladas nas quais se exprimiria a verdade que ainda não conheço e com base nas quais o computador, revertendo seu próprio programa, obteria o livro, meu livro.

Apareceu a irmã dessa Lotaria que escreve uma tese sobre mim. Veio visitar-me sem ter-se anunciado, como se passasse aqui por acaso.

— Sou Ludmilla. Li todos os seus romances.

Tendo antes sabido que ela não queria conhecer pessoalmente os autores, surpreendi-me ao vê-la. Disse-me que a irmã tem uma visão sempre parcial das coisas; é por isso que, quando Lotaria lhe falou de nossos encontros, ela quis verificar pessoalmente, como se para assegurar-se de minha existência, uma vez que correspondo ao que ela considera o modelo ideal de escritor.

Esse modelo ideal consiste — para dizê-lo com as palavras dela — num autor que faz os livros "como uma aboboreira faz abóboras". Usou também outras metáforas de processos naturais que seguem imperturbavelmente seu curso: o vento que modela as montanhas, os sedimentos das marés, os anéis anuais dos troncos; mas essas eram metáforas da criação literária em geral, ao passo que a imagem da aboboreira se referia diretamente a mim.

— É com sua irmã que a senhorita tem problemas? — perguntei-lhe, percebendo em seu discurso uma entonação polêmica, como em quem está habituado a sustentar as próprias opiniões em oposição às dos outros.

— Não, com alguém que o senhor também conhece.

Sem maiores esforços, consegui esclarecer o que estava por trás de sua visita. Ludmilla é namorada, ou ex-namorada, daquele tradutor Marana, para quem a literatura mais valor terá quanto mais consistir em dispositivos engenhosos, num conjunto de engrenagens, de truques, de armadilhas.

— E, na opinião da senhorita, eu faço algo de diferente?

— Sempre achei que o senhor escreve como os animais que cavam tocas ou que constroem formigueiros e colmeias.

— Não tenho tanta certeza de que isso que diz me seja muito lisonjeiro — repliquei. — Enfim, agora que me conhece, espero que não tenha ficado decepcionada. Será que correspondo à imagem que a senhorita fazia de Silas Flannery?

— Não estou frustrada, ao contrário. Mas não porque o senhor corresponda a uma imagem. Antes, porque o senhor é uma pessoa absolutamente comum, tal como eu esperava.

— Meus romances lhe passam a ideia de uma pessoa comum?

— Não, veja só... Os romances de Silas Flannery são alguma coisa bem caracterizada... Tem-se a impressão de que já estavam ali, com todos os detalhes, antes mesmo que o senhor os tivesse escrito... Parece que passam através do senhor, que eles vêm servir-se do senhor, que sabe escrever, porque para que sejam escritos é preciso existir alguém que saiba fazer isso... Eu gostaria de poder observá-lo enquanto escreve, para verificar se é realmente assim.

Sinto uma pontada dolorosa. Para essa mulher eu não passo de uma energia gráfica impessoal, sempre pronta a transportar do não expresso ao escrito um mundo imaginário que existe independentemente de mim. Tomara que não descubra que não me resta nada daquilo que ela julga existir — nem energia expressiva nem algo para exprimir.

— O que a senhorita imagina que poderia observar? Não consigo escrever quando alguém fica me olhando...

Ela explica que acredita haver compreendido isto: a verdade da literatura consiste apenas na fisicalidade do ato de escrever.

"A fisicalidade do ato..." Essas palavras começam a girar em minha mente, associam-se a imagens que em vão tento afastar.

— A fisicalidade do existir — gaguejo —, pronto, veja, aqui estou, sou um homem que existe, diante da senhorita, em sua presença física...

Um ciúme pungente me invade, não um ciúme de outras pessoas, mas deste mesmo eu de tinta, de pontos e de vírgulas, que escreveu os romances que não escreverei mais, o autor que continua a entrar na intimidade dessa jovem, ao passo que eu, o eu de aqui e de agora, com minha energia física que sinto manifestar-se muito mais indestrutível que o impulso criativo, dela estou separado pela imensa distância de um teclado datilográfico e de uma folha branca no carro da máquina.

— A comunicação pode estabelecer-se em vários níveis.

Começo a explicar, aproximando-me dela com movimentos certamente meio precipitados; mas imagens visuais e táteis se agitam em meu espírito e me levam a eliminar todas as separações e todas as demoras.

Ludmilla se debate, liberta-se.

— Mas o que está fazendo, mister Flannery? Não se trata disso! O senhor está enganado!

Obviamente eu poderia tê-la agarrado com um pouco mais de estilo, mas agora é tarde demais para remediar, só me resta arriscar tudo; continuo a persegui-la ao redor da escrivaninha, proferindo frases cuja inépcia bem reconheço:

— Talvez a senhorita me ache velho demais, mas, por outro lado...

— Tudo não passa de um grande equívoco, mister Flannery. — Ludmilla se detém, interpondo entre nós a massa do *Websters international dictionary.* — Eu poderia muito bem fazer amor com o senhor, pois é um homem gentil, de aspecto agradável. Mas isso não teria nenhuma pertinência para o problema que estávamos discutindo... Não teria nada a ver com o Silas Flannery autor, de quem leio os romances... Conforme eu estava explicando, o senhor são duas personalidades distintas, que não interferem uma na outra... Não duvido que seja concretamente essa pessoa e não outra, ainda que o senhor se pareça com tantos homens que conheci; mas quem me interessa é o outro, o Silas Flannery que existe nas obras de Silas Flannery, independentemente do senhor que está diante de mim...

Enxugo o suor da testa. Sento-me. Há alguma coisa de menos em mim: talvez seja o eu; talvez o conteúdo do eu. Entretanto, não era isso o que eu queria? Não é a despersonalização que buscava alcançar?

Talvez Marana e Ludmilla tenham vindo dizer-me a mesma coisa — mas não sei se é uma absolvição ou uma condenação. Por que vêm procurar justamente a mim, no momento em que me sinto mais acorrentado a mim mesmo, como numa prisão?

Assim que Ludmilla saiu, corri para a luneta, para encontrar conforto na visão da mulher na espreguiçadeira. Ela não estava. Uma suspeita me assaltou: e se fosse a mesma que veio visitar-me? Talvez fosse ela quem estivesse sempre na origem de todos os meus problemas. Ou quem sabe exista um complô para impedir-me de escrever, um complô do qual fazem parte tanto Ludmilla como a irmã e o tradutor.

— Os romances que mais me atraem — disse Ludmilla — são aqueles que criam uma ilusão de transparência ao redor de um redemoinho de relações humanas tão obscuro, cruel e perverso quanto possível.

Não sei se ela me disse isso para explicar o que a atrai em meus romances, ou se isso é o que ela gostaria de achar nos romances e não acha.

A meu ver, a insatisfação é a característica de Ludmilla; parece-me que suas preferências mudam de um dia para o outro e que as de hoje respondem apenas a sua inquietude. (No entanto, hoje, quando me reencontrou, ela parecia ter esquecido tudo o que aconteceu ontem.)

— Com minha luneta consigo observar uma mulher que lê num terraço no fundo do vale — contei-lhe. — Pergunto a mim mesmo se os livros que lê são tranquilizadores ou inquietantes.

— Como essa mulher lhe parece? Tranquila ou inquieta?

— Tranquila.

— Então lê livros inquietantes.

Contei a Ludmilla as estranhas ideias que me ocorrem a respeito de meus manuscritos: que desapareçam, que tornam a aparecer e não são mais os mesmos de antes. Ela me recomendou que ficasse atento; há um complô de livros apócrifos que se estende em ramificações por toda parte. Perguntei-lhe se seu ex-namorado não estaria à frente dessa conspiração.

— Os complôs sempre escapam das mãos de seus líderes — respondeu, evasiva.

Apócrifo (do grego *apókryphos*: escondido, secreto): 1) dizia-se originariamente dos "livros secretos" das seitas religiosas; mais tarde, dizia-se dos textos não reconhecidos como canônicos pelas religiões que estabeleceram um cânone das escrituras reveladas; 2) diz-se do texto falsamente atribuído a uma época ou a um autor.

Assim consta dos dicionários. Talvez minha verdadeira vocação fosse ser autor de apócrifos, nos vários sentidos do termo: porque escrever é sempre ocultar alguma coisa de modo que depois seja descoberta; porque a verdade que pode sair de minha caneta é como a lasca que um choque violento faz saltar de um grande rochedo e projetar-se longe; porque não há certeza fora da falsificação.

Gostaria de reencontrar Ermes Marana para propor-lhe uma sociedade e inundar o mundo de apócrifos. Mas por onde andará Marana? Terá voltado para o Japão? Tento fazer Ludmilla falar dele, esperando que me dê uma informação precisa. Segundo ela, o falsário, devido a sua atividade, precisa esconder-se em territórios onde os romancistas sejam numerosos e fecundos, de modo a poder mimetizar as manipulações dele, misturando-as a uma vigorosa produção de matéria-prima autêntica.

— Então ele regressou ao Japão?

Contudo, Ludmilla parece ignorar todo vínculo entre aquele homem e o Japão. É numa parte do globo totalmente diversa que ela situa a base secreta das maquinações do traiçoeiro tradutor. Segundo as últimas mensagens de Marana, ele fez seu rastro perder-se nas proximidades da cordilheira dos Andes. De qualquer modo, a Ludmilla só interessa uma coisa: que ele esteja longe. Foi para escapar de Marana que ela se refugiou nestas montanhas; agora que tem a certeza de não voltar a encontrá-lo, pode voltar para casa.

— Quer dizer que está de partida? — pergunto.

— Amanhã cedo — ela anuncia.
A notícia me causa grande tristeza. De repente, sinto-me sozinho.

Conversei novamente com os observadores de discos voadores. Dessa vez eles vieram procurar-me, para saber se por acaso eu já escrevera o livro ditado pelos extraterrestres.
— Não, mas sei onde se pode encontrar esse livro — disse-lhes, acercando-me da luneta.
Havia algum tempo me ocorrera a ideia de que o livro interplanetário podia ser aquele que a mulher na espreguiçadeira lia.
A mulher não estava mais no terraço habitual. Desiludido, apontei a luneta em redor do vale e vi, sentado numa rocha, um homem que, com roupas de cidade, estava absorto na leitura de um livro. A coincidência era tão grande que não estava fora de propósito cogitar uma intervenção extraterrestre.
— Lá está o livro que vocês procuram — disse àqueles jovens, apresentando-lhes a luneta apontada para o desconhecido.
Um por um, eles aproximaram o olho da lente. Depois se entreolharam, agradeceram e saíram.

Um leitor veio procurar-me para submeter um problema que o preocupa: encontrou dois exemplares de meu livro, *Numa rede de linhas que* etc., que, embora exteriormente idênticos, continham dois romances diversos. Um é a história de um professor que não suporta o toque do telefone, o outro é a história de um bilionário que coleciona caleidoscópios. Infelizmente não podia contar-me muito mais, nem mostrar-me os volumes, pois, antes que tivesse podido terminar de lê-los, ambos lhe foram roubados, o segundo a menos de um quilômetro daqui.
Ele ainda estava totalmente transtornado por esse estranho episódio; contou-me que, antes de ter vindo apresentar-se

a mim, quis certificar-se de que eu estivesse em casa e, ao mesmo tempo, adiantar-se na leitura do romance, para dele poder falar comigo com algum conhecimento de causa; assim, pegou o livro e sentou-se num rochedo de onde podia vigiar meu chalé. Em certo momento, viu-se cercado por um bando de dementes que se lançaram sobre seu livro. Esses malucos improvisaram em torno do livro uma espécie de rito: um deles o erguia, e os demais o contemplavam com profunda devoção. Sem se terem importado com seus protestos, afastaram-se correndo na direção do bosque, levando o volume com eles.

— Nestes vales pululam tipos exóticos — eu lhe disse, tentando tranquilizá-lo. — Não pense mais naquele livro, senhor; não perdeu nada de importante; era um livro falsificado, produzido no Japão. Para explorar dolosamente o sucesso que meus romances alcançaram em todo o mundo, uma empresa japonesa sem escrúpulos difunde livros que têm meu nome na capa, mas que, na realidade, são plágios de romances de autores nipônicos pouco famosos, que, por não terem feito sucesso, acabaram inutilizados. Após muitas pesquisas, logrei desmascarar a empulhação de que somos vítimas tanto eu quanto os autores plagiados.

— Na verdade, aquele romance que eu estava lendo não me desagradava nem um pouco — confessa o Leitor —, e lamento não poder acompanhar a história até o fim.

— Se é só isso, posso revelar-lhe a fonte; trata-se de um romance japonês, sumariamente adaptado atribuindo-se nomes ocidentais às personagens e aos lugares: *No tapete de folhas iluminadas pela lua*, de Takakumi Ikoka, autor aliás dos mais respeitáveis. Posso dar-lhe a tradução inglesa, para compensá-lo da perda sofrida.

Peguei o volume que estava em minha mesa e o entreguei a ele, depois de tê-lo colocado num envelope, para que o visitante não ficasse tentado a folheá-lo e percebesse de imediato que o livro não tem nada em comum com *Numa rede de linhas que se entrecruzam*, nem com nenhum outro romance meu, apócrifo ou autêntico.

— Eu já sabia que havia falsos Flannery em circulação — disse o Leitor — e estava convencido de que pelo menos um daqueles dois era falso. Mas o que o senhor pode dizer-me do outro?

Talvez não fosse prudente continuar a pôr esse homem a par de meus problemas; tentei esquivar-me com um gracejo:

— Os únicos livros que reconheço como meus são aqueles que ainda preciso escrever.

O Leitor se limitou a um risinho condescendente; depois ficou sério e disse:

— Mister Flannery, sei quem está por trás dessa história; não são os japoneses; é um tal Ermes Marana, que armou tudo isso por ciúmes de uma jovem que o senhor conhece, Ludmilla Vipiteno.

— Então por que o senhor veio procurar-me? — repliquei.
— Vá procurar esse homem e pergunte a ele o que se passa.

Ocorreu-me a suspeita de que entre o Leitor e Ludmilla houvesse uma ligação, e bastou isso para que minha voz adquirisse tom hostil.

— Não me resta outra coisa a fazer — assentiu o Leitor. — Tenho justamente a oportunidade de fazer uma viagem de trabalho à região onde ele se encontra, na América do Sul, e vou aproveitar para procurá-lo.

Não me interessava dar-lhe a conhecer que, até onde sei, Ermes Marana trabalha para os japoneses e tem no Japão a central de seus apócrifos. O importante para mim é que esse importuno se afaste o máximo possível de Ludmilla; assim, encorajei-o a fazer a viagem e realizar investigações as mais minuciosas até achar o tradutor-fantasma.

O Leitor está atormentado por misteriosas coincidências. Contou-me que, faz algum tempo, sucede-lhe ter de interromper a leitura dos romances após poucas páginas.

— Talvez eles o aborreçam — disse eu, como sempre propenso ao pessimismo.

— Pelo contrário, sou obrigado a interromper a leitura justamente quando ela se torna mais apaixonante. Não vejo a hora de recomeçá-la, mas, quando penso que estou reabrindo o livro que comecei, vejo-me diante de um livro completamente diferente.

— ... que, ao contrário, é muito entediante — insinuo.

— Não, é ainda mais apaixonante. Entretanto, esse também não consigo terminar. E assim por diante.

— Seu caso me dá novas esperanças — disse-lhe. — Cada vez mais frequentemente, acontece-me pegar um romance recém-publicado e, ao iniciar a leitura, defrontar-me com o mesmo livro que já li cem vezes.

Refleti sobre minha última conversa com aquele Leitor. Talvez a intensidade de sua leitura seja tamanha que ele já no início aspira toda a substância do romance, de modo que não sobra nada para o resto. Comigo isso acontece escrevendo: faz algum tempo, todo romance que me ponho a escrever se esgota pouco depois do início, como se ali eu já houvesse dito tudo o que tinha para dizer.

Veio-me a ideia de escrever um romance feito só de começos de romances. O protagonista poderia ser um Leitor que é continuamente interrompido. O Leitor adquire o novo romance *A* do autor *Z*. Mas é um exemplar defeituoso, e ele não consegue ir além do início... O leitor volta à livraria para trocar o volume...

Poderia escrevê-lo todo na segunda pessoa: você, Leitor... Poderia também incluir uma Leitora, um tradutor falsário, um velho escritor que mantém um diário similar a este...

Mas não gostaria que a Leitora, para escapar do Falsário, terminasse nos braços do Leitor. Farei de modo que o Leitor saia na pista do Falsário, o qual se esconde em algum país muito distante, de modo que o escritor possa ficar sozinho com a Leitora.

Claro, sem uma personagem feminina a viagem do Leitor perderia a animação: é preciso que encontre alguma outra mulher em seu percurso. A Leitora poderia ter uma irmã...

Parece, efetivamente, que o Leitor está mesmo prestes a partir. Levará consigo *No tapete de folhas iluminadas pela lua*, de Takakumi Ikoka, para ler durante a viagem.

NO TAPETE
DE FOLHAS
ILUMINADAS
PELA LUA

As folhas de nogueira-do-japão caíam dos galhos como uma chuva fina e pontilhavam de amarelo o prado. Passeávamos o senhor Okeda e eu pela alameda de pedras lisas. Eu lhe disse que gostaria de separar a sensação de cada folha singular de nogueira-do-japão da sensação de todas as outras, mas que perguntava a mim mesmo se isso seria possível. O senhor Okeda respondeu que era possível. As premissas das quais eu partia, e que o senhor Okeda considerava bem fundadas, eram as seguintes: se cai da nogueira-do-japão uma única folhinha amarela que pousa no prado, a sensação que se experimenta ao observá-la é a de uma folhinha amarela individual; se duas folhinhas se destacam da árvore, o olho as acompanha, vê as duas folhinhas voltearem no ar, aproximarem-se, afastarem-se como duas borboletas que se perseguem, para enfim pousarem, uma aqui e outra acolá, sobre a grama. A mesma coisa com três, com quatro e até com cinco; se o número de folhas que volteiam no ar aumenta, as sensações correspondentes a cada uma se somam e dão lugar a uma sensação abrangente, como a de uma chuva silenciosa, e — ainda que um sopro de brisa retarde sua descida — a de asas suspensas no ar, e depois a de uma disseminação de pequenas manchas luminosas quando se baixa o olhar para o prado. Ora, eu, sem nada perder dessas agradáveis sensações abrangentes, gostaria de manter distinta, sem confundi-la com as outras, a imagem individual de cada folha desde o momento em que adentra o campo visual e segui-la em sua dança aérea e em seu pouso nas lâminas da grama. A aprovação do senhor Okeda me encorajava a perseverar nesse propósito. Talvez — acrescentei, contemplando a forma das folhas de nogueira-do-japão, um pequeno leque amarelo com bordas de festões — pudesse chegar a distinguir na sensação de cada folha a sensação de cada lobo da folha. Sobre isso o senhor Okeda não se pronunciou; já em vezes anteriores seu silêncio me servira de advertência para que não me deixasse perder em conjeturas precipitadas e não queimasse etapas sem submetê-las a verificação. Aproveitando-me desse ensinamento, comecei a concentrar minha atenção para captar as mínimas sensações no momento em que se delineiam, quando sua limpidez ainda não esmaeceu num feixe de impressões difusas.

Makiko, a filha caçula do senhor Okeda, veio servir-nos o chá, com seus movimentos contidos e sua graça ainda um pouco infantil. Quando ela se inclinou, vi em sua nuca, deixada a descoberto logo abaixo dos cabelos puxados no alto, uma delicada pelugem negra que parecia continuar ao longo das costas. Estava concentrado em observá-la quando senti sobre mim o olhar imóvel do senhor Okeda, que me perscrutava. Certamente compreendera que estava treinando minha capacidade de isolar sensações na nuca de sua filha. Não desviei o olhar, fosse porque a impressão causada por aquela pelugem sobre a pele clara se apoderara imperiosamente de mim, fosse porque ao senhor Okeda teria sido fácil atrair minha atenção com uma frase qualquer, e ele não o fez. Aliás, ela logo terminou de servir o chá e se levantou. Fixei o olhar num sinal que Makiko tinha sobre o lábio, à esquerda, e que me restituiu algo da sensação de antes, mas de maneira mais sutil. Makiko me olhou perturbada, depois baixou os olhos.

Durante a tarde, houve um momento que não esquecerei com facilidade, embora esteja ciente de que ao relatá-lo pareça tratar-se de coisa pouco importante. Passeávamos pela margem do pequeno lago norte em companhia da senhora Miyagi e de Makiko. O senhor Okeda caminhava sozinho à frente, apoiando-se numa longa bengala de bordo branco. No meio do lago haviam desabrochado duas flores carnudas de uma ninfeia outonal, e a senhora Miyagi manifestou o desejo de colhê-las, uma para si, outra para a filha. A senhora Miyagi mantinha seu habitual ar sombrio e cansado, mas com aquele fundo de obstinação severa que me fazia suspeitar que na longa história das más relações com o marido, história da qual tanto se comentava, sua parte não era apenas a de vítima; e, de fato, entre o gélido distanciamento do senhor Okeda e a determinação obstinada de sua esposa, não sei quem acabaria levando a melhor. Quanto a Makiko, tinha sempre a expressão risonha e desligada que certas crianças crescidas entre ásperas disputas familiares opõem ao ambiente como defesa e que ela conservara ao crescer e opunha agora ao mundo dos estranhos, como refúgio por trás do escudo de uma alegria imatura e fugidia.

Ajoelhando-me sobre uma pedra da margem, inclinei-me até agarrar o ramo mais próximo da ninfeia flutuante e, atento para não quebrá-lo, o puxei com delicadeza, para fazer deslizar toda a planta até a margem. A senhora Miyagi e sua filha também se ajoelharam e estenderam a mão para a água, prontas a colher suas flores quando estas chegassem a uma distância adequada. A margem do lago era baixa e íngreme; para debruçarem-se sem muita imprudência, as duas mulheres seguravam-se às minhas costas e esticavam um braço, uma de um lado, outra do outro. Em certo momento, senti um contato num ponto preciso, entre o braço e as costas, na altura de minhas primeiras costelas; ou melhor, dois contatos diferentes, um à esquerda, outro à direita. Do lado da senhorita Makiko era uma ponta tensa e meio pulsante, ao passo que do lado da senhora Miyagi era uma pressão insinuante, que me roçava. Compreendi que, por um raro e encantador acaso, eu estava sendo tocado no mesmo instante pelo mamilo esquerdo da filha e pelo mamilo direito da mãe e que precisava reunir todas as minhas forças para não perder aquele afortunado contato e para apreciar as duas sensações simultâneas, distinguindo-as e confrontando o que elas me sugeriam.

— Afastem as folhas — disse o senhor Okeda —, e o talo das flores se dobrará na direção de suas mãos.

Ele estava em pé acima de nosso grupo de três, inclinado para as ninfeias. Trazia na mão sua longa bengala, com a qual lhe teria sido fácil puxar para a margem a planta aquática; entretanto, limitou-se a aconselhar às duas mulheres o movimento que prolongava a pressão de seus corpos sobre o meu.

As duas ninfeias já tinham quase alcançado as mãos de Miyagi e Makiko. Calculei rapidamente que, no momento do último puxão, eu poderia, erguendo o cotovelo direito e encostando-o rápido ao flanco, segurar inteiro sob minha axila o pequeno e firme seio de Makiko. Contudo, o triunfo da colheita das ninfeias destruiu a ordem de nossos movimentos: meu braço direito se fechou sobre o vazio, enquanto minha mão esquerda, impelida para trás após ter soltado o galho, encontrou o colo da senhora Miyagi, que parecia disposto a acolhê-la e quase a retê-la, com um dócil estremecimento que se comunicou a todo o meu corpo. Nesse instante ocorreu alguma coisa que, posteriormente, teve consequências incalculáveis, como relatarei em seguida.

Passando de novo sob a nogueira-do-japão, eu disse ao senhor Okeda que, na contemplação da chuva de folhas, o fato fundamental não era tanto a percepção de cada uma das folhas, mas sim a distância entre uma folha e outra, o ar vazio que as separava. O que me parecia ter entendido era isto: a ausência de sensações em grande parte do campo perceptivo é a condição necessária para que a sensibilidade se concentre espacial e temporalmente, assim como na música o silêncio de fundo é necessário para que sobre ele se destaquem as notas.

O senhor Okeda disse que nas sensações táteis isso sem dúvida era verdade; fiquei muito espantado com sua resposta, pois era efetivamente no contato dos corpos de sua filha e de sua mulher que eu estava pensando ao lhe ter comunicado minhas observações sobre as folhas. O senhor Okeda continuou a falar de sensações táteis com toda a naturalidade, como se fosse tácito que meu discurso não tivesse tido outro tema.

A fim de levar a conversa para outro terreno, experimentei fazer a comparação com a leitura de um romance, em que um ritmo narrativo muito calmo, todo no mesmo tom abafado, serve para ressaltar sensações sutis e precisas sobre as quais se deseja atrair a atenção do leitor; mas, no caso do romance, é preciso levar em conta o fato de que, na sucessão das frases, não se transmite de cada vez mais que uma sensação, seja singular, seja abrangente, ao passo que a amplitude do campo visual e do campo auditivo permite registrar simultaneamente um conjunto muito mais rico e muito mais complexo. A receptividade do leitor com relação ao conjunto de sensações que o romance pretende direcionar-lhe acaba sendo muito reduzida, em primeiro lugar porque sua leitura muitas vezes apressada e desatenta não capta ou negligencia certo número de sinais e intenções efetivamente contidos no texto, em segundo lugar porque há sempre alguma coisa essencial que permanece fora da frase escrita; aliás, as coisas que o romance não diz são necessariamente mais numerosas que as que ele diz, e só um revérbero específico daquilo que está escrito pode dar a ilusão de que se lê também o que não está escrito. Diante de todas essas minhas reflexões, o senhor Okeda permaneceu em silêncio, como sempre faz quando me acontece falar demais e não saber sair de um raciocínio emaranhado.

Nos dias seguintes, aconteceu-me ficar muitas vezes sozinho em casa com as duas mulheres, pois o senhor Okeda decidira fazer pessoalmente na biblioteca as pesquisas que até então constituíam minha principal tarefa e preferira que eu ficasse em seu escritório reorganizando o monumental fichário dele. Experimentei o justificado temor de que o senhor Okeda tivesse sabido de minhas conversas com o professor Kawasaki e adivinhado minha intenção de afastar-me de sua escola para aproximar-me de círculos acadêmicos que me garantissem uma perspectiva de futuro. Era certo que permanecer muito tempo sob a tutela intelectual do senhor Okeda me prejudicava: eu pressentia isso pelos comentários sarcásticos que me dirigiam os assistentes do professor Kawasaki, embora eles, ao contrário de meus companheiros de curso, não estivessem fechados a toda relação com outras tendências. Não havia dúvida de que o senhor Okeda queria manter-me o dia inteiro em sua casa para impedir-me de alçar voo, para frear minha independência de pensamento, como fizera com outros alunos seus, hoje reduzidos a vigiar-se e denunciar-se mutuamente pelos mínimos desvios da sujeição absoluta à autoridade do mestre. Era preciso que eu me decidisse o mais depressa possível a despedir-me do senhor Okeda; e, se adiava essa decisão, era somente porque as manhãs em sua casa, quando ele não estava, provocavam em mim um estado de agradável empolgação, embora pouco profícua para o trabalho.

O fato é que eu andava frequentemente distraído no trabalho; procurava todos os pretextos para ir às outras salas onde poderia encontrar Makiko, surpreendê-la em sua intimidade durante as várias situações de seu dia. Mas, com maior frequência, encontrava pelo caminho a senhora Miyagi e com ela me entretinha, dado que, também com a mãe, as ocasiões para conversas — e mesmo para brincadeiras maliciosas, ainda que tantas vezes tingidas de amargura — apresentavam-se mais facilmente que com a filha.

Durante o jantar, em torno do *sukiyaki* fervente, o senhor Okeda perscrutava nossas fisionomias, como se nelas estivessem escritos os segredos do dia, a rede de desejos distintos mas ligados entre si na qual eu me sentia envolvido e da qual não teria querido livrar-me sem tê-los satisfeito um por um. Adiava assim de semana a semana a decisão de despedir-me dele e daquele trabalho parcamente remunerado sem perspectiva de carreira; compreendi que era ele, o senhor Okeda, quem estava apertando malha por malha a rede que me retinha.

Era um outono sereno; como o plenilúnio de novembro se aproximava, encontrei-me uma tarde discutindo com Makiko o lugar mais adequado para observar a lua entre a ramagem das árvores. Eu afirmava que no canteiro debaixo da nogueira-do-japão o reflexo sobre o tapete de folhas caídas espalharia o clarão da lua numa luminosidade suspensa. Havia uma intenção precisa no que eu dizia: propor a Makiko um encontro naquela noite sob a nogueira-do-japão. A moça replicou que o lago seria preferível, pois a lua de outono, quando a estação é fria e seca, espelha-se na água com contornos mais nítidos que a lua de verão, frequentemente cercada de vapores.

— De acordo — apressei-me em dizer. — Não vejo a hora de encontrar-me com você na margem ao nascer da lua. Ainda mais — acrescentei — porque o pequeno lago desperta em minha lembrança sensações delicadas.

Talvez o contato do seio de Makiko se tenha apresentado em minha memória com demasiada vivacidade quando pronunciei essa frase e minha voz tenha soado excitada, alarmando-a. O resultado é que Makiko franziu a sobrancelha e ficou um minuto em silêncio. Para dissipar esse mal-estar que eu não gostaria que viesse interromper a fantasia amorosa à qual me abandonava, escapou-me da boca um movimento involuntário: abri e fechei os dentes como se para morder. Instintivamente, Makiko deu um passo para trás com uma repentina expressão de dor, como se de fato tivesse sido mordida numa parte sensível. Logo se refez e saiu da sala. Apressei-me a segui-la.

A senhora Miyagi estava no cômodo ao lado, sentada no chão sobre uma esteira, arrumando flores e ramos outonais num vaso. Avançando como um sonâmbulo, encontrei-a agachada a meus pés sem que eu me desse conta disso e parei justamente em tempo de não pisar nela e não derrubar os ramos com minhas pernas. O gesto de Makiko suscitara em mim uma súbita excitação, e esse meu estado talvez não tenha escapado à senhora Miyagi, dado que meus passos desajeitados me haviam levado a avançar sobre ela daquele modo. De qualquer modo, a dama, sem ter erguido o olhar, sacudiu em minha direção a camélia que estava arrumando no vaso, como se quisesse bater-me, ou rechaçar a parte de mim que se estendia sobre ela, ou ainda brincar, provocar, incitar com uma chicotada-carícia. Baixei as mãos para tentar salvar da desmontagem o arranjo de folhas e flores; entretanto, inclinada para a frente, ela manipulava os galhos; e aconteceu de no mesmo instante uma de minhas mãos confusamente deslizar entre o quimono e a pele nua da senhora Miyagi e acabar apertando um seio macio e tépido de forma alongada, ao passo que dentre os ramos de *keiakí* [na Europa, diz-se olmo-do-cáucaso; N.T.] uma das mãos da senhora alcançara meu membro e agora o segurava com vontade, extraindo-o de minha roupa como se procedesse a um desfolhamento.

O que suscitava meu interesse no seio da senhora Miyagi era a coroa de papilas em relevo, de granulação densa ou leve, espalhadas na superfície de uma aréola de extensão considerável, mais cerradas nas bordas, embora também se espalhassem até o mamilo. Presumivelmente cada uma dessas papilas comandava sensações menos ou mais agudas na sensibilidade da senhora Miyagi, fenômeno que pude verificar com facilidade submetendo-as a leves pressões o mais localizadas possível, com intervalos de cerca de um segundo, e verificando as reações diretas no mamilo e indiretas no comportamento geral da dama, assim como minhas próprias reações, uma vez que evidentemente se estabelecera certa reciprocidade entre a sensibilidade da senhora Miyagi e a minha. Empreendi esse delicado reconhecimento tátil não apenas mediante as pontas de meus dedos mas também arranjando de maneira mais oportuna que meu membro planasse sobre seu seio numa carícia rasante e voltejante, dado que a posição em que nos encontrávamos favorecia o contato dessas zonas diversamente erógenas de nossos corpos e dado que ela demonstrava apreciar, estimular e autoritariamente guiar esses trajetos. Acontece que também minha pele apresenta, ao longo do membro e especialmente na parte protuberante de sua extremidade, pontos e passagens de especial sensibilidade que vão do extremamente prazeroso ao agradável ao comichoso ao doloroso, assim como apresenta pontos e passagens átonos ou surdos. O encontro fortuito ou calculado dos diversos terminais sensíveis ou hipersensíveis meus e dela provocava uma gama de reações variadamente combinadas, cujo inventário prometia ser bastante laborioso para ambos.

Estávamos ocupados nesses exercícios quando apareceu fugazmente no vão da porta corrediça a figura de Makiko. Era óbvio que a moça ficara à espera de minha perseguição e agora vinha ver que obstáculo me detivera. Percebeu tudo de imediato e sumiu, não tão depressa que não me deixasse tempo para ver que algo fora mudado em sua roupa: substituíra o suéter colante por um roupão de seda que parecia feito para não ficar fechado, para desatar-se sob a pressão interna do que nela desabrochava, para escorregar por sua pele lisa ao primeiro assalto de uma avidez de contatos que aquela tez suave não podia deixar de provocar.

— Makiko! — gritei, porque queria explicar-lhe (mas realmente não saberia por onde começar) que a posição em que ela me surpreendera com a mãe se devia a um concurso casual de circunstâncias que desviaram por vias tortas meu desejo apontado inequivocamente para ela, Makiko. Um desejo que agora aquele roupão de seda desalinhado ou esperando para sê-lo reacendia e gratificava como numa oferta explícita, a tal ponto que com a aparição de Makiko diante de meus olhos e o contato da senhora Miyagi em minha pele eu estava prestes a sucumbir à voluptuosidade.

A senhora Miyagi deve ter compreendido tudo, pois, agarrando-se a meus ombros, arrastou-me consigo para a esteira e com rápidas sacudidelas de corpo inteiro deslizou o sexo úmido e preênsil sob o meu, que sem demora foi sugado como se por uma ventosa, enquanto suas magras pernas nuas me cingiam os flancos. A senhora Miyagi era de uma agilidade fulminante: seus pés nas meias brancas de algodão se cruzavam sobre meu osso sacro estreitando-me como numa morsa.

O apelo que eu lançara a Makiko não deixara de ser ouvido. Por trás do painel de papel da porta corrediça, desenhou-se a silhueta da moça, que, ajoelhada na esteira, avançava a cabeça, assomava pelo umbral a fisionomia contraída por uma expressão ofegante, entreabria os lábios, arregalava os olhos, seguindo com fascínio e desgosto os movimentos desenfreados de sua mãe e os meus. Mas não estava sozinha: para além do corredor, no vão de outra porta, uma figura de homem estava em pé, imóvel. Não sei havia quanto tempo o senhor Okeda se encontrava ali. Olhava fixamente, não para a mulher ou para mim, mas para a filha, que nos observava. Em seu olhar frio, no vinco firme de seus lábios, refletiam-se os espasmos da senhora Miyagi refletidos no semblante da filha.

Ele percebeu que eu o via. Não se mexeu. Entendi naquele instante que não me interromperia nem me expulsaria de sua casa, que jamais faria nenhuma referência a esse episódio nem a outros que viessem a ocorrer e repetir-se; compreendi também que essa conivência não me daria nenhum poder sobre ele nem tornaria menos opressiva a minha submissão. Era um segredo que me ligava a ele, mas não o ligava a mim: eu não poderia revelar a ninguém aquilo que ele estava olhando sem confessar de minha parte uma cumplicidade indecorosa.

E agora? O que eu poderia fazer? Estava destinado a enredar-me cada vez mais num emaranhado de mal-entendidos, porque dali em diante Makiko me consideraria um dos numerosos amantes da mãe e porque Miyagi sabia que eu só tinha olhos para a filha, e ambas me fariam pagar cruelmente por isso, ao passo que as intrigas do ambiente acadêmico, tão rápidas em difundir-se, alimentadas pela malevolência de meus condiscípulos, sempre prontos a servir mesmo desse modo aos cálculos do mestre, lançariam uma luz caluniosa sobre minha assídua presença na casa dos Okeda, desacreditando-me aos olhos dos professores universitários com quem eu mais contava para mudar de situação.

Por mais angustiado que estivesse nessas circunstâncias, consegui concentrar-me e subdividir a sensação geral de meu sexo apertado pelo sexo da senhora Miyagi em sensações parciais de pontos singulares meus e dela submetidos mais e mais à pressão que resultava de meu movimento corredio e de suas contrações convulsivas. Essa concentração me ajudava sobretudo a prolongar o estado necessário à própria observação, retardando o precipitar-se da crise final para evidenciar momentos de insensibilidade ou de sensibilidade parcial, que por sua vez só fariam valorizar extremamente o surgimento repentino de solicitações voluptuosas, distribuídas de maneira imprevisível no espaço e no tempo.

— Makiko! Makiko! — eu gemia no ouvido da senhora Miyagi, associando espasmodicamente esses instantes de hipersensibilidade à imagem da filha e à gama de sensações incomparavelmente diversas que eu imaginava que ela poderia suscitar em mim. E para manter o controle de minhas reações eu pensava na descrição que faria naquela noite mesmo ao senhor Okeda: a chuva de folhinhas de nogueira-do-japão se caracteriza pelo fato de que a cada momento cada folha que cai se encontra numa altura diferente das outras, e assim o espaço vazio e insensível onde se situam as sensações visuais pode ser subdividido numa sucessão de níveis, em cada um dos quais volteia uma, e apenas uma, folhinha.

CAPÍTULO 9

Você aperta o cinto. O avião vai aterrar. Voar é o contrário de viajar: você atravessa uma descontinuidade do espaço, desaparece no vazio, aceita não estar em lugar nenhum durante um tempo que forma ele próprio uma espécie de vazio no tempo; logo reaparece num lugar e num momento sem relação com o lugar e o momento em que você desaparecera. Entrementes, o que você faz? Como ocupa sua ausência do mundo e a ausência do mundo em você? Lê; de um aeroporto a outro, não tira os olhos de um livro; porque, para além da página, está o vazio, o anonimato das escalas aéreas, do útero metálico que o contém e o nutre, da multidão passageira sempre diferente e sempre igual. Tanto faz apegar-se a essa outra abstração de percurso, levada a cabo por meio da uniformidade anônima dos caracteres tipográficos; também aqui é o poder de evocação dos nomes o que o convence de que está sobrevoando alguma coisa, e não o nada. Você sabe que é preciso boa dose de inconsciência para entregar-se a motores pouco seguros, controlados de maneira aproximativa; ou talvez isso prove uma tendência irreprimível à passividade, à regressão, à dependência infantil. (Mas, afinal, você está refletindo sobre a viagem aérea ou sobre a leitura?)

    O aparelho aterra: você não conseguiu terminar a leitura do romance *No tapete de folhas iluminadas pela lua*, de Takakumi Ikoka. Continua a ler enquanto desce a escadinha, no ônibus que atravessa as pistas, na fila de controle de passaportes, na alfândega. Avança segurando o livro aberto diante dos olhos quando alguém o retira de suas mãos; como ao levantar-se a cortina do teatro, você vê enfileirarem-se a sua frente policiais com bandoleiras de couro cruzadas sobre o peito, munidos de armas automáticas, com águias e dragonas douradas.

— Mas meu livro... — você protesta debilmente, estendendo com gesto infantil a mão inerme para aquela barricada de botões brilhantes e bocas de fogo.

— Apreendido, senhor. Aquele livro não pode entrar na Ataguitânia. É um livro proibido.

— Mas como é possível...? Um livro sobre folhas de outono...? Mas com que direito...?

— Está na lista dos livros a apreender. Nossa lei é essa. Quer ensinar-nos o que fazer?

Rapidamente, de uma palavra a outra, de uma sílaba a outra, o tom mudou de seco a brusco, de brusco a intimidativo, de intimidativo a ameaçador.

— Mas eu... Faltava tão pouco para terminar...

— Desista — sussurra uma voz atrás de você. — Não vai conseguir nada com esses aí. Não se preocupe com o livro, também tenho um exemplar dele, falaremos disso depois...

É uma viajante com ar seguro, muito alta, de calças compridas, óculos, carregada de pacotes, que passa pelo controle como quem está habituada a isso. Você a conhece? Mesmo que tenha a impressão de conhecê-la, ela demonstra que não; certamente não quer ser vista conversando com você. Ela lhe faz um sinal para segui-la: não a perca de vista. Fora do aeroporto, ela entra num táxi e faz sinal, dessa vez, para que você tome o próximo. Num descampado, o táxi dela se detém, ela desce com todos os pacotes e sobe no táxi em que você está. Não fossem os cabelos curtíssimos e os óculos enormes, você diria que ela se parece com Lotaria.

Você tenta:

— Mas você é...?

— Corinna, chame-me de Corinna.

Após ter vasculhado a bolsa, Corinna tira um livro e o entrega a você.

— Mas não é este — você diz, vendo na capa um título e um nome de autor desconhecidos: *Ao redor de uma cova vazia*, de Calixto Bandera. — Foi um livro de Ikoka o que me expropriaram!

— É o mesmo que lhe entreguei. Na Ataguitânia, os livros só podem circular sob capas falsas.

Enquanto o táxi se dirige a toda a velocidade para uma poeirenta periferia, você não consegue resistir à tentação de abrir o livro para verificar se Corinna disse a verdade. Mas não. É um livro que você vê pela primeira vez e que não tem absolutamente nada a ver com um romance nipônico: começa com um homem que cavalga entre agaves num altiplano e assiste ao voo de aves de rapina chamadas *zopilotes*.

— Se a capa é falsa — você comenta —, o texto também será.

E Corinna:

— O que você esperava? O processo de falsificação, uma vez iniciado, não para mais. Estamos num país em que tudo que seja falsificável é efetivamente falsificado: quadros de museus, lingotes de ouro, bilhetes de ônibus. A contrarrevolução e a revolução se combatem a golpes de falsificações; o resultado é que ninguém mais pode ter certeza do que é verdadeiro e do que é falso; a polícia simula ações revolucionárias, e os revolucionários se disfarçam de policiais.

— E quem ganha no final?

— É muito cedo para dizer. É preciso ver quem sabe utilizar-se melhor das falsificações, tanto das próprias como das alheias: se a polícia ou se nossa organização.

O motorista do táxi aguça a audição. Você faz sinal a Corinna, como se para impedi-la de dizer frases imprudentes.

Mas ela:

— Não tenha medo. Este é um falso táxi. O que me preocupa é o outro táxi que nos segue.

— Falso ou verdadeiro?

— Certamente falso, mas não sei se é da polícia ou dos nossos.

Você olha para trás, para a estrada, e exclama:

— Mas há um terceiro táxi que segue o segundo!...

— Podem ser os nossos controlando os movimentos da polícia, mas também pode ser a polícia na pista dos nossos.

O segundo táxi ultrapassa o de vocês, para, dele saltam homens armados que obrigam todos a descer do carro.

— Polícia! Estão presos!

Os três são algemados e instalados — você, Corinna e o motorista — no segundo táxi.

Corinna, tranquila e sorridente, cumprimenta os policiais:

— Sou Gertrude. Este é um amigo. Conduzam-nos ao comando.

Você ficou boquiaberto? Corinna-Gertrude sussurra, no idioma que você fala:

— Não tenha medo. São falsos policiais; na verdade são dos nossos.

Mal retomam o caminho, já o terceiro táxi bloqueia o segundo. Dele saem outros indivíduos armados, com os rostos cobertos; desarmam os policiais, tiram as algemas de você e de Corinna-Gertrude, algemam os policiais, colocam todo mundo dentro do táxi deles.

Corinna-Gertrude parece indiferente.

— Obrigada, amigos — diz. — Sou Ingrid, e ele é um dos nossos. Vocês nos levam para o quartel-general?

— Você, cale o bico! — diz um que parece o chefe. — Não tentem bancar os espertos! Agora temos que vendar seus olhos. Vocês são nossos reféns.

Você não sabe mais o que pensar, até porque Corinna-Gertrude-Ingrid foi levada em outro táxi. Quando lhe permitem recuperar o uso dos membros e dos olhos, você se encontra num escritório de delegacia ou de quartel. Oficiais de uniforme o fotografam, de frente e de perfil, tomam suas impressões digitais. Um oficial chama:

— Alfonsina!

E você vê entrar Gertrude-Ingrid-Corinna, também ela fardada, que entrega ao oficial uma pasta de documentos para assinar.

Enquanto isso, de uma mesa a outra, você segue a rotina: um policial apreende seus documentos; outro, seu dinheiro; um terceiro, suas roupas, que são substituídas por um uniforme de presidiário.

— Mas que arapuca é esta? — você consegue perguntar a Ingrid-Gertrude-Alfonsina, que se aproxima num momento em que os guardas dão as costas.

— Há contrarrevolucionários infiltrados entre os revolucionários; foram eles que nos fizeram cair numa emboscada da polícia. Mas, por sorte, também há na polícia muitos revolucionários infiltrados, os quais fingiram ter me reconhecido como funcionária deste comando. Quanto a você, vão enviá-lo a um falso presídio, isto é, a um presídio de verdade, mas controlado por nós, não por eles.

Você não consegue deixar de pensar em Marana. Quem exceto ele poderia ter inventado semelhante maquinação?

— Tenho a impressão de reconhecer o estilo de seu chefe — você diz a Alfonsina.

— Não interessa quem é o chefe. Poderia ser um falso chefe, que finge trabalhar para a revolução com o único objetivo de favorecer a contrarrevolução, ou que trabalha abertamente para a contrarrevolução, convencido de que assim abrirá caminho para a revolução.

— E você colabora com ele?

— Meu caso é diferente. Sou uma infiltrada, uma revolucionária de verdade infiltrada no campo dos revolucionários de mentira. Mas, para não ser descoberta, devo parecer uma contrarrevolucionária infiltrada entre os revolucionários de verdade. E de fato é que o sou, na medida em que obedeço às ordens da polícia, mas não da verdadeira, pois dependo dos revolucionários infiltrados entre os infiltradores contrarrevolucionários.

— Se entendo bem, aqui são todos infiltrados, ou na polícia, ou na revolução. E como vocês fazem para distinguir uns dos outros?

— É preciso verificar, pessoa a pessoa, quem são os infiltradores que a fizeram infiltrar-se. E, antes ainda, é preciso saber quem infiltrou os infiltradores.

— E vocês continuarão a combater-se até a última gota de sangue, mesmo sabendo que ninguém é o que diz ser?

— O que importa isso? Cada um deve desempenhar seu papel até o fim.

— E eu? Que papel devo desempenhar?

— Fique tranquilo, espere. Continue lendo seu livro.

— Maldição! Eu o perdi quando me libertaram, não, quando me prenderam...

— Não tem importância. Você vai para um presídio-modelo, com uma biblioteca provida das últimas novidades literárias.

— Inclusive os livros proibidos?

— E onde senão nos presídios deveriam ser encontrados os livros proibidos?

(Você veio até a Ataguitânia no encalço de um falsificador de romances e agora se encontra prisioneiro de um sistema em que todo fato da vida é uma falsidade. Ou melhor: você estava decidido a atravessar florestas pradarias altiplanos cordilheiras na pista do explorador Marana, que se perdera procurando as nascentes dos romances-rios, mas eis que depara com as grades da sociedade carcerária que se espalha pelo planeta limitando a aventura a seus corredores estreitos e sempre iguais... Esta ainda é sua história, Leitor? O itinerário que empreendeu por amor a Ludmilla o levou para tão longe dela que a perdeu de vista; se ela não o guia mais, só lhe resta confiar-se a sua imagem especularmente oposta: Lotaria...

Mas será de fato Lotaria?

— Não sei a quem está se referindo. Não conheço os nomes que você cita — ela lhe respondeu toda vez que você tentou aludir a episódios passados. Será uma regra que a clandestinidade impõe? Para dizer a verdade, você não está completamente seguro de tê-la reconhecido... Será uma falsa Corinna ou uma falsa Lotaria? A única certeza que tem é que a função dela em sua história é semelhante à de Lotaria, portanto o nome que lhe corresponde é Lotaria, e você não saberia chamá-la de outra forma.

— Vai negar que tem irmã?

— Eu tenho irmã, mas não vejo onde ela entra nisso.

— Uma irmã que adora os romances com personagens de psicologia inquietante e complexa?

— Minha irmã sempre diz que adora os romances em que sentimos uma força elementar, primordial, telúrica. Diz isto mesmo: telúrica.)

— O senhor apresentou uma reclamação à biblioteca do presídio por causa de um volume incompleto — diz o alto funcionário sentado a uma escrivaninha.

Você suspira de alívio. Desde que um guarda veio chamá-lo em sua cela e o fez andar por corredores, descer escadas, percorrer recantos subterrâneos, atravessar antecâmaras e escritórios, a apreensão lhe provocava calafrios e acessos de febre. Mas não, eles queriam simplesmente responder a sua queixa sobre *Ao redor de uma cova vazia*, de Calixto Bandera! No lugar da ansiedade, você sente surgir de novo o desapontamento que o assaltou quando viu em suas mãos uma capa descolada que reunia uns poucos cadernos desfiados e desgastados.

— Claro que fiz uma reclamação! — você responde. — Vocês se vangloriam tanto de possuir uma biblioteca-modelo num presídio-modelo, e, quando solicito um volume regularmente registrado no catálogo, recebo um monte de folhas soltas. Pergunto como podem propor a reeducação dos presos com tal sistema!

O homem sentado à escrivaninha retira lentamente os óculos. Com ar triste, sacode a cabeça.

— Não vou entrar no mérito de sua reclamação. Não é da minha competência. Nosso serviço, embora tenha relações estreitas tanto com presídios como com bibliotecas, ocupa-se de problemas mais genéricos. Nós o chamamos, sabendo que é um leitor de romances, porque necessitamos de uma consulta. As forças da ordem, exército, polícia, magistratura, sempre tiveram dificuldade para julgar se um romance deve ser proibido ou tolerado; falta tempo para leituras extensas, há incerteza quanto aos critérios estéticos e filosóficos em que basear um julgamento... Não, não receie que venhamos a obrigá-lo a nos auxiliar em nosso trabalho de censura. Em breve, a tecnologia moderna desempenhará essas tarefas com rapidez e eficiência. Temos máquinas capazes de ler, analisar e julgar qualquer texto escrito. Mas é exatamente a confiabilidade dos instrumentos o que precisamos controlar. O senhor figura em nossos arquivos como um leitor médio, e consta que leu, pelo menos em parte, *Ao redor de uma cova vazia*, de Calixto Bandera. Então, pareceu-nos oportuno confrontar suas impressões de leitura com os resultados da máquina leitora.

Ele o faz entrar na sala dos aparelhos.

— Apresento-lhe nossa programadora, Sheila.

Diante de você, com um avental branco abotoado até o pescoço, você vê Corinna-Gertrude-Alfonsina, ocupada com uma bateria de móveis lisos, metálicos, semelhantes a lavadoras de louça.

— Estas são as unidades de memória que armazenam todo o texto de *Ao redor de uma cova vazia*. O terminal é uma unidade impressora que, como o senhor vê, pode reproduzir o romance palavra por palavra do princípio ao fim — diz o alto funcionário.

Uma longa folha se desenrola para fora de uma espécie de máquina de escrever que, com a velocidade de metralhadora, vai cobrindo-a de frios caracteres maiúsculos.

— Então, se me permite, vou aproveitar para pegar os capítulos que me faltam ler — você diz, tocando com uma carícia trêmula o denso rio de escrita no qual reconhece a prosa que o acompanhou em suas horas de reclusão.

E o oficial:

— Esteja à vontade. Deixo-o com Sheila, que vai inserir na máquina o programa de que necessitamos.

Leitor, você reencontrou o livro que procurava; agora poderá retomar o fio interrompido; o sorriso volta a seus lábios. Mas acredita que possa continuar assim essa história? Não, não a do romance — a sua! Até quando você se deixará arrastar passivamente pelos acontecimentos? Você entrara em cena com um grande desejo de aventura — e depois? Seu papel logo se reduziu ao de alguém que registra situações decididas por terceiros, que sofre arbitrariedades, que está envolvido em eventos que fogem a seu controle. Então de que lhe serve seu papel de protagonista? Se continua aceitando este jogo, isso significa que também você é cúmplice da mistificação geral.

Você agarra a moça pelo pulso.

— Chega de disfarces, Lotaria! Até quando continuará a deixar-se manobrar por um regime policial?

Dessa vez Sheila-Ingrid-Corinna não consegue esconder certa perturbação. Ela livra o pulso de seu agarrão.

— Não sei a quem está acusando, não sei nada de suas histórias. Tenho uma estratégia muito clara. O contrapoder tem que infiltrar-se nos mecanismos do poder para derrubá-lo.

— E para depois reproduzi-lo tal e qual! É inútil disfarçar-se, Lotaria! Toda vez que você desabotoa um uniforme, há outro por baixo!

Sheila lhe lança um olhar desafiador.

— Desabotoar? Experimente.

Já que você se decidiu a lutar, não pode mais retroceder. Com um gesto espasmódico, desabotoa o avental branco da programadora Sheila e descobre o uniforme da policial Alfonsina; arranca os botões de ouro de Alfonsina e encontra o anoraque de Corinna; puxa o zíper de Corinna e vê as insígnias de Ingrid...

É ela mesma quem arranca as roupas que lhe restam: aparecem dois seios firmes em forma de melão, um abdômen ligeiramente côncavo, um umbigo aspirado, um ventre levemente convexo, dois quadris cheios de falsa magra, um púbis altivo, duas coxas sólidas e longas.

— E isto? É um uniforme? — pergunta Sheila.

Você fica perturbado.

— Não, isso não...

— Claro que é! — grita Sheila. — O corpo é um uniforme! O corpo é milícia armada! O corpo é ação violenta! O corpo é reivindicação de poder! O corpo está em guerra! O corpo se afirma como sujeito! O corpo é um fim e não um meio! O corpo significa! Comunica! Grita! Contesta! Subverte!

Assim dizendo, Sheila-Alfonsina-Gertrude se lançou sobre você, arrancou-lhe as roupas de presidiário, e os membros nus de ambos se misturam sob os armários das memórias eletrônicas.

O que você está fazendo, Leitor? Não resiste? Não foge? Ah, participa... Ah, você se lança também... É o protagonista absoluto deste livro, está certo, mas pensa que isso lhe dá o direito de ter relações carnais com todas as personagens femininas? Assim, sem nenhuma preparação... Sua história com Ludmilla não bastava para dar ao enredo o calor e a graça de um romance de amor? Que necessidade tem você de meter-se também com a irmã (ou com alguém que identifica com a irmã), com essa Lotaria-Corinna-Sheila, que, pensando bem, nunca sequer lhe despertou simpatia? É natural que você queira uma desforra, depois de ter acompanhado com passiva resignação os acontecimentos durante páginas e páginas; mas lhe parece esse o melhor modo? Ou pretende ainda dizer que também nesta situação você se encontra envolvido a contragosto? Sabe muito bem que essa jovem faz tudo com a cabeça, que põe em prática até as últimas consequências o que pensa em teoria... O que ela queria dar-lhe era uma demonstração ideológica, nada mais... Como foi que desta vez você se deixou convencer pelos argumentos dela? Fique atento, Leitor, aqui nada é o que parece, tudo tem duas faces.

O clarão de um flash e o clique repetido de uma máquina fotográfica devoram a brancura da nudez de ambos, convulsiva e sobreposta.

— Mais uma vez, capitã Alexandra, você se deixa supreender nua nos braços de um detento! — adverte o fotógrafo invisível. — Estes instantâneos vão enriquecer seu dossiê...

A voz se afasta, rindo sarcasticamente.

Alfonsina-Sheila-Alexandra se levanta e se cobre, com ar irritado. — Não me deixam em paz nem um instante — esbraveja. — O inconveniente de trabalhar para dois serviços secretos rivais é que ambos procuram chantagear-nos o tempo todo.

Quando você se mexe para tentar levantar-se, vê que está enrolado nos papéis saídos da impressora; o início do romance se alonga no chão como um gato que pede para brincar. Agora, são as várias histórias que você vive as que se interrompem no momento culminante; talvez assim lhe permitam prosseguir até o final nos romances que lê.

Alexandra-Sheila-Corinna, distraída, voltou a apertar teclas. Ela recuperou o ar de moça diligente que se dedica por completo a tudo que faz.

— Há algo que não funciona — murmura. — Nesta altura tudo já deveria ter saído... O que será que não funciona?

Você já se dera conta: Gertrude-Alfonsina está um pouco nervosa hoje; em algum momento, deve ter tocado numa tecla errada. A ordem das palavras no texto de Calixto Bandera, guardado na memória eletrônica para ser trazido à luz a qualquer instante, foi anulada por uma desmagnetização instantânea dos circuitos. Os fios multicoloridos agora moem a poeira de palavras dispersas: o o o o, de de de de, da da da da, que que que que, dispostas em colunas segundo as respectivas frequências. O livro se decompôs, dissolveu-se, é impossível recompô-lo, como uma duna varrida pelo vento.

AO REDOR
DE UMA
COVA VAZIA

Quando os abutres alçam voo, dissera-me meu pai, é sinal de que a noite está para terminar. Eu ouvia aquelas pesadas asas baterem no céu escuro e via a sombra delas obscurecer as estrelas verdes. Era um voo penoso, que demorava em tirar as asas do solo, das sombras das moitas, como se somente voando as penas se convencessem de que são penas e não folhas espinhosas. As aves de rapina se dispersavam, as estrelas reapareciam, cinzentas, e o céu estava verde. Era madrugada, e eu cavalgava pelas estradas desertas rumo à aldeia de Oquedal.

— Nacho — dissera meu pai —, assim que eu morrer, pegue meu cavalo, minha carabina, víveres para três dias, e remonte o leito seco da ribeira, acima de San Ireneo, até não ver mais a fumaça subir sobre os terraços de Oquedal.

— Por que Oquedal? — perguntei-lhe. — Quem mora em Oquedal? A quem terei que procurar lá?

A voz de meu pai se tornava cada vez mais débil e lenta, seu rosto cada vez mais violáceo.

— Tenho que revelar-lhe um segredo que guardei durante anos... É uma longa história...

Meu pai gastava naquelas palavras o último alento de sua agonia, e eu, que conhecia sua tendência para divagar, para entremear cada discurso com digressões, parênteses e retrocessos, temi que jamais conseguisse comunicar-me o essencial.

— Rápido, pai, diga-me o nome da pessoa por quem devo perguntar ao chegar a Oquedal.

— Sua mãe... Sua mãe, que você não conhece, mora em Oquedal... Sua mãe, que você nunca mais viu desde que usava fraldas...

Eu sabia que antes de morrer ele me falaria de minha mãe. Devia-me isso, após me ter feito viver toda a infância e a adolescência sem saber qual rosto ou qual nome teria a mulher que me trouxera ao mundo, sem saber por que eu fora arrancado daquele seio quando ainda sugava seu leite, para arrastar-me com ele em sua vida de vagabundo e de fugitivo.

— Quem é minha mãe? Diga-me o nome dela!

Sobre minha mãe ele me contara várias histórias no tempo em que eu ainda não me cansara de perguntar dela; mas não passavam de histórias, invenções que se contradiziam: ora era uma pobre mendiga, ora uma estrangeira que viajava num carro vermelho, ora uma freira enclausurada, ora uma amazona de circo, ora morrera ao dar-me à luz, ora desaparecera num terremoto. Um dia resolvi não lhe fazer mais perguntas e passei a esperar que fosse ele a falar comigo. Eu acabara de completar dezesseis anos quando meu pai contraiu febre amarela. Ele ofegava:

— Deixe-me contar desde o início. Quando você chegar a Oquedal e disser: "Sou Nacho, filho de don Anastasio Zamora", terá que ouvir muitas coisas sobre mim, falsas histórias, maledicências, calúnias. Quero que você saiba...

— O nome, o nome de minha mãe, rápido!

— Agora. Chegou o momento de você saber...

Não, o momento não chegou. Depois de ter se prolongado em preâmbulos inúteis, a falação de meu pai se perdeu num estertor e se extinguiu para sempre. O jovem que agora cavalgava na escuridão por íngremes caminhos acima de San Ireneo continuava a ignorar a quais origens estava por reunir-se.

Eu tomara a estrada que ladeia a ribeira seca dominando do alto o desfiladeiro profundo. O amanhecer que permanecera suspenso nos contornos recortados da floresta parecia abrir-me não um novo dia, mas um dia que vinha adiante de todos os outros dias, novo no sentido do tempo em que os dias ainda eram novos, como o primeiro dia em que os homens compreenderam o que era um dia.

Quando ficou claro o suficiente para avistar a outra margem, percebi que também lá havia uma estrada e que um homem a cavalo prosseguia paralelamente a mim na mesma direção, com um fuzil militar de cano longo pendurado no ombro.

— Ei! — gritei. — A que distância estamos de Oquedal?

Ele nem se virou; aliás, fez pior que isso, pois durante um instante minha voz o fez virar a cabeça (de outro modo eu teria pensado que era surdo), mas logo redirecionou o olhar para a frente e continuou a cavalgar, sem ter se dignado a uma resposta e sem ter feito sequer um cumprimento.

— Ei! Estou falando com você! É surdo? É mudo? — eu gritava enquanto ele continuava a balançar-se na sela ao passo de seu cavalo negro.

Quem sabe havia quanto tempo avançávamos assim emparelhados durante a noite, separados pela garganta íngreme da ribeira. O que me parecera o eco irregular dos cascos de minha égua repercutindo na acidentada rocha calcária da outra margem era na verdade o ruído das ferraduras daqueles passos que me acompanhavam.

Era um jovem de costas largas e pescoço longo, com um chapéu de palha desfiado. Ofendido por sua atitude pouco amistosa, esporeei minha égua para deixá-lo para trás e não tê-lo mais diante dos olhos. Eu acabara de ultrapassá-lo quando não sei que inspiração me fez virar a cabeça para seu lado. Ele tirara o fuzil do ombro e o levantava como se fosse apontá-lo para mim. Imediatamente abaixei a mão para a coronha de minha carabina, enfiada no coldre da sela. Ele tornou a colocar a alça do fuzil no ombro, como se nada tivesse acontecido. A partir daí prosseguimos no mesmo passo, em margens opostas, vigiando-nos reciprocamente, atentos em nunca dar as costas um ao outro. Era minha égua quem regulava seu passo pelo do cavalo negro, como se tivesse compreendido.

O relato acerta o passo pela marcha lenta dos cascos ferrados ao longo dos caminhos escarpados, rumo a um lugar que contém o segredo do passado e do futuro, o tempo envolto em si mesmo como um laço pendurado no arção da sela. Sei que o longo caminho que me leva a Oquedal será mais curto que aquele que precisarei trilhar quando atingir a última aldeia nos confins do mundo habitado, nos limites do tempo de minha vida.

— Sou Nacho, filho de don Anastasio Zamora — disse ao velho índio agachado junto à parede da igreja. — Onde fica a casa?

"Talvez ele saiba", pensei.

O velho ergueu as pálpebras vermelhas e protuberantes como as de um peru. Um dedo — um dedo seco como os gravetos usados para atear fogo — saiu de debaixo do poncho e indicou o palacete dos Alvarado, o único palacete no meio daquele amontoado de lama seca que é a aldeia de Oquedal; uma fachada barroca que parece ter surgido ali por engano, como um pedaço de cenário teatral abandonado. Alguém, há muitos séculos, deve ter imaginado que essa era a terra do ouro; quando percebeu o erro, iniciou-se para o palacete recém-construído o lento destino das ruínas.

Seguindo os passos de um criado a quem confiei minha montaria, percorro uma série de lugares que deviam levar sempre mais para o interior do palacete; entretanto, vejo-me a cada vez no exterior, passando de um pátio a outro, como se neste palacete as portas servissem apenas para sair e nunca para entrar. A narrativa deveria dar a sensação de que se trata de lugares estranhos, que vejo pela primeira vez e que, no entanto, deixaram na memória não uma lembrança mas um vazio. As imagens agora tentam reocupar esses vazios, mas não conseguem senão tingir-se também com as cores dos sonhos esquecidos no instante mesmo em que aparecem.

A um pátio onde se estendem tapetes para bater (busco na memória lembranças de um berço numa residência faustosa) sucede-se um segundo pátio, atulhado de sacas de alfafa (procuro nas lembranças da primeira infância uma fazenda), depois um terceiro, onde se abrem as cavalariças (terei nascido em meio a estábulos?). Deveria ser dia claro, mas a sombra que envolve a narrativa não parece querer clarear-se, não transmite mensagens que a imaginação visual possa completar com figuras bem definidas, não registra palavras pronunciadas, apenas vozes confusas, cantos abafados.

É no terceiro pátio que as sensações começam a tomar forma. Primeiro os odores, os sabores, depois uma chama ilumina as fisionomias sem idade dos índios reunidos na vasta cozinha de Anacleta Higueras, com suas peles imberbes que poderiam ser tanto velhíssimas quanto adolescentes; talvez já fossem anciãos à época em que meu pai andou por aqui, talvez sejam os filhos de seus companheiros que agora observam o filho dele, como seus pais o observavam, o forasteiro chegado certa manhã com seu cavalo e sua carabina.

Contra o fundo do fogão negro e das chamas se destaca a silhueta alta de uma mulher envolta num cobertor listrado de ocre e rosa. Anacleta Higueras me prepara um prato de almôndegas picantes.

— Coma, filho, pois você caminhou dezesseis anos para reencontrar o caminho de casa — ela diz, e eu pergunto a mim mesmo se esse "filho" é uma forma de tratamento que toda mulher idosa usa para dirigir-se a um jovem ou se quer dizer o que a palavra significa. E os lábios me queimam por causa dos temperos picantes com que Anacleta temperou o prato, como se aquele sabor devesse conter todos os sabores levados ao extremo, sabores que não sei distinguir nem nomear e que agora se misturam como labaredas em meu paladar. Remonto a todos os sabores que provei em minha vida para reconhecer este sabor múltiplo e chego a uma sensação oposta mas talvez equivalente, aquela do leite para o recém-nascido, o primeiro sabor que em si contém todos os outros.

Observo o rosto de Anacleta, o belo semblante índio que a idade espessou ligeiramente sem tê-lo marcado com uma ruga sequer, olho o vasto corpo envolto pelo cobertor e pergunto a mim mesmo se foi no alto terraço de seu seio ora em declive que me pendurei quando criança.

— Então você conheceu meu pai, Anacleta?

— Melhor que não o tivesse conhecido, Nacho. Não foi um dia feliz aquele em que ele pôs os pés em Oquedal.

— Por quê, Anacleta?

— Dele não veio nada além de malefícios para os índios... e também para os brancos... Depois sumiu... Mas nem mesmo o dia em que ele deixou Oquedal foi um dia feliz.

Os olhos de todos os índios se fixaram em mim, olhos que como os das crianças contemplam um eterno presente sem perdão.

Amaranta é a filha de Anacleta Higueras. Tem olhos fendidos num longo corte oblíquo, nariz afilado e teso nas asas, lábios finos de desenho ondulado. Tenho olhos parecidos com os dela, nariz semelhante, lábios idênticos.

— É verdade que Amaranta e eu nos parecemos?

— Todos os filhos de Oquedal se parecem. Índios e brancos têm rostos que se confundem. Somos uma aldeia de poucas famílias isolada na montanha. Há séculos que casamos entre nós.

— Meu pai vinha de fora...

— Pois é. Se não gostamos de forasteiros, temos nossas razões.

As bocas dos índios se abrem num lento suspiro, bocas de dentes escassos sem gengivas, corroídas pela velhice, bocas de esqueletos.

Quando passei, vi no segundo pátio um retrato, a fotografia olivácea de um jovem circundada por coroas de flores e iluminada por uma lamparina a óleo.

— O morto do retrato também tem uma expressão familiar... — digo a Anacleta.

— Aquele é Faustino Higueras, que Deus o tenha na glória resplandecente de seus arcanjos! — diz Anacleta.

E um murmúrio de oração se ergue entre os índios.

— Era seu marido, Anacleta? — pergunto.

— Meu irmão, a espada e o escudo de nossa casa, de nossa gente, até que o inimigo se atravessou em seu caminho...

— Temos os mesmos olhos — digo a Amaranta, aproximando-me dela entre as sacas do segundo pátio.

— Não, os meus são maiores.

— Vamos medi-los então.

Aproximo meu rosto ao seu, de modo que os arcos de nossas sobrancelhas se nivelem, depois, pressionando minha sobrancelha contra a dela, viro o rosto de modo que nossas têmporas, faces e maçãs possam encostar-se.

— Veja, os ângulos de nossos olhos terminam no mesmo ponto...

— Não vejo nada — diz Amaranta, mas não afasta o rosto.

— E nossos narizes... — digo, pondo meu nariz contra o dela, meio de viés, tentando fazer coincidir nossos perfis. — E os lábios... — murmuro com a boca fechada, de modo que nossos lábios, ou, mais exatamente, metade de minha boca e metade da sua, mantenham-se colados.

— Você está me machucando! — diz Amaranta quando a empurro com todo o peso do meu corpo contra as sacas e sinto os mamilos que despontam e o ventre que me roça.

— Canalha! Animal! Para isso é que veio a Oquedal! Você é tal qual o pai!

A voz de Anacleta reboa em meus ouvidos, suas mãos me agarram pelos cabelos e me atiram contra as pilastras enquanto Amaranta, atingida por uma bofetada, geme caída sobre as sacas.

— Em minha filha você não toca nem jamais tocará!

Eu protesto:

— Jamais por quê? O que poderia impedir-nos? Sou homem, e ela é mulher... Se o destino quisesse que nos gostássemos, não hoje, um dia talvez, por que eu não poderia pedi-la em casamento?

— Maldição! — berra Anacleta. — Não é possível! Não é possível sequer pensar nisso, entende?

"Será então que ela é minha irmã?", pergunto a mim mesmo. "O que Anacleta está esperando para reconhecer que é minha mãe?" Eu lhe pergunto:

— Por que grita tão alto, Anacleta? Será que existe algum laço de sangue entre nós?

— De sangue? — Anacleta se recompõe e levanta as bordas de seu cobertor até quase cobrir os olhos. — Seu pai vinha de longe... Que laço de sangue você pode ter conosco?

— Mas eu nasci em Oquedal de uma mulher daqui...

— Vá procurar seus laços de sangue em outra parte, não entre nós, pobres índios... Seu pai não lhe contou?

— Ele nunca me disse nada, juro, Anacleta. Não sei quem é minha mãe.

Anacleta levanta uma das mãos e indica o primeiro pátio.

— Por que a patroa não quis recebê-lo? Por que mandou que se alojasse aqui no meio dos criados? É a ela que seu pai o mandou procurar, não a nós. Vá e se apresente a doña Jazmina. Diga-lhe: "Sou Nacho Zamora y Alvarado, meu pai me mandou para ajoelhar-me a seus pés".

Aqui o relato devia representar meu espírito sacudido como se por um ciclone diante da revelação de que a metade de meu nome que me fora escondida era a dos senhores de Oquedal e de que a minha família pertenciam fazendas vastas como províncias. Mas era como se minha viagem regressiva no tempo me arremessasse num redemoinho obscuro em que os sucessivos pátios do palacete Alvarado se encaixassem um no outro, igualmente familiares e estranhos a minha memória deserta. O primeiro pensamento que me vem à mente é o que lanço a Anacleta, que agarra a filha por uma trança:

— Então sou seu senhor, o senhor de sua filha, e a tomarei quando quiser!

— Não! — grita Anacleta. — Antes que você toque em Amaranta, eu mato os dois!

Amaranta se retira com uma careta que lhe descobre os dentes; se gemia ou se sorria, eu não sei.

A sala de jantar dos Alvarado é mal iluminada por candelabros cobertos por uma crosta de cera antiga, talvez para que não se distingam os estuques descascados e as rendas das cortinas em frangalhos. A senhora me convida a jantar. O rosto de doña Jazmina é recoberto por uma camada de pó de arroz que parece prestes a despregar-se e cair no prato. Também ela é uma índia, sob os cabelos pintados da cor do cobre e frisados com ferro quente. Os pesados braceletes cintilam a cada colherada. Jacinta, sua filha, foi educada num internato e usa um pulôver branco de tênis, mas é em tudo semelhante às moças índias nos olhares e gestos.

— Naquela época havia mesas de jogo neste salão — narra doña Jazmina. — As partidas começavam a esta hora e duravam a noite toda. Houve quem perdesse fazendas inteiras. Don Anastasio Zamora se estabelecera aqui para o jogo, não por outro motivo. Ganhava sempre, e entre nós se espalhou o boato de que seria trapaceiro.

— Mas nunca ganhou fazenda nenhuma — sinto-me na obrigação de esclarecer.

— Seu pai era um homem que perdia de manhã o que

ganhara de noite. E depois, com todas as suas trapalhadas com as mulheres, não demorava muito para gastar o pouco que lhe restava.

— Houve histórias nesta casa, histórias com mulheres? — arrisco-me a perguntar.

— Lá adiante, lá adiante, no pátio do fundo, é que ele ia procurá-las durante a noite... — diz doña Jazmina, indicando a direção do alojamento dos índios.

Jacinta cai na gargalhada, escondendo a boca com as mãos. Percebo nesse momento que é idêntica a Amaranta, embora vestida e penteada de modo completamente diverso.

— Todos se parecem em Oquedal — digo. — Há um retrato no segundo pátio que poderia ser o de todo mundo.

Elas me olham um pouco perturbadas. A mãe diz:

— Era Faustino Higueras... No sangue era só meio índio, pela outra metade era branco. Mas na alma era todo índio. Vivia com eles, tomava o partido deles... e foi assim que terminou.

— Era branco por parte do pai ou da mãe?

— Quantas coisas você quer saber...

— São todas assim as histórias de Oquedal? — pergunto. — Brancos que andam com índias... Índios que andam com brancas...

— Em Oquedal brancos e índios se parecem. O sangue está misturado desde o tempo da Conquista. Mas os amos não devem andar com os empregados. Podemos fazer tudo que desejamos com qualquer um de nós, mas não com eles, isso nunca... Don Anastasio era de uma família de proprietários, embora andasse mais sem dinheiro que um mendigo.

— O que meu pai tem a ver com tudo isso?

— Peça que lhe expliquem a canção que os índios cantam: "... Depois que passa Zamora... a conta fica certa... Uma criança no berço... e um defunto na cova...".

— Ouviu o que sua mãe disse? — pergunto a Jacinta assim que ficamos a sós. — Eu e você podemos fazer tudo que quisermos.

— Se quiséssemos. Mas não queremos.

— Eu poderia querer alguma coisa.

— O quê?

— Mordê-la.

— Se é isso, posso descarná-lo como um osso — diz, mostrando os dentes.

No quarto há uma cama com lençóis brancos que não sei se está desfeita ou já arrumada para a noite, envolta no pesado mosquiteiro que pende de um baldaquino. Empurro Jacinta sobre as dobras do véu, enquanto ela não sabe se me resiste ou se me arrasta; tento tirar-lhe as roupas, mas ela se defende arrancando-me as fivelas e os botões.

— Oh, você também tem uma pinta ali! No mesmo lugar que eu! Olhe!

Nesse instante uma chuva de socos e tapas se abate sobre minha cabeça e minhas costas. Doña Jazmina cai sobre nós como uma fúria:

— Afastem-se um do outro, pelo amor de Deus! Não façam isso, não podem! Separem-se! Não sabem o que estão fazendo! Você é um sem-vergonha igual a seu pai!

Recomponho-me o melhor que posso.

— Por quê, doña Jazmina? O que quer dizer? Com quem meu pai fez isso? Com a senhora?

— Seu grosso! Vá para junto dos criados! Saia de nossa vista! Com as criadas, como seu pai! Volte para sua mãe, passe fora!

— Mas quem é minha mãe?

— Anacleta Higueras, mesmo que não queira reconhecê-lo depois que Faustino morreu.

As casas de Oquedal à noite se achatam contra a terra como se elas sentissem pesar sobre si uma lua baixa e envolta em vapores pesados.

— O que quer dizer essa música que cantam sobre meu pai, Anacleta? — pergunto à mulher, parada no vão da porta como uma estátua num nicho de igreja. — Falam de um morto, de uma cova...

Anacleta pega a lanterna. Atravessamos juntos os milharais.

— Neste campo seu pai e Faustino Higueras se desentenderam e decidiram que um dos dois estava demais no mundo e juntos cavaram uma cova. A partir do momento em que resolveram que deviam bater-se até morrer, foi como se o ódio entre eles se extinguisse, e trabalharam em harmonia enquanto cavavam. Depois se colocaram um de cada lado da cova, tendo ambos um punhal na mão direita e o poncho envolto na esquerda. Em turnos, saltavam a cova e atacavam um ao outro a golpes de faca, defendendo-se com o poncho e tratando de derrubar o inimigo na cova. Combateram assim até o amanhecer, e a terra em volta do buraco já não levantava mais poeira, tanto era o sangue que a encharcava. Todos os índios de Oquedal faziam círculo em torno da cova vazia e dos dois rapazes ofegantes e ensanguentados e se mantinham imóveis e calados para não perturbar o julgamento de Deus, do qual dependia a sorte não apenas de Faustino Higueras e Nacho Zamora, mas de todos eles.

— Mas... Nacho Zamora sou eu...

— Seu pai naquela época também se chamava Nacho.

— E quem venceu, Anacleta?

— Como pode perguntar isso, rapaz? Zamora venceu: ninguém pode julgar os desígnios do Senhor. Faustino foi enterrado aqui mesmo nesta terra. Mas para seu pai foi uma vitória amarga, tanto que naquela mesma noite ele partiu e nunca mais foi visto em Oquedal.

— O que está dizendo, Anacleta? Esta cova está vazia!

— Nos dias seguintes os índios das aldeias vizinhas e distantes vieram em romaria ao túmulo de Faustino Higueras. Partiam para a revolução e me pediam relíquias para levar numa caixa de ouro à frente de seus regimentos na batalha: uma mecha dos cabelos, um pedaço do poncho, um coágulo do sangue de uma ferida. Então decidimos reabrir a cova e desenterrar o cadáver. Mas Faustino não estava lá, seu túmulo estava vazio. A partir desse dia surgiram muitas lendas: há quem jure tê-lo visto de noite correndo pelas montanhas em seu cavalo negro e velando pelo sono dos índios; outros dizem que só se tornará a vê-lo no dia em que os índios descerem até a planície, e ele cavalgará à frente de suas colunas.

"Então era ele! Eu o vi!", eu queria dizer, mas estava transtornado demais para articular uma palavra que fosse.

Os índios com tochas se aproximaram silenciosamente e agora fazem um círculo em torno da cova aberta.

Eis que, trazendo na cabeça um chapéu de palha desfiado, abre caminho entre eles um jovem de pescoço longo, com traços similares aos de muitos outros aqui em Oquedal. Quero com isso dizer que, pelo talho dos olhos, pela linha do nariz, pelo desenho dos lábios, ele se parece comigo.

— Com que direito, Nacho Zamora, você pôs as mãos em minha irmã? — ele pergunta, e em sua mão direita brilha uma lâmina. O poncho lhe recobre o antebraço esquerdo, e uma das franjas se arrasta no chão.

Da boca dos índios escapa um som que não é um murmúrio e sim um suspiro truncado.

— Quem é você?
— Sou Faustino Higueras. Defenda-se.

Fico parado do outro lado da cova, envolvo o poncho no braço esquerdo, empunho a faca.

CAPÍTULO 10

Você está tomando chá em companhia de Arkadian Porphyritch, uma das inteligências mais refinadas da Ircânia, que merecidamente desempenha as funções de diretor-geral dos arquivos da Polícia do Estado. Ele também é a primeira pessoa que lhe ordenaram contatar, tão logo você chegasse à Ircânia na missão que lhe foi confiada pelo alto-comando ataguitano. Porphyritch o recebeu nas acolhedoras salas da biblioteca de seu gabinete, "a mais completa e atualizada da Ircânia", como ele logo lhe disse, "onde os livros apreendidos são classificados, catalogados, microfilmados e conservados, sejam eles obras impressas, sejam mimeografadas, sejam datilografadas, sejam manuscritas".

    Quando as autoridades da Ataguitânia que mantinham você prisioneiro lhe prometeram a liberdade desde que aceitasse uma missão num país distante ("missão oficial com aspectos secretos, bem como missão secreta com aspectos oficiais"), sua primeira reação foi recusar. A escassa propensão para incumbências de Estado, a falta de vocação profissional para agente secreto, o modo obscuro e tortuoso pelo qual lhe propunham as tarefas que devia cumprir eram motivos suficientes para fazê-lo preferir a cela no presídio-modelo às incertezas de uma viagem pelas tundras boreais da Ircânia. Mas o pensamento de que continuando nas mãos deles você podia esperar o pior, a curiosidade com respeito a uma tarefa "que acreditamos possa interessar-lhe como leitor", a possibilidade de fingir deixar-se convencer para depois mandar o plano pelos ares, tudo isso o convenceu a aceitar.

O diretor-geral Arkadian Porphyritch, que parece perfeitamente inteirado até dessa sua situação psicológica, fala-lhe em tom encorajador e didático:

— A primeira coisa que nunca devemos perder de vista é esta: a polícia é a grande força unificadora num mundo que de outro modo estaria destinado à desagregação. É natural que a polícia de diferentes regimes, mesmo inimigos, reconheça interesses comuns que justifiquem uma colaboração. No campo da circulação dos livros...

— Chegarão os diferentes regimes a uniformizar os métodos de censura?

— Não, não a uniformizá-los, mas a criar um sistema em que se equilibrem e se apoiem reciprocamente.

O diretor-geral o convida a observar o planisfério pendurado à parede. As diferentes cores indicam:

os países em que todos os livros são apreendidos sistematicamente;

os países em que só podem circular os livros publicados ou aprovados pelo Estado;

os países em que há censura rudimentar, imprecisa e imprevisível;

os países em que a censura é sutil, erudita, atenta às ilações e alusões, gerenciada por intelectuais meticulosos e matreiros;

os países em que as redes de difusão são duas, uma legal e outra clandestina;

os países em que não há censura porque não há livros, embora haja muitos leitores potenciais;

os países em que não há livros e ninguém lamenta a inexistência deles;

os países, enfim, onde todo dia são produzidos livros para todos os gostos e todas as ideias, em meio à indiferença geral.

— Ninguém hoje tem tanto apreço pela palavra escrita quanto os regimes policiais — diz Arkadian Porphyritch. — Para distinguir as nações em que a literatura desfruta verdadeira consideração, haverá melhor dado que o orçamento destinado a seu controle e repressão? Nos lugares onde é objeto de tais atenções, a literatura adquire uma autoridade extraordinária, inimaginável nos países em que a deixam vegetar como um inócuo passatempo sem riscos. Certamente, também a repressão deve permitir alguns respiradouros, fechar os olhos de vez em quando, fazer alternar arbitrariedade e indulgência, com certa imprevisibilidade em suas decisões, pois de outro modo, se não houver mais nada para reprimir, todo o sistema se enferruja e deteriora. Sejamos francos: todo regime, mesmo o mais autoritário, sobrevive apenas numa situação de equilíbrio instável que o obriga a justificar continuamente a existência do próprio aparato repressivo; ele, portanto, precisa de alguma coisa para reprimir. A vontade de escrever coisas que incomodem a autoridade constituída é um dos elementos necessários à manutenção desse equilíbrio. Por isso, com base num tratado secreto assinado pelos países de regime político contrário ao nosso, criamos uma organização comum, com a qual o senhor inteligentemente aceitou colaborar, para exportar os livros proibidos aqui e importar os livros proibidos lá.

— Isso implicaria que os livros proibidos aqui sejam tolerados lá, e vice-versa.

— Nem em sonho. Os livros proibidos aqui são ainda mais proibidos lá, e os livros proibidos lá são ultraproibidos aqui. No entanto, cada regime usufrui pelo menos duas vantagens importantes com a exportação para o regime adversário dos próprios livros proibidos e a importação de livros proibidos pelo adversário: encoraja os opositores do regime adversário e estabelece intercâmbios de experiência entre os serviços de polícia.

— A tarefa que me foi confiada — você se apressa a esclarecer — limita-me a fazer contatos com os funcionários da polícia ircaniana, porque é somente através de seus canais que os escritos dos opositores podem chegar a nossas mãos.

("Evito dizer-lhe", você pensa consigo mesmo, "que entre os objetivos de minha missão se inclui também estabelecer contato com a rede clandestina dos opositores, e, conforme o caso, poderei favorecer um lado contra o outro, ou vice-versa.")

— Nosso arquivo está a sua disposição — diz o diretor-geral. — Eu poderia mostrar-lhe manuscritos muito raros, a versão original de obras que só chegaram ao público após terem passado pelo crivo de quatro ou cinco comissões de censura e a cada vez terem sido cortadas, modificadas, diluídas e finalmente publicadas em versão mutilada, edulcorada, irreconhecível. Para ler de verdade, é preciso vir aqui, caro senhor.

— E o senhor? O que lê?

— Quer saber se leio de outra forma que não apenas por dever profissional? Bom, eu diria que leio duas vezes todo livro, todo documento, toda prova judicial guardada neste arquivo, fazendo duas leituras completamente diferentes. A primeira, rápida, por amostragem, para saber em que armário devo guardar o microfilme, em que rubrica catalogá-lo. Depois, à noite (passo minhas noites aqui, após o horário de trabalho; o ambiente é tranquilo, relaxante, como o senhor pode confirmar), deito-me neste divã, introduzo no projetor de microfilmes a película de um escrito raro, de um dossiê secreto, e me concedo o luxo de degustá-lo para meu exclusivo prazer.

Arkadian Porphyritch cruza as pernas calçadas de botas e passa um dedo entre o pescoço e a gola do uniforme carregado de medalhas. Acrescenta:

— Não sei se o senhor crê no Espírito. Eu creio. Creio no diálogo que o Espírito trava ininterruptamente consigo mesmo. Sinto que esse diálogo se cumpre através de meu olhar quando perscruto essas páginas proibidas. Também a Polícia é Espírito, o Estado a que eu sirvo, a Censura, assim como os textos sobre os quais exercemos nossa autoridade. O sopro do Espírito não necessita de um grande público para manifestar-se, ele prospera na sombra, na relação obscura que se perpetua entre o segredo dos conspiradores e o segredo da Polícia. Para reavivá-lo, basta minha leitura desinteressada, ainda que sempre atenta a todas as ilações lícitas e ilícitas, à luz desta lâmpada, no grande prédio de escritórios desertos, tão logo posso desabotoar a túnica do uniforme de funcionário e deixar-me visitar pelos fantasmas do proibido que durante as horas diurnas devo manter inflexivelmente à distância...

Você precisa reconhecer que as palavras do diretor-geral lhe comunicam uma sensação de conforto. Se esse homem continua a sentir desejo e curiosidade pela leitura, isso significa que no papel escrito em circulação ainda há algo que não foi fabricado ou manipulado pelos burocratas onipotentes, que para além destes escritórios ainda existe um lado de fora...

— E a conspiração dos livros apócrifos? — você pergunta, com uma voz que tenta parecer friamente profissional. — Os senhores estão a par?

— Claro. Recebi vários relatórios sobre a questão. Durante algum tempo, iludimo-nos quanto à possibilidade de controle do caso. Os serviços secretos das maiores potências trabalhavam para apoderar-se dessa organização, que parecia ter ramificações por toda parte... Mas o cérebro do complô, o Cagliostro das falsificações, esse nos escapava sempre... Não é que nos fosse desconhecido: tínhamos todos os seus dados em nossos fichários, fazia muito que fora identificado na pessoa de um tradutor intriguista e embrulhão; mas os verdadeiros motivos de sua atividade permaneciam obscuros. Parecia não ter mais relações com as diversas seitas que brotaram da conspiração que criara e, no entanto, exercia ainda uma influência indireta nas intrigas delas... E, quando conseguimos pôr as mãos nele, percebemos que não era fácil submetê-lo a nossos interesses... Sua motivação não era dinheiro, nem poder, nem ambição. Parecia que fazia tudo por uma mulher. Para reconquistá-la, ou quem sabe só para ir à desforra, para ganhar uma aposta com ela. Essa mulher era quem devíamos entender se quiséssemos acompanhar os movimentos de nosso Cagliostro. Mas não conseguimos descobrir sua identidade. Foi somente por deduções que cheguei a saber muitas coisas sobre ela, coisas que não poderia expor em nenhum relatório oficial: nossos órgãos diretores não são capazes de captar certas sutilezas...

... Para essa mulher — continua Porphyritch, vendo com quanta atenção você lhe bebe as palavras —, ler significa despojar-se de toda intenção e todo preconceito para estar pronta a captar uma voz que se faz ouvir quando menos se espera, uma voz que vem não se sabe de onde, de algum lugar além do livro, além do autor, além das convenções da escrita: do não dito, daquilo que o mundo ainda não disse sobre si e ainda não tem as palavras para dizer. Quanto a ele, ao contrário, queria demonstrar que por trás da palavra escrita existe o nada; o mundo existe só como artifício, ficção, mal-entendido, mentira. Se era só isso, podíamos muito bem dar-lhe os meios para demonstrar aquilo que quisesse; digo nós, colegas dos vários países e dos vários regimes, dado que éramos muitos a oferecer-lhe nossa colaboração. E ele não a recusou, pelo contrário... Mas não conseguíamos entender se era ele que aceitava nosso jogo ou se nós que bancávamos o peão no jogo dele... E se porventura se tratasse simplesmente de um louco? Somente eu podia descobrir o segredo dele: mandei que nossos agentes o sequestrassem e o trouxessem para cá, que o mantivessem por uma semana em nossas solitárias, e depois eu mesmo o interroguei. Não, aquilo não era loucura sua; talvez só desespero; a aposta com a mulher estava perdida havia tempos; ela vencera; com sua leitura sempre curiosa e jamais satisfeita conseguira descobrir verdade oculta até nas falsificações mais descaradas e falsidade sem atenuantes nas palavras que se pretendem mais verdadeiras. O que restava ao nosso ilusionista? Para não romper o último laço que o ligava a essa mulher, ele continuou a semear a confusão entre os títulos, os nomes dos autores, os pseudônimos, as línguas, as traduções, as edições, as capas, os frontispícios, os capítulos, os inícios, os finais, tudo para que ela reconhecesse ali sinais de sua presença, uma saudação sem esperança de resposta. "Entendi quais são meus limites", ele me disse. "Na leitura ocorre algo sobre o qual não tenho poder." Eu poderia ter lhe dito que esse é o limite que nem sequer a polícia mais onipresente consegue ultrapassar. Podemos impedir que se leia, mas no decreto que proibisse a leitura se leria alguma coisa dessa verdade que não gostaríamos que fosse lida jamais ...

— E o que aconteceu a ele? — você pergunta, com uma angústia talvez ditada menos pela rivalidade que por uma compreensão solidária.

— Era um homem acabado; podíamos fazer dele o que quiséssemos: mandá-lo para os trabalhos forçados ou dar-lhe uma tarefa de rotina em nossos serviços especiais. Entretanto...

— Entretanto...

— Eu o deixei escapar. Uma falsa evasão, uma falsa expatriação clandestina, e ele voltou a conseguir ocultar o próprio rastro. De vez em quando, creio reconhecer sua mão no material que me aparece sob os olhos... A qualidade melhorou... Agora pratica a mistificação pela mistificação... Já não temos poder sobre ele. Por sorte...

— Por sorte?

— É preciso que haja sempre alguma coisa que nos escape... Para que o poder tenha um objeto sobre o qual exercitar-se, um espaço no qual estender os braços... Enquanto eu souber que no mundo existe alguém que faça jogos de prestidigitação simplesmente por amor ao jogo, enquanto até souber que há uma mulher que lê por amor à leitura, posso estar seguro de que o mundo continua... E toda noite também eu me abandono à leitura, como aquela distante leitora desconhecida...

Por um breve momento, você sobrepõe a imagem do diretor-geral à de Ludmilla, mas rapidamente apaga essa incongruência de seu espírito para desfrutar a apoteose da Leitora, visão radiosa que se eleva das palavras desencantadas de Arkadian Porphyritch, e saborear a certeza, confirmada pelo diretor onisciente, de que entre ela e você não há mais obstáculos nem mistérios, ao passo que de seu rival, Cagliostro, não resta mais que uma sombra patética cada vez mais distante.

Mas sua satisfação não será plena enquanto não se romper o encantamento das leituras interrompidas. Também sobre esse ponto você tenta conversar com Arkadian Porphyritch:

— Como contributo à coleção dos senhores, teríamos apreciado oferecer-lhes um dos livros proibidos mais procurados na Ataguitânia: *Ao redor de uma cova vazia*, de Calixto Bandera; mas nossa polícia, por excesso de zelo, mandou destruir toda a tiragem. Contudo, parece que uma tradução em língua ircânica desse romance circula de mão em mão em seu país, numa edição clandestina mimeografada. O senhor sabe algo sobre isso?

Arkadian Porphyritch se levanta para consultar um fichário.

— De Calixto Bandera, o senhor disse? Aqui está; não parece disponível no momento. Mas, se tiver a paciência de esperar uma semana, no máximo duas, reservo-lhe uma excelente surpresa. Segundo nos assinalam os informantes, um de nossos mais importantes autores proibidos, Anatoly Anatolin, trabalha há tempos numa transposição do romance de Bandera para o ambiente ircaniano. Por outras fontes, soubemos que Anatolin está a ponto de terminar um novo romance, intitulado *Que história espera seu fim lá embaixo?*, para cujo confisco já está preparada uma operação policial de surpresa, destinada a impedir que a obra entre no circuito de difusão clandestina. Assim que estiver em nossas mãos, tratarei de conseguir-lhe um exemplar, e o senhor poderá então julgar se se trata do livro que procura.

Num átimo você decide seu plano. Com Anatoly Anatolin há jeito de entrar em contato diretamente; é preciso adiantar-se aos agentes de Arkadian Porphyritch, apoderar-se do manuscrito antes deles, salvá-lo da apreensão, colocá-lo a salvo e salvar a si mesmo: salvar-se tanto da polícia ircaniana como da ataguitana...

Esta noite você tem um sonho. Está num trem, um trem comprido que atravessa a Ircânia. Todos os viajantes leem grossos volumes encadernados, coisa que ocorre com mais facilidade em países onde jornais e revistas são pouco atraentes. Ocorre-lhe a ideia de que alguns dos viajantes, talvez todos, estejam lendo um daqueles romances que você precisou interromper, ou melhor, que todos aqueles romances se encontrem ali no compartimento, traduzidos para uma língua que você não conhece. Você faz um esforço para ler o que está escrito nas lombadas, embora saiba que isso é inútil, pois se trata de uma escrita indecifrável para você.

Um viajante sai ao corredor e, para guardar lugar, deixa seu volume no assento, com um marcador entre as páginas. Tão logo ele sai, você estende a mão para o livro, folheia-o, convence-se de que é aquele que procurava. Nesse momento, percebe que os demais viajantes se voltaram para você com olhares de ameaçadora desaprovação a essa sua atitude indiscreta.

Para esconder seu embaraço, você se levanta e se debruça na janela, sempre com o volume nas mãos. O trem para em meio a vários trilhos e postes de sinalização; talvez num entroncamento, fora de alguma estação perdida. Há neblina e neve, não se vê nada. Nos trilhos ao lado, outro trem está parado, viajando na direção oposta, com os vidros completamente embaçados. Na janela diante da sua, o movimento circular de uma luva restitui ao vidro um pouco de transparência; surge uma figura de mulher envolta numa nuvem de peles.

— Ludmilla... — você a chama. — Ludmilla, o livro... — tenta dizer-lhe, mais por gestos que pela voz. — O livro que você procura... Eu o encontrei, está aqui...

Você labuta para baixar o vidro e passar o livro através das grades de gelo que recobrem o trem com uma crosta espessa.

— O livro que procuro — diz a figura indefinida que estende também ela um livro similar ao seu — é aquele que transmite a sensação do mundo tal como ele será após o fim do mundo, a sensação de que o mundo é o fim de tudo que existe no mundo, de que a única coisa que existe no mundo é o fim do mundo.

— Não é verdade! — você grita, e procura no livro incompreensível uma frase que possa contradizer as palavras de Ludmilla. Mas os dois trens tornam a partir, afastando-se em direções opostas.

Um vento gelado varre os jardins públicos da capital da Ircânia. Você está sentado num banco à espera de Anatoly Anatolin, que deve entregar-lhe o manuscrito de seu novo romance, *Que história espera seu fim lá embaixo?*. Um jovem de longa barba loura, sobretudo preto comprido e boné de encerado senta-se a seu lado.

— Disfarce. Os jardins são sempre muito vigiados.

Uma sebe os protege de olhares estranhos. Um pequeno maço de folhas passa do bolso interno do sobretudo de Anatoly para o bolso interno da jaqueta que você está usando. Anatoly Anatolin tira outras folhas de um bolso interno do paletó.

— Precisei dividir as páginas entre os diferentes bolsos, para que o volume não desse na vista — ele diz, tirando um rolo de folhas de um bolso interno do colete. O vento arranca uma das folhas de entre seus dedos; ele se precipita para recolhê-la. Está para retirar do bolso de trás da calça outro maço de páginas, mas dois agentes à paisana surgem da sebe e o prendem.

QUE HISTÓRIA ESPERA SEU FIM LÁ EMBAIXO?

Caminhando ao longo da grande avenida de nossa cidade, apago mentalmente os elementos que decidi não tomar em consideração. Passo ao lado do edifício de um ministério, cuja fachada é cheia de cariátides, colunas, balaústres, pedestais, mênsulas, métopas, e sinto a necessidade de reduzi-la a uma superfície lisa e vertical, uma lâmina de vidro opaco, um tabique que recorte o espaço sem impor-se à vista. Mesmo simplificado, o edifício continua a pesar opressivamente sobre mim. Decido aboli-lo por completo; em seu lugar, um céu leitoso se ergue sobre a terra nua. Apago do mesmo modo cinco outros ministérios, três bancos e dois arranha-céus, sedes de grandes empresas. O mundo é tão complexo, emaranhado e sobrecarregado que, para que eu veja com um pouco de clareza, é necessário desbastar e desbastar.

Em minhas idas e vindas pela avenida, encontro continuamente pessoas cuja visão me é desagradável por vários motivos: meus superiores hierárquicos, porque me lembram de minha condição de subalterno; meus subordinados, porque detesto sentir-me investido de uma autoridade que me parece mesquinha, como são mesquinhos a inveja, a subserviência e o rancor que ela suscita. Apago uns e outros, sem hesitar; com o canto do olho, eu os vejo diminuir e desaparecer numa ligeira brisa de névoa.

Nessa operação, devo ficar atento para poupar os transeuntes, os estranhos, os desconhecidos que nunca me incomodaram;

se observo sem preconceito os rostos de alguns deles, parecem-me dignos de interesse sincero. Mas, se no mundo que me cerca não sobra mais que uma multidão de estranhos, não tardo a captar sensações de solidão e de estranheza — assim, é melhor apagá-los também, em bloco, e não pensar mais nisso.

Num mundo simplificado, tenho mais possibilidade de encontrar as poucas pessoas que sinto prazer em encontrar — Franziska, por exemplo. Franziska é uma amiga que sempre me dá muita alegria quando me acontece de encontrá-la. Dizemos coisas espirituosas, rimos, contamos casos sem importância que talvez não contássemos a outros, mas que narrados entre nós se revelam interessantes para ambos; antes de nos despedirmos, dizemos que temos que nos ver de qualquer jeito o mais rápido possível. Depois os meses se passam, até que nos acontece de outra vez nos encontrarmos na rua por acaso; aclamações festivas, risos, promessas de nos revermos, mas nem ela nem eu nunca fazemos nada para provocar um encontro; talvez porque saibamos que não seria mais a mesma coisa. Ora, num mundo simplificado e reduzido, em que o campo ficasse livre de todas aquelas situações preestabelecidas segundo as quais o fato de Franziska e eu nos vermos com maior frequência implicaria uma relação entre nós que de alguma forma seria mais definida, talvez a perspectiva de um casamento ou pelo menos a ideia de formar um casal, pressupondo um vínculo extensivo às respectivas famílias, à parentela de ascendentes e descendentes, aos irmãos e aos primos de todos os graus, e um vínculo entre o ambiente da vida a dois e nossos comprometimentos na esfera da renda e dos bens patrimoniais... Uma vez desaparecidos todos esses condicionamentos que pesam silenciosamente ao redor de nossas conversas e fazem que elas não durem mais que alguns minutos, encontrar Franziska deveria ser ainda mais lindo e agradável. É portanto natural que eu tente criar as condições mais favoráveis à coincidência de nossos percursos, incluindo-se aí a eliminação de todas as jovens que usam casaco de pele clara como aquele que ela usava da última vez, para estar bem certo de que, se a vir de longe, eu me assegure de que é ela, evitando assim expor-me a equívocos e desilusões, e a eliminação de todos os rapazes que poderiam ser amigos de Franziska e que nada impediria que a procurassem intencionalmente para entretê-la em prazerosas conversas no momento em que deveria ser eu a encontrá-la por acaso.

Demorei-me nesses detalhes de ordem pessoal, mas isso não deve fazer pensar que em tais eliminações eu seja movido predominantemente por interesses individuais imediatos; pelo contrário: procuro agir no interesse do conjunto (e também de mim próprio, mas indiretamente). Se para começar fiz desaparecer todos os serviços públicos que me surgiam pela frente, e não só suas sedes, com suas escadarias, pórticos de colunas, corredores e antecâmaras, fichários, circulares e dossiês, mas também seus chefes de seção, diretores-gerais, inspetores-adjuntos, substitutos, funcionários estáveis e eventuais, eu o fiz por acreditar que sua existência seja nociva ou supérflua para a harmonia do conjunto.

É a hora em que as multidões de empregados deixam os escritórios superaquecidos, abotoam os capotes com gola de pele sintética e se espremem nos ônibus. Num piscar de olhos eles desaparecem; não se veem mais que raros transeuntes à distância nas ruas despovoadas, de onde já tive o cuidado de eliminar todos os carros, caminhões e ônibus. Gosto de ver o chão das ruas vazio e liso como uma pista de boliche.

Depois elimino quartéis, guaritas, delegacias; todas as pessoas fardadas desaparecem como se nunca tivessem existido. Talvez eu tenha mão um pouco pesada; percebo que dou o mesmo destino aos bombeiros, carteiros, garis e outras categorias que podiam merecidamente aspirar a um tratamento diverso; mas agora o que foi feito está feito: não se pode estar sempre cuidando das sutilezas. Para não criar inconvenientes, apresso-me a abolir os incêndios, o lixo e também o correio, que afinal não traz nada além de amolações.

Certifico-me de que não tenham ficado em pé hospitais, clínicas, hospícios; apagar médicos, enfermeiros e doentes me parece a única saúde possível. Depois os tribunais inteiros, com juízes, advogados, réus e partes lesadas; as cadeias, com carcereiros e encarcerados. Depois apago a universidade com todo o corpo docente, a academia de ciências, letras e artes, o museu, a biblioteca, os monumentos com a respectiva superintendência, o teatro, o cinema, a televisão, os jornais. Se pensam que o respeito à cultura irá deter-me, estão enganados.

Depois é a vez das estruturas econômicas que há muito tempo continuam a impor sua excessiva pretensão de determinar nossas vidas. O que pensam que são? Dissolvo as lojas, uma por uma, começando pelas dos gêneros de primeira necessidade até acabar nas dos produtos de luxo, dos supérfluos; primeiro desguarneço as vitrines de mercadorias, depois apago os balcões, as prateleiras, as vendedoras, os caixas, os supervisores de departamento. A multidão de clientes permanece um segundo perdida, estendendo as mãos no vazio, vendo volatizarem-se os carrinhos de compras; depois também ela é engolida pelo nada. Do consumo passo à produção: acabo com a indústria, leve e pesada, extingo as matérias-primas e as fontes de energia. E a agricultura? Fora com ela também! E, para que ninguém diga que tendo a regredir às sociedades primitivas, elimino também a caça e a pesca.

A natureza... Ora, não pensem que eu não tenha entendido que também a natureza é uma bela impostura: morra! Basta que reste uma crosta terrestre suficientemente sólida sob os pés e um vazio nos demais lugares.

Continuo meu passeio pela avenida, que agora já não se distingue mais da imensa planície deserta e gelada. A perder de vista não há mais paredes, nem tampouco montanhas ou colinas; nem sequer um rio, um lago, um mar; nada exceto uma extensão achatada e cinzenta de gelo compacto como basalto. Renunciar às coisas é menos difícil que se pensa: basta começar. Uma vez que você consegue prescindir de algo que julgava essencial, percebe que pode dispensar também outras coisas e, mais tarde, tantas coisas mais. Assim, cá estou percorrendo esta superfície vazia que é o mundo. Há um vento rasante que leva em rajadas de neve os últimos resíduos do mundo desaparecido: um cacho de uvas maduras que parece recém-colhido, um sapatinho de lã para recém-nascido, uma engrenagem bem lubrificada, uma página que se imaginaria arrancada de um romance em língua espanhola com um nome de mulher — Amaranta. Foi há poucos segundos, ou já faz muitos séculos, que tudo cessou de existir? Já perdi a noção do tempo.

Lá no fundo daquela faixa de nada que continuo a chamar avenida, vejo avançar uma silhueta fina num casaco de pele clara: é Franziska! Reconheço o passo desenvolto nas botas de cano alto, o jeito de guardar as mãos na manga, a longa echarpe listrada que esvoaça. O ar gelado e o terreno livre garantem boa visibilidade, mas mesmo assim me debato inutilmente em gestos de apelo: ela não consegue me reconhecer, estamos ainda muito distantes. Avanço com grandes passadas, ao menos creio avançar, embora me faltem os pontos de referência. De repente, na linha que vai de Franziska a mim se desenham algumas sombras: são homens, homens de capote e chapéu. Esperam por mim. Quem poderiam ser?

Quando me aproximo o suficiente, consigo reconhecê-los: são os da Seção D. Como é que se conservaram ali? O que estão fazendo? Pensava tê-los também abolido quando eliminei o pessoal burocrático. Por que se interpõem entre mim e Franziska? "Bem, vou apagá-los agora!", penso, concentrando-me. Não adianta: ainda estão lá.

— Aqui está você — cumprimentam-me. — Também é um dos nossos? Deu-nos uma bela ajuda, e agora está tudo limpo.

— Como é que é? — exclamo. — Vocês também estavam apagando?

Agora compreendo a sensação de que precisava ter ido mais longe no exercício de fazer desaparecer o mundo que me circunda.

— Mas, digam-me, vocês não eram aqueles que falavam sempre em incrementar, potencializar, multiplicar?...

— E daí? Não há nenhuma contradição... Tudo entra na lógica das previsões... A linha de desenvolvimento recomeça do zero... Também você percebeu que a situação chegara a um ponto morto e se deteriorava... O jeito era apoiar o processo... Tendencialmente, aquilo que pode figurar como um passivo durante um breve período pode transformar-se em incentivo a longo prazo....

— Mas eu não entendia as coisas como vocês... Meu propósito era outro... Eu apago de outro modo...

Protesto e penso: "Se pensam incluir-me em seus planos, enganam-se!".

Apresso-me em retroceder, em devolver a existência às coisas do mundo, uma por uma ou todas juntas, contrapor sua variada e tangível substância como uma parede compacta ao projeto de anulação generalizada. Fecho os olhos e torno a abri-los, certo de encontrar-me na avenida fervilhante de tráfego, com os faróis que a esta altura já devem estar acesos, com a última edição dos jornais que já deve estar chegando às bancas. Mas não, nada: ao redor o vazio é cada vez mais vazio, a silhueta de Franziska no horizonte avança lentamente como se tivesse que escalar a curvatura do globo terrestre. Seríamos os únicos sobreviventes? Com um terror crescente começo a entender a verdade: o mundo que eu pensava ter anulado por decisão de minha mente e que imaginava poder revogar a qualquer momento deixara mesmo de existir.

— Sejamos realistas — dizem os funcionários da Seção D. — Basta olhar em volta. É todo o universo que se... digamos que entrou em fase de transformação... — E me apontam o céu, onde as constelações estão irreconhecíveis, aqui reunidas, ali dispersas, o mapa celeste sacudido por estrelas que explodem uma depois da outra ou executam seus últimos movimentos e se apagam.

— O importante é que, quando chegarem os novos, eles encontrem a Seção D em perfeito estado de funcionamento, com o organograma completo, as estruturas funcionais operantes...

— Mas quem são esses "novos"? O que fazem eles? O que desejam? — Enquanto pergunto, vejo expandir-se na superfície gelada que me separa de Franziska uma fenda fina como uma armadilha misteriosa.

— É cedo para dizê-lo. Isto é, cedo para que o digamos, com nossos termos. Por ora não conseguimos sequer vê-los. É certo que existem; aliás, havia muito que estávamos informados de que chegariam em breve... Entretanto, estamos nós também aqui, e eles não podem sabê-lo; nós, que representamos a única ligação possível com o que antes existia... Eles necessitam de nós, não podem evitar recorrer a nós, confiar-nos a direção prática do que resta... O mundo recomeçará tal como o desejamos.

Não, penso, o mundo que eu gostaria que recomeçasse ao redor de mim e de Franziska não pode ser o de vocês; quero concentrar-me em pensar num lugar com todos os seus detalhes, um lugar onde eu gostaria de encontrar-me com Franziska neste momento, por exemplo um café cheio de espelhos em que se refletissem lustres de cristal enquanto uma orquestra tocasse valsas e os acordes dos violinos flutuassem sobre as mesas de mármore, as xícaras fumegantes e as bombas com creme. Ao passo que lá fora, para além das vidraças embaçadas, o mundo cheio de gente e de coisas faria sentir sua presença; a presença do mundo amigável e hostil, as coisas com as quais alegrar-se ou contra as quais lutar... Penso nisso com todas as minhas forças, mas agora sei que elas não bastam para fazê-lo existir: o nada é mais forte, foi ele que ocupou toda a terra.

— Entrar em contato com eles não será fácil — continua o grupo da Seção D. — É preciso que fiquemos atentos para não sermos excluídos do jogo. Pensamos em você para ganhar a confiança dos novos. Você demonstrou saber fazer as coisas durante a fase de liquidação e, de todos nós, é o menos comprometido com os antigos administradores. É você quem irá apresentar-se, explicar o que é a Seção D, como pode ser utilizada por eles para tarefas indispensáveis, urgentes... Bom, você saberá colocar as coisas da melhor maneira.

— Então vou indo, vou procurá-los.

Apresso-me em dizer isso porque percebo que, se não fugir agora, se não conseguir alcançar Franziska para colocá-la a salvo, dentro de um minuto será demasiado tarde, a armadilha está para fechar-se. Afasto-me correndo antes que os homens da Seção D me segurem para fazer perguntas e dar-me instruções; avanço para Franziska por sobre a crosta gelada. O mundo está reduzido a uma folha de papel na qual ninguém consegue escrever mais que palavras abstratas, como se todos os substantivos concretos tivessem desaparecido; bastaria conseguir escrever a palavra "pote" para que fosse possível escrever também "caçarola", "molho", "coifa", mas a fórmula estilística do texto o impede.

Sobre o solo que separa Franziska de mim vejo abrirem-se fissuras, sulcos, rachaduras; a cada momento um de meus pés escapa de ser engolido por uma greta; os interstícios se alargam, logo se interporá entre nós um despenhadeiro, um abismo! Eu salto de uma margem para a outra e não vejo lá embaixo nenhum fundo, apenas o nada que continua para baixo até o infinito; corro sobre pedaços do mundo espalhados no vazio; o mundo está se estilhaçando... Toda a Seção D me chama, fazem gestos desesperados para que eu volte atrás e não siga adiante... Franziska! Pronto, um último pulo e estarei com você!

Está aqui, diante de mim, sorridente, com um brilho dourado nos olhos, o rosto miúdo um pouco rosado pelo frio.

— Ah, mas é você mesmo! Toda vez que passo pela avenida eu o encontro! Não vá dizer que passa os dias passeando! Escute, conheço um café aqui na esquina, cheio de espelhos, com uma orquestra que toca valsas. Que tal me convidar?

CAPÍTULO 11

Leitor, é hora de sua agitada navegação encontrar um ancoradouro. Que porto pode acolhê-lo com maior segurança que uma grande biblioteca? Certamente haverá uma na cidade da qual partiu e à qual retorna depois de uma volta ao mundo de um livro a outro. Resta-lhe ainda uma esperança, a de que os dez romances que se volatilizaram entre suas mãos assim que empreendeu a leitura se encontrem nessa biblioteca.

Enfim, abre-se para você um dia livre e tranquilo: vá à biblioteca, consulte o catálogo; esforce-se para não lançar um grito de alegria, ou melhor, dez gritos; todos os autores e os títulos que procura constam do catálogo, no qual estão cuidadosamente registrados.

Você preenche uma ficha e a entrega ao funcionário; mas logo é informado de que deve ter havido um erro de numeração no catálogo; não será possível encontrar o livro; de qualquer modo, irão pesquisar. Você imediatamente solicita outro título: dizem-lhe que está emprestado, mas não se consegue saber a quem nem quando voltará. O terceiro que pede está no setor de encadernação; estará de volta dentro de um mês. O quarto se encontra guardado numa ala da biblioteca que está fechada para reforma. Você continua a preencher fichas; por uma razão ou outra, nenhum dos livros que deseja se encontra disponível.

Enquanto os funcionários prosseguem nas buscas, você espera pacientemente, sentado a uma mesa junto com outros leitores mais afortunados, imersos em seus volumes. Você estica o pescoço, à direita e à esquerda, para bisbilhotar nos livros alheios; quem sabe alguém está lendo um dos livros que você procura...

O olhar do leitor a sua frente, em vez de estar pousado no livro aberto entre suas mãos, vaga pelos ares. Contudo, os dele não são olhos distraídos: uma fixidez intensa acompanha os movimentos de suas íris azuis. De vez em quando seu olhar encontra o dele. Em certo momento, ele lhe dirige a palavra, ou melhor, fala para o vazio, mas se dirigindo a você:

— Não se espante de ver meu olhar constantemente perdido. Este é mesmo meu modo de ler, e só assim a leitura me é proveitosa. Se um livro me interessa de verdade, não consigo avançar além de umas poucas linhas sem que minha mente, tendo captado uma ideia que o texto propõe, um sentimento, uma dúvida, uma imagem, saia pela tangente e salte de pensamento em pensamento, de imagem em imagem, num itinerário de raciocínios e fantasias que sinto a necessidade de percorrer até o fim, afastando-me do livro até perdê-lo de vista. O estímulo da leitura me é indispensável, o de uma leitura substancial, embora eu não consiga ler de cada livro mais que algumas páginas. Mas aquelas poucas páginas encerram para mim universos inteiros, que eu não consigo esgotar.

— Eu o entendo bem — intervém outro leitor, erguendo o rosto ceroso e os olhos avermelhados das páginas de seu volume. — A leitura é uma operação descontínua e fragmentária. Ou melhor: o objeto da leitura é uma matéria puntiforme e pulverizada. Na imensidade da escrita a atenção do leitor distingue segmentos mínimos, aproximação de palavras, metáforas, núcleos sintáticos, transições lógicas, peculiaridades lexicais que se revelam densas de significado extremamente concentrado. São como as partículas elementares que compõem o núcleo da obra, em torno do qual gira todo o restante. Ou, ainda, como o vazio no fundo de um redemoinho que aspira e engole as correntes. É através dessas espirais que, por lampejos a custo perceptíveis, se manifesta a verdade que o livro pode comportar, sua substância última. Mitos e mistérios consistem em grãos impalpáveis como o pólen que adere às patas das borboletas; só aquele que compreendeu isso pode esperar surpresas e iluminações. Por isso minha atenção, ao contrário da sua, não pode afastar-se das linhas escritas nem por um instante sequer. Não devo distrair-me para não deixar escapar nenhum indício precioso. Toda vez que me defronto com uma dessas granulações de sentido, tenho que continuar escavando à volta, para ver se a pepita se desenvolve em filão. Por isso minha leitura não acaba nunca: leio e releio sempre, procurando a confirmação de uma nova descoberta entre as dobras das frases.

— Também eu sinto necessidade de reler os livros que já li — diz um terceiro leitor —, mas a cada releitura me parece estar num livro novo. Será que continuo a mudar e ver coisas que antes não percebera em outra leitura? Ou será a leitura uma construção que ganha forma reunindo um número de variáveis e não consegue repetir-se duas vezes obedecendo à mesma configuração? Toda vez que tento reviver a emoção de uma leitura precedente, experimento novas e inesperadas impressões e já não encontro as de antes. Em certos momentos, parece-me que entre uma leitura e outra há um progresso; nesse sentido, por exemplo, quanto mais penetro o espírito do texto, mais me parece aumentar o distanciamento crítico. Em outros momentos, parece-me ao contrário que devo conservar a lembrança das leituras de um mesmo livro uma ao lado da outra, entusiastas ou frias ou hostis, dispersas no tempo sem uma perspectiva de união, sem um fio que possa ligá-las. A conclusão à qual cheguei é que a leitura consiste numa operação sem objeto ou que seu verdadeiro objeto é ela própria. O livro é um suporte acessório ou, mesmo, um pretexto.

Intervém um quarto leitor:

— Se quiserem insistir na subjetividade da leitura, posso concordar com vocês, mas não no sentido centrífugo que vocês lhe atribuem. Cada novo livro que leio passa a fazer parte daquele livro abrangente e unitário que é a soma de minhas leituras. Isso não acontece sem esforço; para compor esse livro geral, cada livro particular deve transformar-se, relacionar-se com os livros que li anteriormente, tornar-se o corolário ou o desenvolvimento ou a refutação ou a glosa ou o texto de referência. Há vários anos frequento esta biblioteca e a exploro volume por volume, prateleira por prateleira, mas poderia demonstrar-lhes que não fiz outra coisa senão prosseguir na leitura de um único livro.

— Também para mim todos os livros que leio conduzem a um único livro — diz um quinto leitor debruçando-se por trás de uma pilha de volumes encadernados —, mas se trata de um livro situado num passado distante, que a custo emerge de minhas lembranças. É para mim uma história anterior a todas as outras, e da qual todas as histórias que leio me parecem oferecer um eco, que logo se perde. Em minhas leituras não faço nada além de buscar esse livro lido em minha infância, mas o que me recordo é demasiado pouco para reencontrá-lo.

Um sexto leitor, que estava de pé, com o nariz erguido passando em revista as prateleiras, aproxima-se da mesa.

— O momento mais importante para mim é aquele que precede a leitura. Às vezes é o título que basta para acender em mim o desejo de um livro que talvez não exista. Outras vezes é o *incipit* de um livro, suas primeiras frases... Em suma, se a vocês basta pouco para pôr em movimento a imaginação, a mim basta menos ainda: apenas a promessa da leitura.

— Para mim, ao contrário, é o final que conta — diz um sétimo —, mas o final verdadeiro, o derradeiro, oculto na escuridão, o ponto de chegada ao qual o livro quer conduzi-lo. Ao ler, eu também procuro um respiradouro — diz, acenando para o homem dos olhos avermelhados —, mas, se meu olhar escava entre as palavras, é para tentar discernir o que se esboça à distância, nos espaços que se estendem para além da palavra "fim".

É chegado o momento de também você expor suas impressões:

— Senhores, devo antes explicitar que a mim agrada ler nos livros só o que está escrito e ligar os detalhes ao conjunto; considerar definitivas certas leituras; não misturar um livro com outro; separar cada um por aquilo que possui de diferente e de novo; mas o que mais gosto mesmo é de ler um livro do princípio ao fim. No entanto, de algum tempo para cá, tudo vem dando errado para mim; parece-me que hoje só existem no mundo histórias que ficam em suspenso e se perdem no caminho.

Responde o quinto leitor:

— Aquela história de que lhes falava, lembro-me bem do início, mas me esqueci do restante. Deve ser um conto das *Mil e uma noites*. Estou cotejando as várias edições, as traduções em todas as línguas. Há muitas histórias similares, com inúmeras variantes, mas nenhuma é aquela. Será que sonhei? Contudo, sei que não terei paz enquanto não a achar e não souber como termina.

— "O califa Harum al-Rashid" — assim começa a história que, em vista de sua curiosidade, Leitor, o quinto consente em contar —, "tomado pela insônia, uma noite se disfarça de comerciante e sai pelas ruas de Bagdá. Um barco o transporta pelas águas do Tigre até o portão de um jardim. À beira de uma fonte, uma mulher bela como a lua canta acompanhada pelo alaúde. Uma escrava deixa o califa entrar no palácio e o faz vestir um manto cor de açafrão. A mulher que cantava no jardim agora está sentada numa poltrona de prata. Nas almofadas ao redor dela estão sete homens envoltos em mantos cor de açafrão. 'Só faltava você', diz a mulher, 'está atrasado', e o convida a sentar-se numa almofada a seu lado. 'Nobres senhores, juraram obedecer-me cegamente; agora é chegado o momento de colocá-los à prova', e a mulher tira do pescoço um fio de pérolas. 'Este colar tem sete pérolas brancas e uma negra. Agora cortarei o fio e deixarei cair as pérolas num cálice de ônix. Quem tirar à sorte a pérola negra deve matar o califa Harum al-Rashid e trazer-me sua cabeça. Em recompensa lhe oferecerei eu mesma. Caso se recuse a matar o califa, será morto pelos outros sete, que repetirão o sorteio da pérola negra.' Com um arrepio, Harum al-Rashid abre a mão, vê nela a pérola negra e, dirigindo-se à mulher, diz: 'Obedecerei às ordens da sorte, e às suas, desde que me responda: que ofensa do califa desencadeou seu ódio?', pergunta, ansioso para ouvir o relato."

Também esse trecho de uma leitura infantil deveria figurar na lista de seus livros interrompidos, Leitor. Mas qual será o título?

— Se tinha um título, também o esqueci. Atribua-lhe um você.

As palavras com as quais a narrativa se interrompe lhe parecem exprimir bem o espírito das *Mil e uma noites*. Você escreve então *Ele pergunta, ansioso por ouvir o relato*, na lista dos títulos que inutilmente solicitou à biblioteca.

— Pode deixar-me ver? — indaga o sexto leitor, tomando-lhe a lista dos títulos; ele tira os óculos de míope, coloca-os no estojo, abre outro estojo, ajusta os óculos de presbíope e lê em voz alta: — "*Se um viajante numa noite de inverno, fora do povoado de Malbork, debruçando-se na borda da costa escarpada, sem temer o vento e a vertigem, olha para baixo onde a sombra se adensa numa rede de linhas que se entrelaçam, numa rede de linhas que se entrecruzam no tapete de folhas iluminadas pela lua ao redor de uma cova vazia. 'Que história espera seu fim lá embaixo?', ele pergunta, ansioso por ouvir o relato*".

Ele então ergue os óculos para a testa e diz:

— É, eu seria capaz de jurar que já li um romance que começa assim... O senhor só tem este início e gostaria de encontrar a sequência, não é verdade? O problema é que antigamente todos os romances começavam assim. Havia alguém que passava por uma rua solitária e via algo que chamava sua atenção, alguma coisa que parecia esconder um mistério ou uma premonição; a pessoa então pedia explicações, e aí lhe contavam uma longa história.

Você tenta avisá-lo:

— Mas, veja, há um mal-entendido. Isso não é um texto, são só os títulos... o *Viajante*...

— Ah, o viajante só aparecia nas primeiras páginas e depois não se falava mais dele, sua função estava encerrada. O romance não era a história dele...

— Mas não é essa história que eu gostaria de saber como termina...

O sétimo leitor o interrompe:

— O senhor acredita que toda história precisa ter princípio e fim? Antigamente, a narrativa tinha só dois jeitos de acabar: superadas todas as provações, o herói e a heroína se casavam ou morriam. O sentido último ao qual remetiam todos os relatos tinha duas faces: a continuidade da vida, a inevitabilidade da morte.

Você se detém um instante para refletir sobre tais palavras. Depois, de modo fulminante, decide que deve casar-se com Ludmilla.

CAPÍTULO 12

Agora vocês são marido e mulher, Leitor e Leitora. Um grande leito matrimonial acolhe suas leituras paralelas.

Ludmilla fecha seu respectivo livro, apaga sua respectiva luz, abandona a cabeça no travesseiro e diz:

— Apague você também. Não está cansado de ler?

E você:

— Só mais um instante. Estou quase acabando *Se um viajante numa noite de inverno*, de Italo Calvino.

APÊNDICE

A primeira edição de Se um viajante numa noite de inverno *saiu em junho de 1979 pela Einaudi. Na época, Calvino falou do livro em diversas entrevistas à imprensa. Entretanto, a melhor ocasião para refletir e discutir sobre a estrutura e o significado da obra lhe foi oferecida por uma resenha do crítico Angelo Guglielmi, à qual Calvino respondeu com o seguinte comentário, intitulado "Se um narrador numa noite de inverno" e publicado em dezembro do mesmo ano na revista mensal* Alfabeta.

Caro Angelo Guglielmi, você escreve "nesta altura faria duas perguntas a Calvino", mas na realidade são inúmeras as suas indagações, explícitas ou veladas, a propósito do *Viajante*, em seu artigo "Perguntas a Italo Calvino" publicado no número 6 de *Alfabeta*. Na medida do possível, tratarei de responder-lhe.

Começarei pela parte que não apresenta interrogações, qual seja, o trecho em que seu discurso coincide com o meu, para depois identificar os pontos em que nossos caminhos se bifurcam e se distanciam. Você descreve meu livro com muita fidelidade e, sobretudo, define com precisão os dez tipos de romance que sucessivamente vão sendo propostos ao leitor: "[...] Num dos romances, a realidade é impalpável como a névoa; em outro, os objetos são demasiado densos e sensuais; num terceiro, prevalece a abordagem introspectiva; em outro, atua uma forte tensão existencial projetada para a história, a política e a ação; em outro ainda, explode a violência mais brutal; e, em outro, cresce um insustentável sentimento de privação e angústia. E depois há o romance erótico-pervertido, o telúrico-primordial e, enfim, o apocalíptico".*

Para definir esses dez *incipit*, a maioria dos críticos procurou possíveis modelos ou fontes (e destes frequentemente emergiram nomes de autores em que eu jamais pensara, o que chama a atenção para um campo pouco explorado até agora: como funcionam as associações mentais entre textos diversos? Por que caminhos um texto é assimilado ou justaposto a outro em nossa mente?), ao passo que você adota aquele que foi meu procedimento, isto é, propor sempre uma postura no estilo e na relação com o mundo (em torno da qual depois deixo que os ecos de memória de tantos livros lidos se adensem naturalmente), postura que você define com perfeição em todos os dez casos.

---

* Cinco anos depois, numa conferência no Instituto Italiano de Cultura de Buenos Aires, Calvino se lembraria dessas palavras ao descrever e definir o livro: "tentar escrever romances 'apócrifos', isto é, aqueles que imagino tenham sido escritos por um autor que não sou eu e que não existe, foi tarefa levada ao extremo em *Se um viajante numa noite de inverno*. Trata-se de um romance sobre o prazer de ler romances; o protagonista é o Leitor, que por dez vezes recomeça a ler um livro que, em razão de vicissitudes alheias a sua vontade, ele não consegue terminar. Tive, portanto, de escrever o início de uma dezena de romances de autores imaginários, todos de algum modo diferentes de mim e diferentes entre si: um romance todo de desconfianças e sentimentos confusos; outro todo de sensações densas e sanguíneas; um introspectivo e simbólico; um existencial revolucionário; um cínico-brutal; um de manias obsessivas; um lógico e geométrico; um erótico-pervertido; um telúrico-primordial; um apocalíptico-alegórico. Mais que identificar-me com o autor de cada um dos dez romances, procurei identificar-me com o leitor — representar o prazer da leitura deste ou daquele gênero, mais que o texto propriamente dito. Em alguns momentos, cheguei a sentir que a energia criativa desses dez autores inexistentes me penetrava. Mas, sobretudo, tentei evidenciar o fato de que todo livro nasce na presença de outros livros, em relação e em confronto com outros livros" (Italo Calvino, "Il libro, i libri", *Nuovi Quaderni Italiani*, Buenos Aires, 1984, p. 19). [Nota da edição italiana.]

Em todos os dez casos? Observando melhor, percebo que dei apenas nove exemplos. Entre o ponto-final e o "E depois...", há uma lacuna que corresponde ao conto dos espelhos ("Numa rede de linhas que se entrecruzam"), ou seja, a um exemplo de narração que tende a construir-se como operação lógica, figura geométrica ou jogo de xadrez. Se quisermos, nós também, tentar a aproximação com os nomes próprios, poderemos identificar em Poe o pai mais ilustre desse modo de narrar e em Borges o ponto de chegada mais completo e atual. Entre esses dois nomes, mesmo distantes, podemos situar muitos autores que tendem a filtrar as emoções mais romanescas num clima mental de abstração rarefeita, frequentemente ornado com algum preciosismo erudito.

"Numa rede de linhas que se entrecruzam" foi muito destacado (talvez demais?) por outros críticos, ao passo que foi o único esquecido por você. Por quê? Porque, respondo, se você o houvesse considerado, teria sido obrigado a levar em conta que entre as formas literárias que caracterizam nossa época existe também a obra *fechada* e *calculada*, na qual fechamento e cálculo são apostas paradoxais que apenas indicam a verdade contrária àquela tranquilizadora (de completude e conteúdo) que a própria forma parece significar, isto é, transmitem o sentido de um mundo precário, a ponto de ruir, despedaçar-se.

Mas, se você reconhece isso, deveria também reconhecer que o livro todo responde em certa medida a esse modelo (a começar pela utilização, característica desse gênero, do velho *topos* romanesco de uma conspiração universal dos poderes incontroláveis que, num registro cômico-alegórico, pelo menos a partir de Chesterton, é regida por um *deus ex machina* polimorfo; a personagem do Grande Mistificador, que você censura definindo-a como ideia demasiado simples, é nesse contexto um ingrediente que eu julgaria obrigatório), modelo no qual a primeira regra do jogo é "fazer os números baterem" (ou melhor, fazer parecer que batem quando sabemos que na realidade não batem). Para você, "fazer os números baterem" é apenas uma solução conveniente, ao passo que isso pode muito bem ser visto como exercício acrobático para desafiar, e indicar, o vazio subjacente.

Em resumo, se você não tivesse omitido (ou eliminado?) da lista o "romance geométrico", parte de suas perguntas e objeções não existiria, a começar por aquela sobre a "inconcludência". (Você se escandaliza porque eu "concluo" e pergunta a si mesmo: "Trata-se de uma desatenção de nosso caro amigo?". Não, pelo contrário: prestei muita atenção e calculei tudo para que o "final feliz" mais tradicional, o casamento do herói com a heroína, selasse a moldura que encerra a desordem geral.)

Quanto à discussão sobre o "inacabado", tema sobre o qual você diz coisas muito cabíveis num sentido literário genérico, eu antes de tudo gostaria de limpar de possíveis equívocos o terreno. Sobretudo, desejaria que ficassem mais claros dois pontos:

1. O objeto da leitura que se encontra no centro de meu livro não é tanto "o literário", mas sim "o romanesco", isto é, um procedimento literário determinado — próprio da narrativa de cunho popular e de consumo, mas diversamente adotado pela literatura culta — que em primeiro lugar se baseia na capacidade de concentrar a atenção de um enredo na espera permanente do que está por acontecer. No romance "romanesco", a interrupção é trauma, mas também pode institucionalizar-se (o corte no momento culminante dos romances em folhetim; a quebra dos capítulos; o "voltemos um passo"). O fato de ter feito da interrupção do enredo o motivo estrutural de meu livro tem esse sentido preciso e circunscrito, e não toca à problemática do "inacabado" na arte e na literatura, que é outra coisa. Melhor dizer que aqui não se trata do "inacabado", mas sim do "acabado interrompido", do "acabado cujo final está oculto ou ilegível", tanto no sentido literal como no metafórico. (Parece-me que em algum momento digo algo assim: "Vivemos num mundo de histórias que começam e não acabam".)

2. Será mesmo verdade que meus *incipit* se interrompem? Alguns críticos (veja-se Luce d'Eramo, no *Il Manifesto* de 16 de setembro) e alguns leitores de gosto refinado sustentam que não: eles os consideram relatos acabados, que dizem tudo que devem dizer e aos quais não há nada para acrescentar. Sobre esse ponto não me pronuncio. Posso apenas dizer que, de início, queria fazer romances interrompidos, ou melhor, representar a leitura de romances que se interrompem; depois, prevaleceram textos que eu poderia publicar também independentemente como contos. (Coisa bastante comum, dado que sempre fui autor mais de contos que de romances.)

O destinatário natural e fruidor do "romanesco" é o "leitor médio", que por isso escolhi como protagonista do *Viajante*. Protagonista duplo, porque se divide em Leitor e Leitora. O primeiro não tem características nem gostos precisos: poderia ser leitor ocasional e eclético. A segunda é leitora por vocação, sabe explicar suas expectativas e suas repulsas (formuladas nos termos menos intelectualizados possíveis, embora — ou justamente por isso — a linguagem intelectual vá se desbotando irreparavelmente na fala cotidiana), sublimação da "leitora média" mas bastante orgulhosa de seu papel social de leitora por paixão desinteressada. Esse é um papel social em que acredito, o pressuposto de meu trabalho e não apenas desse livro.

É para essa destinação ao "leitor médio" que você aponta sua crítica mais categórica quando pergunta: "Será que Calvino, mesmo inconscientemente, executa por meio de Ludmilla um trabalho de sedução (de adulação) dirigido ao leitor médio, que afinal é o verdadeiro leitor (e comprador) de seu livro, atribuindo-lhe algumas das extraordinárias qualidades da insuperável Ludmilla?".

O que não consigo aceitar nesse discurso é o *mesmo inconscientemente*. Como inconscientemente? Se coloquei Leitor e Leitora no centro do livro, foi porque sabia o que estava fazendo. Não esqueço nem por um minuto (dado que vivo de direitos autorais) que o leitor é o *comprador* e que o livro é um objeto que se vende no mercado. Quem pensa que pode prescindir do aspecto econômico da existência e de tudo o que ele comporta não teve jamais o meu respeito.

Em resumo, se você me chama de sedutor, isso passa; de adulador, também passa; de feirante, até isso passa; mas, se me chama de inconsciente, aí me sinto ofendido! Se no *Viajante* eu quis representar (e alegorizar) o envolvimento do leitor (do leitor *comum*) num livro que nunca é o que ele espera, apenas explicitei aquela que foi minha intenção consciente e constante em todos os livros anteriores. Aqui se abriria um discurso de sociologia da leitura (ou melhor, de política da leitura) que nos afastaria da discussão sobre a essência do livro em pauta.

Convém voltar às duas principais perguntas em torno das quais toma forma a discussão que você apresenta: 1. para a superação do eu podemos apostar na multiplicação dos eus?; 2. todos os autores possíveis podem reduzir-se a dez? (Sintetizo as coisas assim só para registro, mas ao responder-lhe procuro ter presente toda a argumentação de seu texto.)

No que se refere ao primeiro ponto, apenas posso dizer-lhe que perseguir a complexidade por meio de um catálogo de possibilidades linguísticas diversas é um procedimento que caracteriza toda uma dimensão da literatura deste século, a começar pelo romance que relata a jornada de um fulano qualquer de Dublin em dezoito capítulos, cada um deles com uma chave estilística diferente.

Esses ilustres precedentes não anulam o fato de que me agradaria alcançar sempre aquele "estado de disponibilidade" de que você fala, "graças ao qual o vínculo com o mundo possa desenvolver-se não nos termos da identificação, mas sim na forma da busca"; mas, ao menos no período de duração desse livro, "a forma da busca" foi para mim a de uma multiplicidade que, de algum modo canônico, converge para uma unidade temática de fundo (ou dela se irradia). Nesse sentido, não é nada de particularmente novo: já em 1947, Raymond Queneau publicava os *Exercices de style*, nos quais uma historieta de poucas linhas recebe 99 redações diferentes.

Escolhi por situação romanesca típica um esquema que eu poderia enunciar assim: *uma personagem masculina que narra na primeira pessoa se vê assumindo um papel que não é o seu, numa situação em que a atração exercida pela personagem feminina e o peso da obscura ameaça de uma coletividade de inimigos a envolvem sem dar-lhe escapatória*. Esse núcleo narrativo básico, eu o revelei no final do livro, na forma de uma história apócrifa das *Mil e uma noites*, mas me parece que nenhum crítico atentou para o fato (embora muitos tenham sublinhado a unidade temática do livro). Se quisermos, poder-se-á reconhecer a mesma situação na "moldura" (nesse caso, poderíamos dizer que a crise de identidade do protagonista advém do fato de não ter identidade, de ser um "você" em que todo mundo pode identificar o próprio "eu").

Essa é apenas uma das *contraintes* ou regras do jogo que impus a mim mesmo. Você viu que em todo capítulo da moldura o tipo de romance que vem a seguir é sempre enunciado pela boca da Leitora. Ademais, cada um dos "romances" tem um título que responde também ele a uma necessidade, dado que todos os títulos lidos sucessivamente constituirão também eles um *incipit*. Se esse título mantiver sempre uma pertinência literal com o tema da narração, todo "romance" resultará do encontro do título com a expectativa da Leitora, conforme formulada por ela no decurso do capítulo precedente. Tudo isso é para dizer-lhe que, se você observar bem, encontrará em vez da "identificação com outros eus" uma grade de percursos obrigatórios que é a verdadeira força motriz do livro, na linha das aliterações que Raymond Roussel propunha como ponto de partida e de chegada para suas operações romanescas.

Chegamos assim à pergunta número 2: por que exatamente dez romances? A resposta é óbvia, e você mesmo a dá algumas linhas adiante: "era preciso estabelecer um limite convencional"; eu podia ter optado por escrever doze, ou sete, ou setenta e sete, quanto bastasse para comunicar o sentido da multiplicidade. Mas você descarta imediatamente tal resposta: "Calvino identifica com demasiada sabedoria as dez possibilidades para não revelar suas intenções totalizantes e sua substancial indisponibilidade para uma partida mais incerta".

Interrogando a mim mesmo sobre esse ponto, ocorre-me perguntar: "Em que trapalhada me meti?". A bem dizer, sempre tive certa alergia à ideia de totalidade; não me reconheço nas "intenções totalizantes". A tinta, porém, denuncia: eu mesmo falo — ou fala minha personagem Silas Flannery — justamente de "totalidade", de "todos os livros possíveis". O problema concerne não só ao *todos*, mas aos *possíveis*; e é ali que sua objeção encontra resistência, dado que então você reformula a pergunta número 2: "Acreditará mesmo Calvino [...] que o *possível* coincida com o *existente*?". E, de maneira muito bela, adverte-me "que não se pode numerar o possível, que este jamais é resultado de uma soma e antes se caracteriza como uma espécie de linha infindável em que, todavia, cada um dos pontos participa do caráter infinito do conjunto".

Para tentar sair dessa, a pergunta que devo fazer a mim mesmo talvez seja: por que aqueles dez e não outros? É claro que, se escolhi aqueles dez tipos de romance, foi porque me pareciam ter mais significado para mim, porque resultavam melhores, porque me divertia mais escrevê-los. Continuamente se apresentavam a mim outros tipos de romance que eu poderia acrescentar à lista, mas ou não tinha certeza de sair-me bem, ou não apresentavam para mim interesse formal suficientemente forte, ou de algum modo o esquema do livro já estava bastante carregado e eu não queria ampliá-lo. (Por exemplo, quantas vezes pensei: por que o eu narrador deve ser sempre um homem? E quanto ao caráter "feminino" da escritura? Mas existirá tão somente *uma* escritura "feminina"? Ou não seria possível imaginar correlatos "femininos" para cada exemplo de romance "masculino"?)

Digamos então que em meu livro o *possível* não é o possível absoluto, mas o *possível* para mim. E nem sequer todo o possível para mim; por exemplo: não me interessava reconsiderar minha autobiografia literária, refazer tipos de narrativa que eu já fizera; deviam ser possibilidades à margem daquilo que sou e faço, alcançáveis com um salto fora de mim que permanecesse nos limites de um salto *possível*.

Tal definição limitativa de meu trabalho (que antecipei para desmentir as "intenções totalizantes" que você me atribui) terminaria por dar a ele uma imagem empobrecida se não considerasse um impulso em sentido contrário que sempre o acompanhou — ou seja, eu sempre perguntava a mim mesmo se o trabalho que estava fazendo podia ter sentido não só para mim, mas também para os outros. Sobretudo nas últimas fases, quando o livro estava praticamente concluído e suas várias junções obrigatórias impediam deslocamentos ulteriores, fui tomado pela mania de verificar se conseguia justificar conceitualmente o enredo, o percurso, a ordem. Para meu exclusivo esclarecimento pessoal, tentei vários resumos e esquemas, mas jamais loguei quadrá-los cem por cento.

Nessa altura, pedi ao mais sapiente de meus amigos que lesse o manuscrito, para ver se ele conseguia explicá-lo a mim. Disse-me que, em sua opinião, o livro procedia por cancelamentos sucessivos, até o cancelamento do mundo no "romance apocalíptico". Essa ideia e, simultaneamente, a releitura do conto "El acercamiento a Almotásim", de Borges, levaram-me a reler meu livro (então acabado) como aquilo que poderia ter sido uma busca do "verdadeiro romance" e, ao mesmo tempo, de uma atitude apropriada em relação ao mundo, onde a cada "romance" iniciado e interrompido correspondia um caminho descartado. Por essa óptica, o livro representaria (para mim) uma espécie de autobiografia negativa: os romances que eu poderia ter escrito e descartei, e também (para mim e para os outros) um catálogo indicativo das atitudes existenciais que conduzem a outros tantos caminhos obstruídos.

O amigo sapiente se lembrou do esquema de alternativas binárias que Platão usa no *Sofista* para definir o pescador de anzol: a cada vez se exclui uma das alternativas, e a restante se bifurca em outras duas. Bastou tal observação para que eu me pusesse a traçar esquemas que, segundo esse método, prestassem contas do itinerário delineado no livro. Mostro-lhe um, no qual você encontrará, em minhas definições dos dez romances, quase sempre as mesmas palavras que você usou.

O esquema poderia ter circularidade, no sentido de que o último segmento pode ligar-se ao primeiro. Totalizante, então? Nesse sentido, claro, eu gostaria que o fosse — e que nos enganadores limites assim traçados se conseguisse circunscrever uma zona neutra onde situar essa atitude "descognitiva" em relação ao mundo que você propõe como o único não mistificador, quando declara que "o mundo não pode ser testemunhado (ou afirmado); pode apenas permanecer desconhecido, desligado de todo tipo de tutela, individual ou coletiva, e ser restituído a sua irredutibilidade".

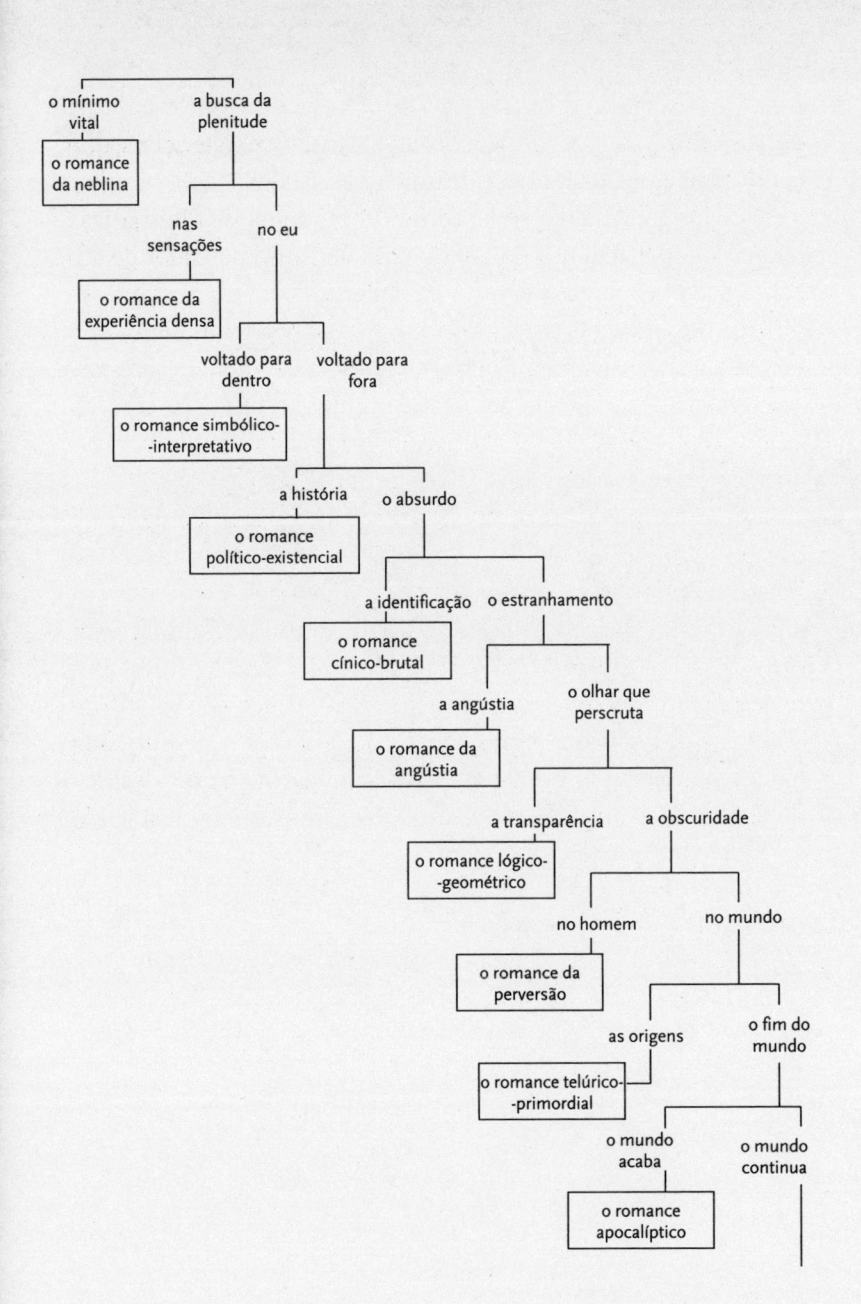

```
┌─────────────┬─────────────┐
o mínimo      a busca da
vital         plenitude
│             │
o romance     ┌──────┬──────┐
da neblina    nas    no eu
              sensações │
              │    ┌────┴────┐
              │    voltado   voltado
              │    para      para
              │    dentro    fora
              o romance da    │
              experiência    
              densa          
                   │
                   o romance simbólico-
                   -interpretativo
                        │
                   ┌────┴────┐
                   a história  o absurdo
                   │           │
                   o romance   ┌──────┴──────┐
                   político-   a identificação  o estranhamento
                   existencial │                │
                               o romance        ┌──────┴──────┐
                               cínico-brutal    a angústia    o olhar que
                                                │             perscruta
                                                o romance     │
                                                da angústia   ┌──────┴──────┐
                                                              a transparência  a obscuridade
                                                              │                │
                                                              o romance        ┌──────┴──────┐
                                                              lógico-          no homem      no mundo
                                                              -geométrico      │             │
                                                                               o romance     ┌──────┴──────┐
                                                                               da perversão  as origens    o fim do
                                                                                             │             mundo
                                                                                             o romance     │
                                                                                             telúrico-     ┌──────┴──────┐
                                                                                             -primordial   o mundo       o mundo
                                                                                                           acaba         continua
                                                                                                           │
                                                                                                           o romance
                                                                                                           apocalíptico
```

CALVINO E O MUSEU DO ROMANCE QUE SEMPRE COMEÇA

MAURÍCIO SANTANA DIAS

> *A única alegria no mundo é começar*
> Cesare Pavese, *Diário*, 23 nov. 1937

Em 1º de janeiro de 1977 Italo Calvino começou a escrever *Se um viajante numa noite de inverno*, lançado pela editora Einaudi na primavera de 1979. Foi seu primeiro livro após um intervalo de sete anos. Calvino nunca passara tanto tempo sem publicar:[1] o último havia sido *As cidades invisíveis* (1972), talvez a obra mais lida e admirada do autor até hoje. Durante aqueles sete anos, ele sempre dizia que este seria seu último livro. Pode-se dizer, então, que *Se um viajante* nasce de um impasse ou interregno criativo. Era como se o território da literatura já estivesse demasiadamente percorrido e explorado, e o escritor preferisse se dedicar a outras coisas, outros mundos. Mais ou menos o que ele afirma ou confessa ao amigo Domenico Rea em uma carta de 15 de maio de 1964:

---

1. Entre 1974 e 1979 Calvino manteve uma coluna no jornal *Corriere della Sera*, escrevendo breves textos que depois integrariam, em parte, os volumes *Palomar* (Einaudi, 1983) e *Coleção de areia* (Garzanti, 1984). Nesses mesmos anos, planeja com Giorgio Agamben e Claudio Rugafiori uma revista que nunca saiu do papel, *Categorie italiane*. Anos mais tarde Agamben publicaria um livro com este título: *Categorias italianas*.

De uns tempos para cá só leio livros de astronomia. Abri uma exceção a [Mario] Pomilio, mas não serviu para sacudir de cima de mim o maciço cansaço pela literatura — e pelos romances em particular. Pena. Naturalmente, não comento isso com ninguém. De resto, não falo com ninguém de coisa nenhuma, pelo menos no que diz respeito ao "mundo literário". A vida literária é como a vida militar. Enquanto se é jovem, é possível suportá-la, com suas satisfações e insatisfações. Mas não deve ser prolongada por toda a vida: chega uma hora em que é preciso pedir afastamento. Estas são as únicas "novidades" dignas de nota que posso lhe dar sobre mim.[2]

Nos anos 1970, depois das experiências "cosmicômicas" e das narrativas combinatórias do *Castelo dos destinos cruzados* e das próprias *Cidades invisíveis*, parecia improvável que Calvino fosse se aventurar mais uma vez pela forma romanesca que marcou sua estreia na literatura, com *A trilha dos ninhos de aranha* (1947), *A especulação imobiliária* (1956) e a trilogia *Nossos antepassados*: *O visconde partido ao meio* (1952), *O barão nas árvores* (1957) e *O cavaleiro inexistente* (1959).

Mas se vê que o impulso de "escrever romance", quase um imperativo para sua geração, se mantinha em estado de latência. Não que o *Viajante* seja propriamente um romance: é antes uma declaração de amor a uma forma que já não estava dando conta, ao menos para ele, de transmitir a experiência do indivíduo no mundo contemporâneo.

Narrado em segunda pessoa, o livro que temos em mãos é a aventura de um Leitor (anônimo) e de uma Leitora (Ludmilla) que, depois de uma série quase infindável de peripécias e

---

2. Em *Cartas (1950-85)* de Italo Calvino, seleção, introdução, tradução e notas de Maurício Santana Dias, no prelo. Todas as cartas citadas neste posfácio fazem parte dessa edição.

adiamentos, podem finalmente se juntar numa cama. Assim como a história de dois noivos que, impedidos de se casar, após uma série quase interminável de impedimentos — a interdição de um prepotente, a fuga, a carestia, a guerra, a peste —, finalmente podem realizar seu desejo. Ou seja, *Os noivos* de Alessandro Manzoni, romance fundador da literatura italiana.[3]

Mas não é apenas em Manzoni que Calvino vai buscar seus arquétipos. O Leitor e a Leitora veem sua leitura (e a "leitura do corpo", cap. 7)[4] diferida por uma sequência de dez inícios de romances que, por sua vez, mobilizam uma enciclopédia apócrifa na qual nós, leitores externos (?) ao livro, podemos reconhecer ecos de Dante[5] e Boccaccio (a moldura narrativa do *Decameron*) até Pirandello, Verne, Conrad, Stevenson, Joyce, Borges, Camus,

---

3. No texto "A fortuna frustrada do romance italiano", de 1953, Calvino escreveu: "Manzoni foi de fato um romancista especial, avesso ao gosto da aventura; foi um moralista sem pendor para a autointrospecção, um criador de personagens e de ambientes e de pestes e de incursões de lansquenês acuradamente descritos e comentados, mas não destinados a se transformar em novos grandes mitos modernos. E foi o construtor de uma língua cheia de arte e de significado, mas que se estende como um estrato de verniz sobre as coisas: límpida e sensível quanto nenhuma outra, mas sempre verniz" (*Mundo escrito e mundo não escrito*, org. de Mario Barenghi e trad. Maurício Santana Dias. São Paulo: Companhia das Letras, 2015, p. 11).
4. "Leitora, eis que agora você está sendo lida. Seu corpo está sendo submetido a uma leitura sistemática, mediante canais de informação táteis, visuais, olfativos, e não sem intervenções das papilas gustativas. Também o ouvido teve participação, atento a seus arquejos e trinados" (p. 166).
5. Ludmilla é também a Beatriz do Leitor (e Autor): "Sua atenção de leitor agora se dirige inteiramente para a mulher; de umas páginas para cá, você a vem rodeando, e eu (ou antes, o autor) também me volto para essa presença feminina. Você está esperando que nas próximas páginas esse simulacro de mulher tome corpo, como acontece aos simulacros femininos nas páginas de livro, e é essa sua expectativa, Leitor, o que impele o autor para ela, e eu, com ideias completamente diversas na cabeça, eis que resolvo falar com ela, iniciar uma conversa que será melhor interromper o mais rápido possível, para afastar-me e desaparecer" (pp. 29-30).

Nabokov, Perec e uma infinidade de autores que plasmaram o escritor Calvino.[6] Não poderia faltar, ainda, a galeria de personagens que constitui o meio, a "cozinha editorial" em que Calvino passou grande parte da vida, como diretor e conselheiro da Einaudi: o tradutor-falsário Ermes Marana, o livreiro, o professor especialista em línguas inexistentes Uzzi-Tuzii,[7] o editor perplexo Cavedagna, censores (o enredo também se passa em países sob ditadura, entre complôs e conspirações com ares de Guerra Fria), autores apócrifos com nomes complicados e, bem no meio do livro, um autor "verdadeiro", o *irlandês* Silas Flannery, que por sua vez mantém um diário e está passando por uma crise criativa nos Alpes suíços.[8]

---

6. Além desses autores que citei, Calvino menciona outros: "No que diz respeito às 'fontes' dos dez 'romances', não quis me inspirar em um autor específico, mas num tipo de narração, e naturalmente toda vez esse tipo de narração traz consigo ecos de leituras que ficaram na memória. Ou seja, minha primeira intenção não era imitar ou parodiar ninguém. Claro, ao querer evocar o clima revolucionário-existencial de tantos romances russos ou alemães dos anos 1920 e 30, *A guarda branca* de Bulgakov era um ponto de referência natural. Assim como, ao ambientar no Japão meu 'romance erótico-perverso', pensava em Kawabata e Tanizaki; e, ambientando na América Latina o romance 'telúrico-primordial', muitos podem ser citados, de Juan Rulfo a Arguedas etc. etc. [...] Dos nomes que você menciona, o único em que eu não tinha pensado é Singer, mas outros críticos já o referiram, sempre a propósito daquele segundo 'início'" (carta a Lucio Lombardo Radice, Paris, 13 nov. 1979).

7. Curiosamente, um personagem Uzzi-Tuzii aparece no breve romance *O vilarejo* (Rio de Janeiro: Suma, 2015), de Raphael Montes: "Os cadernos haviam sido escritos em cimério, uma língua morta pertencente ao ramo botno-úgrico. Encontrei um único estudioso de cimério no mundo: o professor Uzzi-Tuzii, chefe do departamento de línguas botno-úgricas da Università Degli Studi di Udine, na Itália".

8. Há até antevisões das atuais máquinas de IA: "Explicou-me que a grande habilidade dos japoneses em fabricar equivalentes perfeitos dos produtos ocidentais estendia-se à literatura. Uma empresa de Osaka conseguiu apropriar-se da fórmula dos romances de Silas Flannery e chegou a produzir textos absolutamente inéditos, de primeira qualidade, a ponto de ter invadido o mercado mundial. Uma vez retraduzidos em inglês (ou melhor, traduzidos para

Aliás, seria fácil dizer que Flannery é um alter ego de Calvino. Muito mais plausível, e arriscado, seria dizer que todo o livro é um espelho deformado da biografia de Calvino (1923-85), autor empírico. De fato, mais que *O caminho de San Giovanni* e *Eremita em Paris*, este é seu grande "romance autobiográfico": nele, em cada uma das dez narrativas interrompidas, ficcionalizam-se não só os romances inacabados e abandonados da juventude, como *O veleiro branco*, *Os jovens do rio Pó*[9] e *O colar da rainha*, mas também a vontade de se reinventar em cada novo livro, de criar uma forma que se oponha à "peste da linguagem" e dê sustentação à experiência da vertigem. Do romance, narrativa longa, o escritor gostaria de conservar apenas a alegria do começo. Por isso seu título inicial seria *Incipit*, e só foi mudado quando o livro já estava indo para a gráfica, como diz o autor numa carta de 3 de julho de 1978 a Daniele Ponchiroli:

> Caro Daniele, em vez de INCIPIT, eu poderia dar como título ao livro uma frase de incipit de um romance oitocentista tradicional, por exemplo: *Se um viajante, ao cair da noite*. O que acha? Mais breve é difícil achar, porque deve dar uma sugestão de suspense. Esse tipo de título se liga à ocasião da primeira ideia que tive desse livro: pendurado ao lado de minha escrivaninha eu ti-

---

o inglês, do qual fingiam ser traduzidos), nenhum crítico saberia distingui-los dos Flannery verdadeiros" (p. 191); e "Em breve, a tecnologia moderna desempenhará essas tarefas com rapidez e eficiência. Temos máquinas capazes de ler, analisar e julgar qualquer texto escrito" (p. 230).

9. "Eu trabalho há anos em um romance sobre a classe operária e tudo o mais, mas ninguém consegue lê-lo até o fim, porque dizem que é uma chatice, e, enquanto eu não encontrar pelo menos um leitor, não o publico. Já uma novelinha que escrevi em poucas semanas para me divertir, a história de um visconde que é partido ao meio por um canhonaço dos turcos, este agrada a todo mundo, tanto que me convidaram a publicá-lo num livrinho que sairá em março. Mas estou cansado de escrever fabulazinhas." (Carta a Silvio Micheli, 28 jan. 1952).

nha um pôster daqueles do Linus com o cachorro Snoopy escrevendo à máquina a frase: *Foi uma noite escura e tempestuosa...*"¹⁰

* * *

Mas afinal como é que começa este *Se um viajante numa noite de inverno*? Há pelo menos dois começos: um que está fora do livro (no "mundo não escrito", segundo Calvino), em um tempo muito anterior à sua redação, e outro que está dentro, no "mundo escrito". Mas a certa altura ambos terminam por se encontrar e sobrepor. O primeiro começo é anunciado em mais uma carta a Silvio Micheli, de 8 de novembro de 1946:

> Mas não pense que eu não tenha ideias de romance na cabeça. Tenho ideias para *dez romances* na cabeça. Mas em toda ideia já vejo os erros do romance que eu escreveria, porque também tenho ideias críticas na cabeça, tenho toda uma *teoria sobre o romance perfeito*, e é isso que me ferra." (Grifos do autor)

O outro é o já famoso parágrafo que lemos na primeira página deste livro:

> Você vai começar a ler o novo romance de Italo Calvino, *Se um viajante numa noite de inverno*. Relaxe. Concentre-se. Afaste todos os outros pensamentos. Deixe que o mundo a sua volta se dissolva no indefinido. É melhor fechar a porta; do outro lado há sempre um televisor ligado. Diga logo aos outros: "Não, não quero ver televisão!". Se não ouvirem, levante a voz: "Estou lendo! Não quero ser perturbado!". Com todo aquele barulho, talvez ainda não o tenham ouvido; fale mais alto, grite: "Estou

---

10. A frase original, "It was a dark and stormy night", é a que inicia o romance *Paul Clifford* (1830), do britânico Edward Bulwer-Lytton.

começando a ler o novo romance de Italo Calvino!". Se preferir, não diga nada; tomara que o deixem em paz.

Este incipit desconcertante, cômico, exigente, irritado, zombeteiro, excessivo, desesperado, autorreferencial vai aos poucos construindo a trama de um hiper-romance, teorizado em uma das *Seis propostas para o próximo milênio* (a "Multiplicidade"), até culminar no já mencionado "happy end" matrimonial. O romance do leitor e o gosto tipicamente calviniano de jogar com as formas narrativas tinha endereço certo naqueles anos de crítica semiótica e estruturalista.[11] Sabendo disso, ele diz em uma carta a Maria Corti, de 18 de setembro de 1978:

> O romance — ou hiper-romance — que estou escrevendo — e não sei quando vou terminar e que título terá — deveria ser — pelo menos nas minhas intenções — pão para os seus dentes críticos.

A quem se endereça este livro, romance, hiper-romance, metarromance, texto labiríntico resultante de um impasse criativo? Será capaz de atrair e enredar leitores que vão percorrê-lo hoje, em 2023? Calvino o observa de todos os ângulos, à distância, tentando simultaneamente construir e descrever uma obra que não cessa de proliferar, à qual ele gostaria de conferir uma forma geométrica rigorosa, um diagrama (ver o esquema ao final deste volume), mas que sempre lhe escapa. Melhor então fixar-se no instante da fruição-recepção e, como Palomar, como Flannery,[12] dedicar-se a contemplar a própria ausência.

---

11. No mesmo ano de 1979, Umberto Eco publica seu livro *Lector in fabula*, que trata sobretudo dessas mesmas questões.
12. Início do capítulo 8, "Do diário de Silas Flannery": "Numa espreguiçadeira, no terraço de um chalé, no fundo de um vale, há uma mulher que lê. Todos os dias antes de começar a trabalhar, fico algum tempo olhando-a pela luneta.

O ímpeto autocrítico do ficcionista — "é isso que me ferra" — se mostra ainda presente nesta carta de 6 de novembro de 1980 ao crítico Cesare Segre:

> Quanto aos romances enxertados, mais que "esboços" ou "sumários", minha intenção era mostrar a leitura, e não o texto, narrar o leitor enquanto lê um romance que vemos por meio dessa leitura e cujo texto se manifesta apenas a intervalos. Mantive-me fiel a essa disposição durante o I e o II. No III, me ocorreu abordá-lo como narração direta, e pensei que insistir demais naquela técnica teria resultado monótono, repetições de fórmulas. Então, nos romances seguintes, me preocupei apenas com que houvesse pelo menos uma passagem em que o texto se diluísse em segundo plano e viesse ao primeiro plano a leitura (ou a escritura?).

Os dez romances do *Viajante* acabam convergindo para o romance-apocalíptico "Que história espera seu fim lá embaixo?". Nele, o personagem-narrador-sobrevivente parece dialogar de modo mais ou menos explícito com o livro *Dissipatio H.G.*, obra póstuma de Guido Morselli, autor que Calvino havia recusado numa longa carta de 1965, quando era editor da Einaudi:

> Certifico-me de que não tenham ficado em pé hospitais, clínicas, hospícios; apagar médicos, enfermeiros e doentes me parece a única saúde possível. Depois os tribunais inteiros, com juízes, advogados, réus e partes lesadas; as cadeias, com carce-

---

Nesse ar leve e transparente, eu julgo colher em sua figura imóvel os sinais desse movimento invisível que é a leitura, o correr do olhar e da respiração e, mais ainda, o percurso das palavras através de sua pessoa, o fluxo e as interrupções, os impulsos, as hesitações, as pausas, a atenção que se concentra ou se dispersa, os retrocessos, essa trajetória que parece uniforme, mas que é sempre mutante e acidentada" (p. 181).

reiros e encarcerados. Depois apago a universidade com todo o corpo docente, a academia de ciências, letras e artes, o museu, a biblioteca, os monumentos com a respectiva superintendência, o teatro, o cinema, a televisão, os jornais. Se pensam que o respeito à cultura irá deter-me, estão enganados. Depois é a vez das estruturas econômicas que há muito tempo continuam a impor sua excessiva pretensão de determinar nossas vidas [...]. O mundo está reduzido a uma folha de papel na qual ninguém consegue escrever mais que palavras abstratas, como se todos os substantivos concretos tivessem desaparecido.

Na paródia de enciclopédia romanesca que é o *Viajante*, ainda é possível entrever, em meio à sucessão vertiginosa e grotesca dos acontecimentos, uma nostalgia daquele *"epos* coletivo" que desde cedo moveu Italo Calvino, como o demonstra esta carta de 6 de agosto de 1974 à amiga Elsa Morante, que acabara de publicar *A história*:

> Cara Elsa, o valor de seu livro, para mim, está em partir da literatura italiana do pós-guerra tomada como *epos* coletivo e em dar a essa matéria uma construção *romanesca*, isto é, com a força mítica que a forma romance traz originariamente em si (e nesse sentido eu teria gostado de um desenvolvimento ainda mais romanesco, como nos outros romances seus, ou seja, gostaria que o herói continuasse vivendo e tivesse muitas aventuras assim como prometiam a genealogia mítica de sua família e a concepção mítica, que é o ponto mais intenso como movimento interior e como vórtice de linguagem). Mas para mim o resultado mais extraordinário é que você fez o romance assumir uma completude de *enciclopédia*.

Antes de encerrar este posfácio, transcrevo uma última carta, a Mario Lavagetto, de janeiro de 1980, em que Calvino defende com grande entusiasmo "as virtudes do romance":

Caro Lavagetto, voltando ontem a Paris encontrei seu ensaio e o li imediatamente.[13] Gostei muitíssimo: é fino, preciso e envolve o livro numa rede cerrada. Acho que suas suspeitas de fato são fundadas, isto é: que o que escrevi é um *romance* e que o Leitor é um *personagem*. Em suma, o romance venceu sobre sua dissolução. (Mas onde é que eu disse que *não queria* escrever um romance?) (Todo o livro é um hino de amor ao romance: ao romance tradicional!)

Não poderia haver melhor elogio-despedida do romance.

---

13. Trata-se de um ensaio sobre *Se um viajante numa noite de inverno* que Lavagetto tinha mandado a IC com carta de acompanhamento de 11 de dezembro de 1979, convidando-o a publicar um texto de resposta. O artigo de Lavagetto saiu em *Paragone Letteratura* (366, agosto de 1980) com o título "Per l'identità di uno scrittore di apocrifi".

SOBRE O AUTOR

ITALO CALVINO nasceu em 1923, em Santiago de Las Vegas, Cuba, e foi para a Itália logo após o nascimento. Participou da resistência ao fascismo durante a guerra e foi membro do Partido Comunista até 1956. Em 1946 instalou-se em Turim, onde se doutorou com uma tese sobre Joseph Conrad. Lançou sua primeira obra, *A trilha dos ninhos de aranha*, em 1947. Considerado um dos maiores escritores europeus do século XX, morreu em 1985. A Companhia das Letras está publicando sua obra completa.

OBRAS DO AUTOR PUBLICADAS PELA COMPANHIA DAS LETRAS

Os amores difíceis
Assunto encerrado
O barão nas árvores
O caminho de San Giovanni
O castelo dos destinos cruzados
O cavaleiro inexistente
As cidades invisíveis
Coleção de areia
Contos fantásticos do século XIX (org.)
As cosmicômicas
O dia de um escrutinador
Eremita em Paris
A entrada na guerra
A especulação imobiliária
Fábulas italianas
Um general na biblioteca
Marcovaldo ou As estações na cidade
*Mundo escrito e mundo não escrito —
    Artigos, conferências e entrevistas*
Os nossos antepassados
Um otimista na América — 1959-1960
Palomar
Perde quem fica zangado primeiro (infantil)
Por que ler os clássicos
Se um viajante numa noite de inverno
Seis propostas para o próximo milênio — Lições americanas
Sob o sol-jaguar
Todas as cosmicômicas
A trilha dos ninhos de aranha
O visconde partido ao meio

Esta obra foi composta por Alexandre Pimenta em Scala
e impressa em ofsete pela Geográfica sobre papel Pólen Natural
da Suzano S.A. para a Editora Schwarcz em agosto de 2023

A marca FSC® é a garantia de que a madeira utilizada na fabricação do papel deste livro provém de florestas que foram gerenciadas de maneira ambientalmente correta, socialmente justa e economicamente viável, além de outras fontes de origem controlada.